NÉFERTITI ET AKHENATON

Paru dans Le Livre de Poche :

Aménophis :
1. Le Prince de lumière
2. Le Breuvage d'amertume
3. Vénérable Tiyi

Les pharaons mènent à la vie éternelle
autobiographie

Les Histoires d'amour des pharaons (2 vol.)

Néfertiti et Akhenaton :
1. La belle est venue
2. L'Horizon d'Aton

La Pharaonne :
1. La Princesse de Thèbes
2. Le Pschent royal
3. Le Voyage d'éternité

Thoutmosis :
1. Le Rival d'Hatchepsout
2. L'Ibis indomptable
3. Au royaume du sublime
4. Zénobie, l'héritière de Cléopâtre

VIOLAINE VANOYEKE

Néfertiti et Akhenaton

* * *

Le Faucon d'or

ROMAN

MICHEL LAFON

À Philippe.

« Le dieu était seul dans un kiosque, étendu sur une couche. Il se lamentait sur sa solitude lorsque sa fille Hathor, Déesse du Sycomore, se présenta devant lui. Elle se dénuda devant ses yeux et s'approcha de son visage, provoquant les rires du Dieu. »

Extrait d'un conte
du Nouvel Empire.

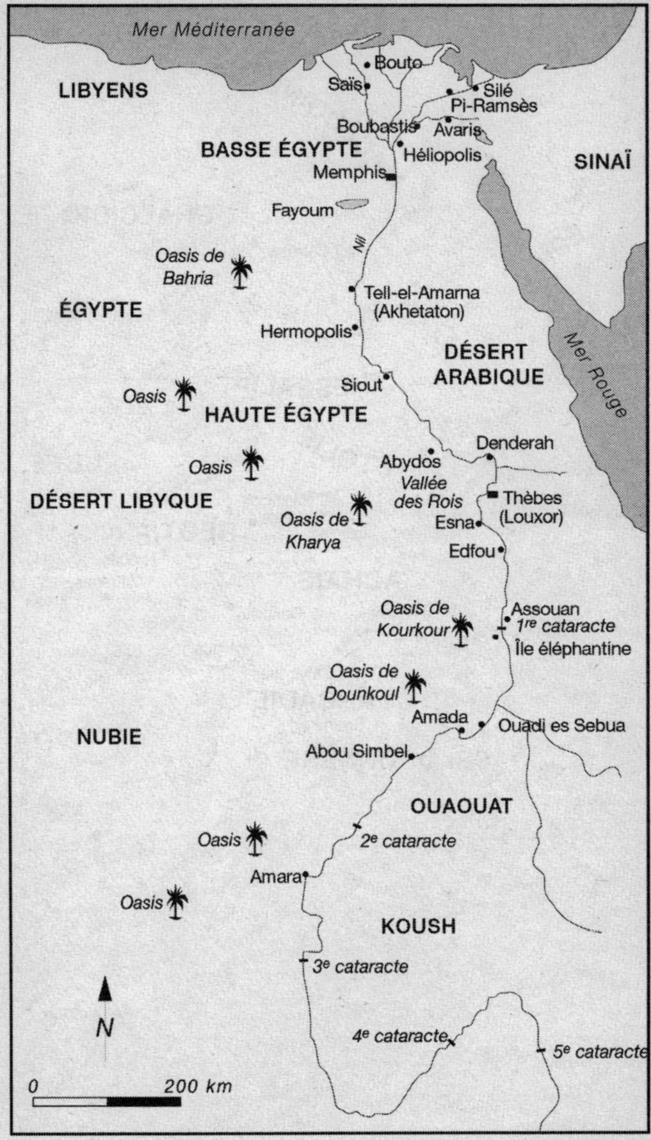

L'Égypte et la Nubie

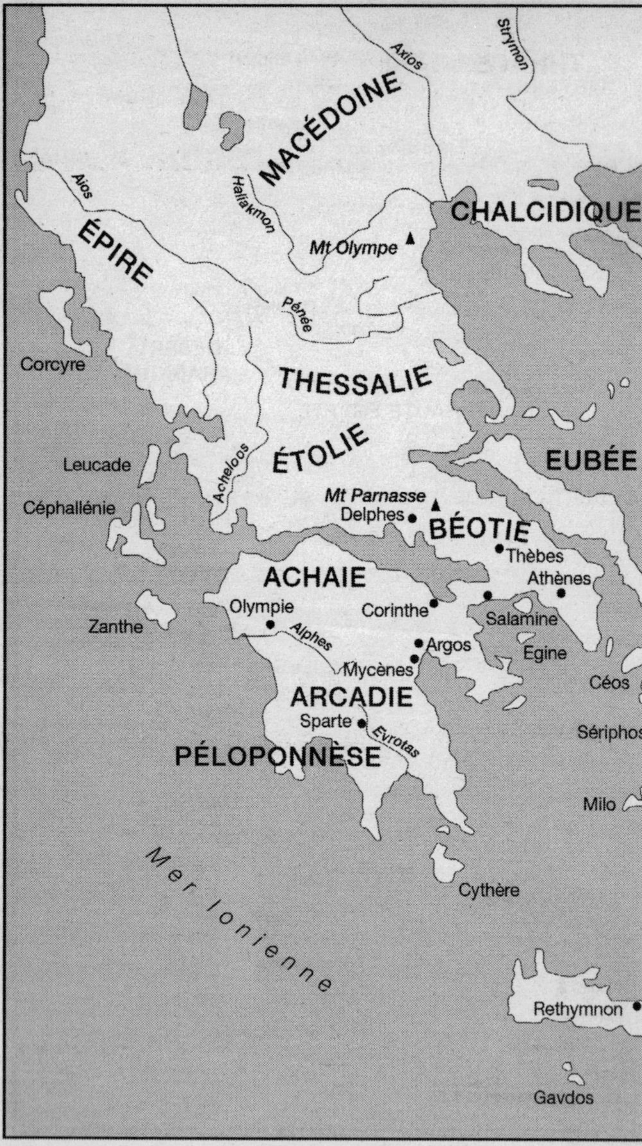

La Grèce antique et l'Asie

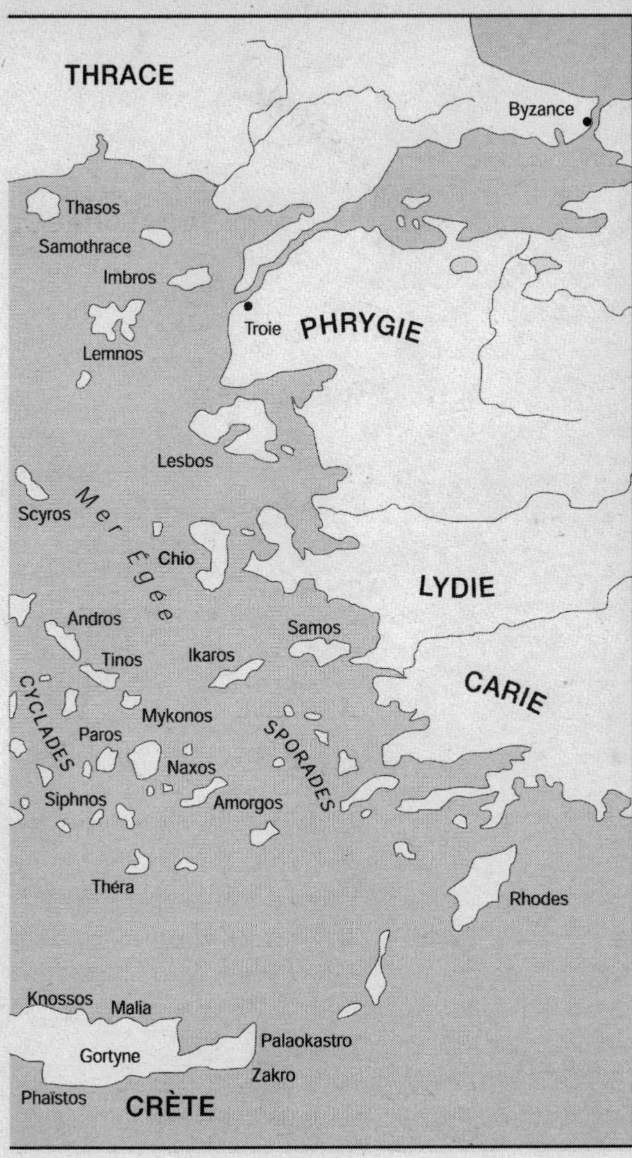
THRACE
Byzance
Thasos
Samothrace
Imbros
Troie
PHRYGIE
Lemnos
Lesbos
Scyros
Mer Égée
Chio
LYDIE
Andros
Samos
Tinos
Ikaros
CARIE
CYCLADES
Mykonos
Paros
SPORADES
Naxos
Siphnos
Amorgos
Théra
Rhodes
Knossos
Malia
Palaokastro
Gortyne
Zakro
Phaïstos
CRÈTE

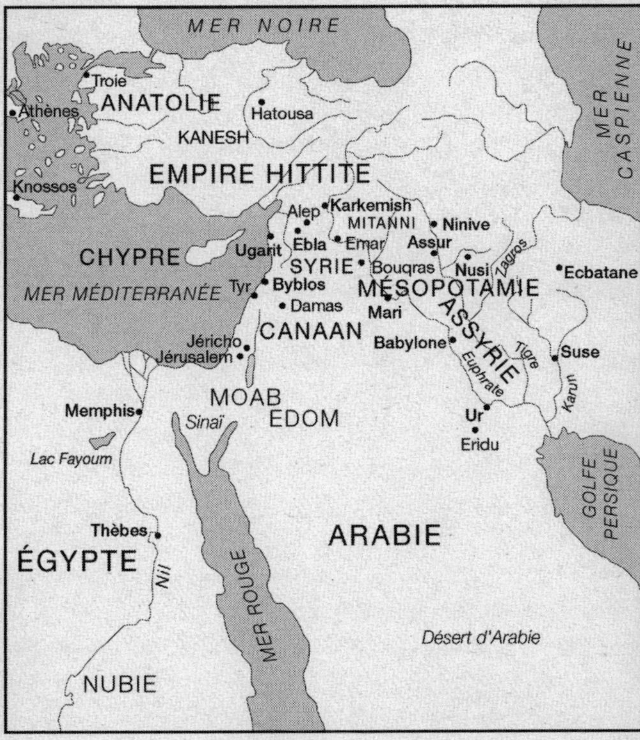

Anciens pays du Proche-Orient
(xve siècle av. J.-C.)

Avant-propos

La XVIIIe dynastie commence avec le pharaon Ahmosis. Ce roi s'illustra en repoussant des envahisseurs appelés « Hyksos » qui régnèrent en Égypte. Les Indo-Européens s'installaient alors en Asie Mineure.

Aménophis Ier, fils d'Ahmosis et d'Ahmès-Néfertari, et son gendre Thoutmosis Ier surent protéger le territoire de leur ancêtre.

Thoutmosis Ier fut un général exceptionnel. Il eut avec sa première épouse un fils qui fut appelé Thoutmosis II. Marié à sa demi-sœur Hatchepsout, seule héritière de sang royal, Thoutmosis II n'exerça le pouvoir que peu de temps. Il eut une fille avec Hatchepsout : Néférou-Rê. Celle-ci semble morte très jeune bien qu'une inscription fasse peut-être allusion à elle à une époque où Thoutmosis III régnait seul et où Hatchepsout avait disparu. Sans doute Thoutmosis II et Hatchepsout eurent-ils une seconde fille appelée Méryrêt-Hatchepsout II.

Je suis aujourd'hui la seule à avoir reconstitué la vraie vie d'Hatchepsout qui était, lorsque j'ai entrepris ce labeur comme une enquête policière, une véritable énigme. Je suis également la première à m'y être sérieusement intéressée et à y avoir consacré une bonne partie de ma vie. Pendant ces recherches, je n'ai d'ailleurs rencontré personne, sur quelque lieu et dans quelque pays que ce fût qui eût mon objectif : reconstituer au détail près et avec la plus grand minutie possible la vie d'Hatchepsout. Une entreprise gigantesque qui m'a conduite à reconstituer aussi celles de ses aïeux et de ses descendants. Aujourd'hui, alors même que je poursuis ce travail, je suis amenée à sillonner toutes les régions ou à examiner tous les documents et toutes les inscriptions qui permettent encore et toujours de parfaire nos connaissances.

Lorsque j'ai commencé mon travail chez les Égyptiens qui m'appellent depuis « La Pharaonne » et que je l'ai poursuivi en Grèce, à Chypre, au Liban et dans tous les pays où s'étaient rendus les rois de la XVIIIe dynastie, leurs soldats ou leurs fonctionnaires, j'ai avancé, au regard de mes conclusions et des découvertes, des hypothèses qui se sont révélées exactes des années plus tard. Je renvoie les lecteurs à ma trilogie *« La Pharaonne » Hatchepsout*[1] et à mon autobiographie *Les pharaons mènent à la vie éternelle*[2], qui est le complément historique indispensable de ma trilogie sur Hatchepsout et de ma saga sur la XVIIIe dynastie. On y trouve la biographie que j'ai reconstituée sur Hatchepsout et j'y

1. Voir la trilogie *« La Pharaonne » Hatchepsout*, Violaine VANOYEKE, également parue sous coffret, Éd. Michel Lafon.

2. Voir l'autobiographie *Les pharaons mènent à la vie éternelle*, Violaine VANOYEKE, Éd. Michel Lafon.

décris la manière dont je suis parvenue à donner des réponses à toutes les questions que l'on se posait. Qui était Hatchepsout ? Combien de temps avait-elle régné ? Comment s'était-elle imposée sur le trône alors qu'elle n'était encore qu'une enfant ? Pourquoi son père avait-il décidé de la former à son rôle de roi ? Qui était son architecte Senmout ? Hatchepsout avait-elle combattu en Asie ? En Nubie ? Senmout et Hatchepsout avaient-ils été assassinés ? Néférou-Rê devait-elle prendre la succession d'Hatchepsout ? Avait-elle été la première Grande Épouse de Thoutmosis III ? Hatchepsout et Thoutmosis III étaient-ils rivaux ? Senmout avait-il voulu devenir pharaon ? Que nous apportaient l'exploration des deux tombes d'Hatchepsout, qui sont extrêmement difficiles d'accès, la première nécessitant des notions d'alpinisme, la seconde étant longue et pentue (*cf.* mon autobiographie) ainsi que l'analyse des deux tombes de Senmout et de celle de ses parents ? Comment s'effectuaient les expéditions dans les pays lointains comme celles du Pount ou du Sinaï ?

Je raconte, là encore dans mon autobiographie, comment je suis repartie sur les pistes des anciens mineurs de turquoise et de malachite au plein cœur du Sinaï, sur des sites difficilement abordables, et comment j'ai reconstitué le parcours des soldats partant en campagne vers l'Asie ou l'Euphrate.

J'ai également apporté des réponses à bien d'autres questions : comment une femme telle qu'Hatchepsout pouvait-elle devenir pharaon ? Comment expliquer ses transformations et sa volonté d'apparaître en homme ? Comment a-t-elle reconstitué sa naissance divine ? Quelles étaient ses constructions à Karnak et pourquoi certaines d'entre elles ont été jugées trop originales et trop « révolutionnaires » ? Que nous révélait le temple d'Hatchepsout et notamment sa troisième terrasse qui vient d'être ouverte, en partie, au public ? Comment expliquer sur ce temple la double chapelle d'Anubis ? Que nous apportait l'inestimable inscription du sanctuaire du Speos Artemidos en Moyenne Égypte construit par Hatchepsout et Thoutmosis en l'honneur de Pakhet ? J'ai également publié à ce sujet de nombreux articles scientifiques et les journalistes m'accompagnent régulièrement, depuis des années, sur les lieux de mes travaux, rendant ainsi compte de l'avancée de cette gigantesque entreprise.

Depuis la parution de mes ouvrages et articles, d'autres livres ont été publiés sur le sujet, reprenant mes conclusions d'une manière souvent confuse et ne citant pas toujours leurs sources... Or, pour réussir à reconstituer la vie d'Hatchepsout à partir d'un gigantesque puzzle de données, éparpillées dans de nombreuses régions et dans plusieurs pays, il m'a fallu, sur le terrain, suivre en permanence des pistes parfois ardues. Comme je suis actuellement la seule à effectuer ce travail, je l'ai naturellement étendu à toute la dynastie.

Mon travail sur les prédécesseurs et les successeurs d'Hatchepsout et sur l'ensemble de la XVIIIe dynastie se poursuit et j'ai coutume de faire profiter les lecteurs de mes romans de mes dernières découvertes en la matière. Mon expérience du terrain me permet d'appréhender au mieux une telle époque et de tels rois car il faut, pour ce faire, travailler dans de nombreux pays du bassin méditerranéen mais aussi dans d'autres pays plus difficiles d'accès, ce que je fais régulièrement. Ce travail réclame des conditions physiques parfois exceptionnelles pour escalader des montagnes, descendre des falaises abruptes ou ramper dans les tombes. Il faut également faire face à des coûts importants et j'en profite pour remercier tous ceux qui m'ont spontanément apporté leur aide parmi lesquels plusieurs entreprises internationales.

Il est impossible de reconstituer la vie de personnages comme Hatchepsout, Néfertiti ou Akhenaton sans travailler sur place. À chaque saison, je découvre des détails nouveaux, jusque-là laissés de côté, qui me permettent de compléter la vie d'Hatchepsout, des Thoutmosides, des Aménophis... si bien que des thèses que j'ai fait admettre il y a dix ans sont reprises aujourd'hui par tous.

*
* *

Méryrêt-Hatchepsout II se maria avec Thoutmosis, troisième du nom, fils de Thoutmosis II et d'une fille du harem, Iset.

Thoutmosis III devint pharaon à la mort de son père Thoutmosis II. Hatchepsout, qui devait assurer la régence, s'imposa comme Pharaon à part entière dans la septième année du règne. Elle régna pendant vingt-deux ans, laissant son neveu Thoutmosis III à l'écart. S'entourant de fonctionnaires et de prêtres dévoués à sa personne, organisant des expéditions dans les pays les plus lointains, combattant elle-même les Nubiens, restaurant les temples en ruines, elle sut s'affirmer dans une Égypte prospère.

Mais les peuples d'Asie devenant menaçants, Thoutmosis III[1] allait devenir le sauveur de l'Égypte, le plus grand pharaon de tous les temps, celui qui passerait l'Euphrate pour imposer la puissance de l'Égypte en Asie. Son épopée demeure exceptionnelle. Après avoir vécu dans l'ombre d'Hatchepsout, la pharaonne fille d'Amon, Thoutmosis III devait briller au firmament de l'Histoire.

Aménophis II, le fils qu'il eut avec la reine Tiâa prit, à sa mort, la tête d'un pays gigantesque. Parce qu'ils avaient favorisé les échanges entre l'Égypte et les autres pays, Hatchepsout et Thoutmosis III avaient ouvert l'Égypte à de nouvelles religions. Les héritiers de la dynastie allaient changer la face du monde dans un tournant fondamental de l'Histoire. Thoutmosis IV épousa des princesses mitanniennes. Son fils, Aménophis III[2], allait devenir l'un des plus grands bâtisseurs. Son nom reste lié au temple de Louxor et aux Colosses de Memnon qui flanquaient son temple de millions d'années à Thèbes-Ouest. Il fit construire non loin de là le domaine de Malqatta où vécut la cour, ainsi que de nombreux temples en Nubie. Son épouse Tiyi fut l'une des plus grandes reines d'Égypte, qui entrete-

1. Voir *Thoutmosis*, Violaine VANOYEKE, Éd. Michel Lafon.
2. Voir *Aménophis*, Violaine VANOYEKE, Éd. Michel Lafon.
À la fin de chaque trilogie se trouve une mise au point sur les découvertes récentes.

nait alors des liens privilégiés avec le Mitanni menacé par les Hittites. Des royaumes nouveaux s'imposaient, d'anciennes villes au pouvoir déchu revenaient sur le devant de la scène. Peu à peu se dessinait l'adoration en un dieu unique, une divinité solaire.

Déjà, sous le règne d'Hatchepsout, comme je l'ai démontré ailleurs, « la Pharaonne » tendait à adorer exclusivement le dieu Amon et la déesse Hathor, qu'elle disait être sa nourrice, une vénération proche du monothéisme qui aurait entraîné, *a posteriori*, le martelage de son nom sur les murs des temples et sur les listes pharaoniques.

J'ai déjà expliqué, dans plusieurs articles parus il y a dix ans, qu'Hatchepsout, comme d'autres rois de la XVIIIe dynastie, avait délaissé le culte d'Osiris à Abydos et qu'il était possible de voir dans le martelage du nom d'Hatchepsout une vengeance des prêtres d'Osiris, dieu des morts au rôle primordial pour la vie dans l'Au-Delà, qui était en quelque sorte « remplacé », dans l'esprit d'Hatchepsout, par la déesse-vache Hathor. Ce martelage pouvait aussi avoir été fait par des adorateurs du dieu solaire Aton qui auraient effacé l'image du dieu Amon, celle d'Hatchepsout qui se prétendait « fille d'Amon », celles de Mout et du favori d'Hatchepsout, Senmout, dont le nom aurait alors été confondu avec celui de Mout. D'autres martelages ont, bien entendu, été effectués par des successeurs d'Hatchepsout comme cela se pratiquait souvent, les pharaons mettant ainsi leur nom à la place de celui de leurs prédécesseurs.

Ce qui importe est la thèse que j'ai avancée il y a plusieurs années et qui me paraît, aujourd'hui, de plus en plus évidente. Les premiers souverains de la XVIIIe dynastie tendaient au monothéisme bien avant le règne d'Akhenaton, un monothéisme qui a été favorisé par les échanges effectués avec les autres pays et par des peuples qui se sont installés en Égypte et qui a abouti à la création d'une ville en l'honneur du seul dieu Aton, « Akhetaton ».

Je place, à la fin de chaque trilogie, des explications sur les mystères et les découvertes actuelles au sujet des personnages et des périodes que je traite : un point historique réactualisé qui me paraît essentiel pour les lecteurs souhaitant en savoir davantage sur les fouilles et les recherches en cours.

Violaine VANOYEKE.

Résumés des tomes 1 et 2

Alors que Satamon, fille de Tiyi et d'Aménophis III, convoite le trône, son frère, le jeune Aménophis IV, dirige l'Égypte avec son père. Amoureux de Kiya, la nouvelle femme mitannienne d'Aménophis III qui lui était destinée, Aménophis IV est de plus en plus attiré par l'adoration du seul dieu Aton et commence à prendre des mesures étonnantes qui relèguent les autres dieux à un rang inférieur. Les prêtres d'Amon font connaître leur mécontentement à Aménophis III. Des peuples comme les Hittites menacent des pays alliés de l'Égypte. C'est le cas du Mitanni d'où est originaire Kiya. La Mitannienne est toujours attirée, elle aussi, par le jeune Aménophis IV même si elle attend un enfant du vieux roi Aménophis III qui retrouve, auprès d'elle, une nouvelle jeunesse. Mais une autre femme va bientôt captiver l'attention d'Aménophis IV : Néfertiti, la fille d'Aÿ, frère de la reine Tiyi.

La famille royale vit alors à Malqatta, sur la rive ouest de Thèbes. Populaire, elle doit, cependant, subir le vandalisme des pilleurs de tombes. Ceux-ci n'hésitent pas à piller la tombe des grands-parents de Néfertiti dans la Vallée des Rois. La reine Tiyi demande à son conseiller Nabi de faire une enquête et d'arrêter les coupables. Des artisans travaillant dans la Vallée sont soupçonnés. Ont-ils des complices ? Pourquoi l'un des archivistes du palais a-t-il disparu ? A-t-il donné les plans de la tombe de Youya et de Touya aux pilleurs de tombes ? Nabi décide de le suivre sur la rive est de Thèbes...

Bien que plusieurs fonctionnaires et quelques ouvriers soient impliqués dans ce crime, les responsables échappent aux policiers. Aménophis IV épouse Néfertiti. Las de Malqatta, il décide d'habiter Karnak et d'entreprendre des travaux importants. Mais il soulève la colère des prêtres d'Amon en quittant Thèbes pour créer une ville nouvelle en l'honneur du seul dieu Aton dans une plaine inhabitée : Akhetaton, « l'Horizon d'Aton ». Tout d'abord réticente, Néfertiti devient la reine d'une ville luxueuse. Mais elle voudrait donner un fils au roi qui dirige le pays avec son père alors que Satamon complote avec les prêtres thébains pour s'emparer un jour du trône. Affaiblis par la peste, menacés par de nouveaux ennemis, les Égyptiens, gouvernés par un vieux roi malade et par son fils, plus poète que militaire, s'inquiètent. Néfertiti apprend, alors, par hasard que Toutankhaton n'est pas le fils d'Aménophis III mais celui d'Aménophis IV, qui a pris le nom d'Akhenaton, et de Kiya qui va devenir sa principale rivale.

Douzième partie

[illegible]

Grands [illegible]
vus, les princes du [illegible]
état maintenant appro[illegible]
l'encolure de Korrak [illegible]
Avoir [illegible]
[illegible]
tion qu'il [illegible]

Toutes les fois que [illegible]
sent des regards torves [illegible]
lors, lui expliqua Molaric [illegible]
[illegible]
[illegible]
[illegible]
sa propriété.

Il resserra sa moitié [illegible]
et décidé [illegible] sa présence [illegible]
[illegible]

[illegible]

I

Iÿ n'était pas parvenu à calmer la colère des Grands Prêtres de Karnak. Il s'était entretenu avec tous les puissants du temple d'Amon. Lui-même était maintenant apprécié, écouté et respecté dans l'enceinte de Karnak. Non seulement, il se dévouait à Amon, mais il était également le neveu de la reine Tiyi que prêtres et peuple aimaient tendrement et vénéraient comme une femme d'exception, courageuse et intelligente. Même sa mère, Moutemnebo, l'avait supplié de trouver une solution à une situation qui devenait tendue et dramatique.

– Toutes les fois que je me rends à Karnak, je sens des regards torves, des murmures inhospitaliers, lui expliqua Moutemnebo. Les Grands Prêtres s'éloignent de la famille royale alors qu'ils louaient tant Aménophis III et sa digne épouse. Tu as dû, toi aussi, subir leurs reproches. Peut-être un jour perdras-tu ta place dans le temple. On te rendra la vie insupportable !

Iÿ rassurait sa mère qu'il aimait tendrement pour sa discrétion, sa présence, son attention et sa tendresse.

– Je suis respecté en tant que prophète d'Amon

et personne n'oserait me reprocher d'être apparenté à la famille royale. Tu te trompes sur l'attitude des prêtres thébains. S'ils se méfient d'Aménophis IV, ils apprécient toujours autant son père.

– Mais ils ne doivent pas comprendre pourquoi Aménophis III ne sermonne pas le prince !

– Ils sont perplexes, en effet. Je le suis tout autant. Mais nous devons accepter la situation.

Moutemnebo serrait son fils contre elle comme s'il était la dernière chance de réconcilier le clergé d'Amon avec le prince.

– Jamais les rois ne gouverneront sans les prêtres. Le peuple s'inquiète lui aussi. Il ne comprend pas les objectifs du prince.

– J'avoue que tout le monde s'interroge.

Le prophète d'Amon reconnut également son impuissance face à Satamon.

– Je n'ai que faire des ambitions de mon frère, lui dit-elle. Akhenaton est persuadé que le monde est à ses pieds alors que personne n'ose lui parler franchement. Même ses plus fidèles conseillers, comme Aÿ ou Parenefer, sont hostiles à ses dernières décisions.

Iÿ lui rappela que la ville d'Akhetaton devenait une immense cité où tous les ambassadeurs se rendaient.

– Mon frère a beau construire des monuments là-bas, aucun prêtre n'est disposé à le suivre. Tu le sais mieux que quiconque. Les alliés sont contraints d'accepter les caprices d'un adolescent qui ne mesure pas toutes les conséquences de ses actes.

– Avec l'or, tout est possible. Je doute, pourtant,

que les prêtres d'Amon se laissent convaincre en échange d'un don même exceptionnel.

– Comment réagirais-tu si le prince t'invitait à quitter Amon et Karnak en échange de lingots d'or ?

– Je n'ai pas besoin de cela. Ma mère possède tant de richesses ! Il m'est difficile de prévoir la réaction d'un prêtre pur.

– Nos rois délaissent Thèbes. Les prêtres refusent de les suivre. D'autres prophètes bénéficient des largesses d'Aménophis IV et acceptent d'honorer Aton et de s'installer dans sa ville. La détresse des uns ouvre la voie de l'espérance et du bonheur aux autres.

À l'agitation des prêtres s'ajoutait le mécontentement des paysans qui ne vivaient pas à Akhetaton. La plupart avaient vu leurs redevances augmenter alors que la crue du Nil avait été moins abondante que l'année précédente. Leurs réclamations étaient restées lettres mortes. Ni Akhenaton ni même Tiyi n'avaient pris la peine de lire leurs plaintes. Les responsables du Trésor n'étaient même pas informés de la hausse décidée par quelques scribes malhonnêtes qui agissaient, en partie, pour leur propre compte.

Satamon aborda le problème. Elle fit un récit alarmant de la révolte paysanne qui s'organisait aux alentours de Malqatta.

– Les paysans se sont rassemblés. Ils se sont plaints aux scribes royaux. Ils ont demandé à parler au vizir. Faute d'être entendus, ils ont menacé d'envahir les temples et de ne plus en sortir avant d'avoir obtenu satisfaction. Comme les policiers les empêchaient d'entrer dans les sanctuaires, ils ont décidé de marcher sur Malqatta. Je les verrai toujours brandir rageusement leurs outils vers le ciel en criant aux portes de nos palais !

– Qu'arrive-t-il à notre pays ? demanda Iÿ. Jamais le peuple n'aurait autrefois osé discuter les ordres des rois.

– Souviens-toi des révoltes des Libyens qui ont tenté d'envahir le village des ouvriers. Le pharaon les a aussitôt repoussés. Je ne comprends pas que ma mère ne se soit pas inquiétée des requêtes des cultivateurs contre les scribes des impôts. Ceux-ci ne sont guère populaires. S'ils ont commis des forfaits, ils doivent être punis !

– Les Égyptiens apprécieraient que le roi fasse respecter la justice.

Iÿ lui expliqua que le prélèvement des impôts n'était pas en Moyenne Égypte un souci permanent.

– Ta mère vit le plus souvent à Medinet el-Gourob. Son influence est moins déterminante qu'à Thèbes. Elle est également très préoccupée par la santé de ton père.

– Qui va intervenir ? Je vais informer le vizir et lui demander d'agir, décida finalement Satamon.

– Akhenaton va punir les coupables.

– Mon frère est maladroit.

Quelques scribes agissaient en toute impunité depuis plusieurs années alors qu'Akhenaton avait donné des instructions précises pour que les Égyptiens vivent en toute tranquillité sans être accablés par les impôts. Le roi jugeait les scribes d'autant plus coupables que lui-même avait besoin de ressources pour construire sa ville.

Malgré ces bonnes intentions, Satamon savait que le peuple égyptien était de plus en plus désorienté. Nombreux étaient ceux qui refusaient de tourner le dos au dieu Amon. Certains regrettaient le règne d'Aménophis III lorsque le jeune souverain gouvernait seul en Égypte. Quelques-uns, plus audacieux, estimaient qu'Akhenaton n'était pas l'héritier attendu et qu'il devait disparaître.

Des rumeurs avaient couru sur les actes répréhensibles de plusieurs architectes de Pharaon qui faisaient marteler les images d'Amon sur des stèles ou des bases de statues. Satamon amplifiait ces bruits et en faisait courir d'autres, plus graves, en laissant penser que son frère s'apprêtait à détruire des statues d'Amon.

– Il les abattra sans état d'âme. Bientôt, les Égyptiens ne trouveront plus un lieu, plus une image pour honorer Amon. Mon frère veut tout faire disparaître, tout anéantir et vous n'échapperez pas à ce carnage !

Tel était le langage qu'elle employait devant les prêtres de Karnak en provoquant leur ire. La naissance d'une nouvelle princesse ne suffisait plus à apaiser les esprits.

***

Dès qu'elle eut donné naissance à Néferneféruaton, Néfertiti s'éloigna de Kiya. L'épouse mitannienne d'Aménophis III, qui était devenue la maîtresse assidue d'Akhenaton, ne comprit pas cette attitude. Aussi Néfertiti la convoqua-t-elle pour lui parler franchement. Elle avait choisi une journée paisible. On approchait de la saison hivernale si bien que les Égyptiens ne souffraient plus des trop fortes chaleurs.

Comme d'habitude, les artisans embellissaient les tombes dans les collines entourant Akhetaton. Les prêtres d'Aton recouvraient les autels du dieu d'offrandes tant dans son temple que dans les espaces à ciel ouvert qui lui étaient consacrés. Des bateaux faisaient la navette entre Akhetaton et la Méditerranée ou entre Thèbes et la cité du dieu solaire. Certains, aux formes différentes, venaient de Nubie ou d'Asie. Les embarcadères étaient sans cesse occupés.

Les bâtiments principaux, presque achevés, subissaient l'assaut des peintres et des sculpteurs. Ils avaient pris des couleurs vives et gaies. Colonnes rouges, jaunes, bleu turquoise, plafonds et sols chatoyants, salles magnifiques rappelant les palais crétois rendaient la ville éclatante de beauté.

Néfertiti y régnait comme une déesse à laquelle le roi offrait les plus belles parures et les plus beaux atours. Des dizaines de tisseuses travaillaient sur ses vêtements dans les nouveaux ateliers du palais. Des bijoutiers choisissaient les pierres de ses parures et les mêlaient à l'or le plus pur. Tous les sculpteurs rêvaient de faire émerger de la pierre les traits fins et réguliers de La Belle est venue.

– Laisse-moi, Thoutmès, dit Néfertiti au plus

assidu et au plus talentueux d'entre eux. Je dois parler avec Kiya.

L'artiste, qui avait eu le privilège de faire construire son atelier en plein centre de la ville et qui recevait de très nombreuses commandes de la famille royale, se retira à regret. Il aimait passer de longs moments avec celle qu'il admirait et avait déjà fait plusieurs moules de son visage avant d'exécuter ses chefs-d'œuvre. Il les soumettait au roi qui les trouvait toujours intéressants.

– Peut-être pourrais-je continuer mon travail demain ? demanda Thoutmès.

– Certainement. Je prendrai plaisir à poser pour toi. Laisse ici tes ciseaux et ton travail.

Thoutmès recouvrit le buste inachevé de Néfertiti avec une serviette en lin. Puis il nettoya rapidement ses instruments et les rangea dans des coffres et des plumiers en bois aux reflets auburn.

– À demain, Majesté, dit-il en s'éclipsant le plus discrètement possible.

Thoutmès était petit et râblé. Il n'était plus très jeune et il enseignait lui-même son art à quelques disciples.

– Je t'attendais, dit Néfertiti à Kiya en la regardant avec beaucoup d'insistance. Tu es venue seule ? Je m'étonne que Toutankhaton ne t'ait pas accompagnée. Tu ne viens jamais au palais sans lui… Mon époux le voit chaque jour.

La Mitannienne s'étonna du ton inhabituel de son amie.

– J'ai pensé que tu voulais me parler seule.

– En effet.

Sans ménager ses effets, Néfertiti ajouta aussitôt :

– Je sais que Toutankhaton est le fils d'Akhenaton.

Surprise, Kiya balbutia et nia, tout d'abord, les faits.

– Je le sais depuis plusieurs mois, ajouta Néfertiti.

Kiya tint les yeux baissés.

– Je savais que tu me le reprocherais !

– Mon mari a l'air d'aimer son fils...

– Mais je ne suis pas sûre que Toutankhaton soit l'enfant d'Aménophis IV...

– Ne me mens pas ! dit Néfertiti en se levant du trône où elle était assise dans toute sa majesté. Tu aurais pu me tromper si je n'avais pas entendu une conversation troublante. Elle était si limpide, plus claire que le ciel resplendissant d'étoiles ! Comment pourrais-je te croire lorsque tu prétends aujourd'hui qu'Aménophis III, Maître des deux pays, est le père de Toutankhaton ? Ces paroles sont ancrées dans mon cœur.

– Qui t'a informée ? Akhenaton ?

– Non. J'ai surpris, par hasard, l'une de tes conversations avec Akhenaton... Je m'apprêtais à fêter avec mon mari notre installation dans notre palais. Mais tu étais déjà sur place. Lorsque j'ai reconnu ta voix, je suis restée dans le corridor et je suis repartie. Vos propos étaient sans équivoque.

– Quelle importance ? finit par dire Kiya. Ton époux aura bien d'autres enfants de ses femmes secondaires, notamment de Ipy qu'il ne quitte plus.

– Les autres femmes ne m'intéressent guère. Je sais tenir mon rang. Mais tu es l'épouse d'Aménophis III et celui-ci pense que Toutankhaton est son fils. Même Tiyi le croit.

– Sans doute.

– Qu'espères-tu ?

– Je ne comprends pas, Néfertiti.

– Je n'ai pas de fils et je suis sûre que tu pries chaque jour les dieux pour que je n'en aie jamais. Tu pourrais aussi envisager le trône pour ton propre enfant.

Kiya jura à Néfertiti que telles n'étaient pas ses intentions.

– J'ai aimé Aménophis IV avant même que tu ne le connaisses. Si son père ne m'avait pas choisie, je l'aurais épousé. Mon père m'avait promise à ton époux.

– Si tu mens, je le saurai.

– Interroge ton père, le grand Aÿ.

– Que veux-tu dire ?

– Aÿ était notre confident. Il a favorisé notre future union. Grâce à lui, Aménophis IV a obtenu ce qu'il désirait. Car Aÿ a beaucoup d'influence sur mon père. Ton père avait promis de nous aider et il l'a fait.

Néfertiti resta silencieuse.

– Je me demande pourquoi mon père m'a caché toute cette histoire…

– Pourquoi t'en aurait-il parlé ? Akhenaton t'a finalement choisie et il t'adore comme une déesse. Aucune femme ne peut t'égaler. Quant à moi, je suis devenue l'épouse du pharaon.

– Mon père connaît-il votre liaison ?

– Non, avoua Kiya. Personne n'est au courant.

En réalité, je ne suis jamais qu'une femme comme une autre…

– Mon père soupçonne-t-il quelque chose ? insista Néfertiti. Sait-il que Toutankhaton est le fils d'Akhenaton ?

Kiya lui répéta ce qu'elle venait de lui dire. Elle se demandait ce que Néfertiti avait en tête. Voulait-elle qu'elle quittât Akhetaton ?

– Kiya, réponds-moi franchement. Quels sentiments éprouves-tu pour Akhenaton ?

– J'ai beaucoup de tendresse pour lui.

– Et que ressens-tu pour le vieux roi ?

– J'ai de l'affection pour lui. Il m'a toujours bien traitée. Je regrette, cependant…

– Oui ?

– Qu'il n'ait jamais écouté mes prières en refusant d'envoyer des renforts à mon père.

– Nous avons appris que le roi hittite était souffrant et que son fils allait lui succéder. Or, celui-ci refuse de combattre contre les alliés de Pharaon. Tu peux donc retrouver ta tranquillité d'esprit.

– Je ne pardonnerai, toutefois, jamais à Aménophis III, Horus d'or, cette négligence. La reine Tiyi a, pourtant, parlé en ma faveur. Ce fut toujours en vain…

Kiya s'interrompit à son tour. Elle ajouta, tremblante :

– Néfertiti souhaite-t-elle que je quitte sa ville ?

– Je vais y réfléchir.

– Néfertiti informera-t-elle Aménophis III et la reine Tiyi ?

– Je ne le sais pas.

– Tu m'effraies, Néfertiti.

– Tu as peur qu'Aménophis III te chasse et te renvoie au Mitanni ou qu'il te punisse. Il te reprochera plus le fait de lui avoir menti que d'avoir fait un enfant avec un autre. Ta fille est-elle au moins de lui ?

– Je le jure devant tous les dieux. Qu'Aton me détruise à l'instant si je ne dis pas la vérité.

– Si tu quittes l'Égypte, je ne risquerai plus rien. Mes enfants seront protégés. La meilleure solution pour moi est donc de tout révéler à la famille royale. Tu auras le sort que tu mérites et tu devras assumer ton destin.

Kiya tomba à ses genoux et l'implora de l'épargner. Elle ne voulait pas retourner au Mitanni. Bien que la perspective de revoir son pays lui plût, elle préférait rester en Égypte et servir Aménophis III.

– Aménophis III ou son fils ? lui demanda sévèrement Néfertiti. Je croyais que tu étais mon amie. J'ai attendu pendant plusieurs semaines avant de te parler en espérant que tu te confierais à moi. Je t'ai observée. Tu rendais visite à mon époux à mon insu. Tu agissais comme si tu étais la reine. Tu me dénigrais auprès de lui.

– Jamais, Néfertiti !

– Mes serviteurs m'ont fait des rapports précis à ce sujet.

– Je n'ai jamais parlé devant témoin.

Néfertiti lui jeta un regard enflammé.

– Mais tu as parlé de moi à mon mari ! Tu viens toi-même de te révéler ! Il me sera, désormais, impossible de te faire confiance.

– Que vas-tu faire ?

– Je n'ai pris aucune décision et je ne te rendrai pas de compte à ce sujet. Tu verras bien ce qui se passera. Ce sera ta punition !

II

L'idée d'Akhenaton avait fait son chemin. Il y pensait depuis des mois. Ne supportant plus l'image d'Amon, voulant, au contraire, mettre en avant celle d'Aton, l'adorateur du dieu solaire donna des ordres qui stupéfièrent tout le monde. Il convoqua les dignitaires et les architectes et leur dit sur un ton qui ne tolérait aucune réplique :

– Détruisez les statues d'Amon ! Martelez son visage et son nom ! Supprimez tout ce qui rappelle le dieu de Thèbes ! Si nécessaire, remplacez-le par le disque solaire.

Alors que cette idée lui avait semblé, tout d'abord, incongrue et impossible, presque révoltante, Akhenaton y avait réfléchi. Elle avait mûri dans son esprit occupé par le seul Aton. Si ses propres fonctionnaires proposaient de substituer Aton à Amon ou de détruire le dieu thébain, pourquoi s'y opposerait-il ? Pourquoi ne pas profiter de l'opportunité qui lui était donnée de satisfaire le dieu solaire ?

Pensant qu'il agissait pour le bien de tous et que l'ensemble des dignitaires l'approuverait, le prince mésestima, une fois encore, la réaction de son peuple. Sa dévotion envers le dieu Aton lui faisait perdre toute lucidité. Il s'imaginait que les artisans, les vizirs, les scribes, les femmes et les enfants le comprenaient et l'aimaient pour son action.

Non content d'avoir prononcé un discours clair sur la question, il réunit, chacun à leur tour, les différentes corporations de métiers et leur tint le même langage. Les courtisans surent, également, avec précision ce qu'il attendait de ses ouvriers et des prêtres. Pris de court, personne ne répliqua. Mais tous les Égyptiens scrutaient le ciel avec angoisse en attendant les foudres ou les pluies dévastatrices des cieux.

– Nous aurons bientôt autant de tempêtes que les Asiatiques qui n'ont jamais su contenter leurs dieux, dit Aÿ qui, en tant que prêtre, était bouleversé.

– Ne dramatises-tu pas un peu la situation, mon cher père ? lui rétorquait Néfertiti, désormais prête à soutenir son époux à tout instant et dans tous les domaines.

– Tu ne te rends pas compte, ma fille. Ton mari est en train de changer l'ordre de Maât, de bouleverser l'Égypte, d'apporter des changements radicaux…

– N'est-ce pas le propre des grands novateurs ? Mon mari est très inventif. Il se soucie surtout du bien-être du peuple et succédera vaillamment et intelligemment à son père.

– Je suis heureux que tu l'aides et que tu l'assistes comme une bonne épouse. Mais tu dois rester prudente…

Aÿ ne savait comment parler à sa fille sans l'effrayer.

– En réalité, j'ai très peur pour toi. Si la situation

se dégrade et si la famille royale était menacée, je pourrais peut-être quitter cette ville et échapper aux révoltés. Mais je ne te laisserai jamais et tu n'abandonneras jamais ton époux même dans les pires moments.

– Que racontes-tu ? lui dit Néfertiti. Personne ne se révolte contre Akhenaton. Tu l'as vu de tes yeux : le peuple et les courtisans l'ont approuvé et applaudi. Qui pourrait comploter contre lui ou tenter d'anéantir la famille royale ? Même les prêtres se taisent et s'inclinent devant le prince tout-puissant.

– Ils se taisent, certes, mais cela ne signifie pas qu'ils l'approuvent. Leur silence m'inquiète. Iÿ t'a pourtant parlé des risques que prenait Akhenaton avec sa nouvelle politique et ses nouveaux rites religieux.

– Iÿ devait être envoyé par Satamon qui me hait et t'envie.

– J'y ai pensé. Je connais bien les grands prêtres de Karnak et je ne puis imaginer qu'ils resteront passifs devant les décisions d'Akhenaton. Je crains leur réaction. Crois-moi, il faut s'attendre au pire !

– Puisque Aÿ reste impuissant face à eux, va les voir, raisonne-les, explique-leur qu'Akhenaton ne souhaite que le bonheur de ses sujets. Calme-les ! Ils t'écouteront car tu es respecté comme aucun autre dignitaire !

– Si c'était si simple, je l'aurais fait depuis longtemps. J'appartiens désormais au clan de ton époux. Je suis ton père. Aussi vont-ils m'exclure de leurs rangs si ce n'est déjà fait. À leurs yeux, je ne dois être qu'un traître, qu'un prêtre qui tourne le dos à son dieu et qui blasphème.

– Qu'en est-il en réalité ?

– Je reste le prêtre d'Amon que je vénère malgré toutes les réformes voulues par Akhenaton. Jamais je n'honorerai Aton comme le dieu thébain. Personne ne pourra m'y forcer, pas même le pharaon.

– Ne pourrais-tu adorer Aton pour l'amour de ta fille ?

– Je ne mélange pas mes sentiments avec le respect des dieux. Crois-moi, tout le monde pense comme moi. Voilà bien là le problème !

– Mais personne ne le dit !

– Qui peut parler avec Akhenaton ? Il est obtus, borné, sûr de lui. Il n'écoute même plus la reine Tiyi !

– J'avoue qu'il est impossible d'aborder le sujet avec lui et que tout le monde se plie à ses désirs...

– Et à ses ordres !

Néfertiti se réconforta vite en estimant que son père jugeait mal la réaction des sujets du roi. Elle interrogea elle-même les artistes qui venaient lui rendre visite au palais pour réclamer ses faveurs ou sculpter son buste. Elle posa aussi quelques questions à ses simples servantes et aux musiciennes qu'elle voyait régulièrement. Elle demanda, enfin, l'avis de quelques nourrices qui étaient au service de la famille royale depuis des années et qui lui étaient fidèles. N'ayant aucune raison de ne pas croire en leur franchise et en leur honnêteté, elle se satisfit de leurs réponses qui encourageaient le prince à mettre ses plans à exécution.

– Je savais que j'avais raison, dit-elle à sa sœur.

– Bien entendu ! Les rois font toujours les bons choix !

– Je m'étonne de ta réponse alors qu'Horemheb, comme mon père, est un des seuls à dire tout haut qu'il désapprouve mon époux.

– Les hommes ne font pas part à leur épouse de leurs réflexions. Horemheb ne me confie jamais ce qu'il pense des actions du prince. Il se garde bien de traiter avec moi de questions politiques, militaires, religieuses ou internationales. Sans doute m'estime-t-il trop jeune ou trop incompétente…

– Il ne veut pas te blesser. Je lui reproche, cependant, de ne pas dire à mon mari ce qu'il pense réellement.

Jamais ordre n'avait soulevé un tel malaise. Pendant plusieurs jours, aucun homme n'osa l'exécuter. Tous redoutaient la vengeance des dieux et des prêtres. Aussi Akhenaton rendit-il sa décision publique une nouvelle fois. Les architectes et les sculpteurs obéirent dans toute l'Égypte et détruisirent tout ce qui se rapportait à Amon et à Mout. Les prêtres d'Amon se mobilisèrent et refusèrent de servir le roi.

– Cette fois-ci, le fauve combat contre le taureau et rien ne pourra les arrêter, dit Iÿ à Satamon. Je ne puis agir en faveur de ton frère. Il a dépassé la mesure. La guerre entre le roi et le clergé d'Amon est déclarée. Personne ne parvient plus à raisonner Aménophis IV.

Le fils de Moutemnebo parlait avec regret. Sa

voix était triste et son air affligé. Que n'avait-il tenté pour éviter les conflits entre la cour et les prêtres ! Mais il avait épuisé tous ses atouts. Il comprenait que son pouvoir de conviction ne suffisait plus.

– Mon frère vit maintenant dans un palais magnifique, dans une cité de rêve, à l'écart de Thèbes. Il se complaît au milieu des flatteurs et des visiteurs de marque. Il donne fête sur fête. Il grossit dans les banquets et les prolonge jusqu'à l'aube. Il se promène sur le Nil avec ses filles, caresse les animaux exotiques que les tributaires lui offrent des quatre coins du monde, prie Aton, boit du vin et se fait masser. Il ne se soucie ni de la peste ni des impôts ni des prêtres d'Amon. Que ceux-ci se rebellent ou non, il est indifférent à leurs revendications. Il ne lit pas leurs plaintes. Il refuse d'écouter les vizirs. Il ne parle que des bâtiments d'Akhetaton, de son trésor, des richesses offertes à Aton, de la beauté de Néfertiti, des robes et des bijoux de son épouse, des professeurs et des nourrices de ses filles. Il ne s'occupe que de sa famille, de la nouvelle capitale de l'Égypte et de son dieu.

– J'ai parlé avec Toutou, avec Parenefer, avec Aÿ. Tous m'ont avoué qu'ils désapprouvaient Akhenaton. Il serait facile de rassembler les fonctionnaires et de…

– De renverser le royaume, de tuer les rois et d'en mettre d'autres sur le trône. N'est-ce pas ce que tu voulais dire ?

Un long silence envahit la pièce. Iÿ n'osait

approuver Satamon qui était trop catégorique. Il ne se sentait pas le droit de juger Akhenaton.

– Sans être si expéditif, répondit-il, je pense, en effet, qu'il est préférable qu'Akhenaton cède son trône.

– Céder son trône… répéta Satamon pensive. Voilà qui me plairait. Mais je n'ose en rêver. Qui pourrait remplacer mon frère si ce n'est sa sœur aînée rompue à la politique.

Le fils de Moutemnebo rougit. Il n'avait pas envisagé la suite des événements sous cet angle. Mettre une héritière à la place d'un prince fanatique d'Aton était, à ses yeux, remplacer un mal par un autre car les prêtres n'accepteraient pas facilement une femme à la tête du pays.

– Tu restes silencieux, lui dit Satamon en plantant son regard dans le sien. Que penses-tu de mes intentions ? N'ai-je pas là une bonne idée ?

– Sans doute… répondit Iÿ. Cependant…

– Qui refuserait la fille du roi Aménophis III qui a organisé les fêtes-sed de son père pendant lesquelles tous les Égyptiens se sont réjouis, les fonctionnaires ont été récompensés, les notables ont reçu de nouveaux titres, les prêtres des charges plus importantes ? Et tout cela à ma demande, selon un programme établi par mes soins que mon père a suivi à la lettre ! Qui serait assez ingrat pour l'avoir oublié ?

– Hélas, Satamon, je crains que le peuple ne soit très ingrat et je doute que les Égyptiens se souviennent de tes bontés et de ton efficacité. Ces fêtes-sed ont célébré la puissance et le renouvellement du pouvoir d'Aménophis III le généreux. Qui sait que tu agissais en coulisses à part ta mère, l'honorable Tiyi, ma tante chérie, ou bien tes sœurs ?

Satamon n'était pas de son avis. Ses conseils à la cour, ses interventions auprès de son père, ses actes avaient été applaudis et jugés à leur juste valeur.

– Il y a des années… insista Iÿ.

Satamon préféra interroger son cousin sur d'autres sujets. Ses craintes et ses hésitations la mettaient hors d'elle. Comment ce prophète d'Amon pouvait-il douter de ses capacités à gouverner ?

– Et Horemheb ? Comment réagit-il ? demanda-t-elle.

– Depuis qu'il a épousé la sœur de Néfertiti, il est plus discret.

Satamon fit entendre un petit rire crispé.

– Je n'en suis pas étonnée, dit-elle. Il sait mener sa barque et n'a pas besoin de pilote pour naviguer sur le Nil.

– Mais il désapprouve totalement la politique de ton frère.

– Serait-il prêt à rassembler les soldats et à renverser Akhenaton et Aménophis III ?

Iÿ demeura interdit car il commençait à mieux comprendre les objectifs de Satamon. Il ne savait s'il devait lui fournir des informations pour l'aider à s'imposer ou lui mentir en l'en dissuadant.

– Je ne suis guère au courant des buts d'Horemheb. Il coule une retraite tranquille auprès de Moutenejmet et se soucie peu des événements d'Akhetaton. La présence d'Aménophis III sauve ton frère. Nombreux sont ceux, même parmi les soldats, qui refusent de s'opposer au vieux roi qui a toujours été bon et généreux.

– J'aimerais avoir l'opinion du général Horemheb, non de ses soldats. Tu en sais plus que tu veux bien me le laisser croire.

– Je ne suis qu'un prêtre, Satamon, et je vis à Karnak. Pourquoi connaîtrais-je les faits et gestes d'Horemheb ?

Satamon le regarda avec hauteur. Elle n'avait jamais été impressionnée par l'amabilité, la douceur et la réserve de son cousin qui était, pourtant, plus habile et plus efficace que n'importe quel orateur à la voix puissante et aux gestes désordonnés. Iÿ accepta ce regard auquel il était habitué et se garda de toiser Satamon. La plupart des courtisans ou des membres de la famille royale préféraient éviter les conflits avec la fille de la reine Tiyi.

– Quand mon père rejoindra Osiris ou Aton, rien ne retiendra le peuple, ajouta-t-elle.

– Je le crains.

– Je ne sais, Iÿ, si je dois ou non me réjouir d'une telle situation. Quand le peuple ou les prêtres décident d'éliminer un roi, sa famille disparaît avec lui. Je n'en régnerai peut-être pas pour autant.

– Ton analyse est bonne, Satamon. Voilà pourquoi je tremble pour tous les membres de ma famille. Ma mère, la reine Tiyi, tes sœurs, les parents de Néfertiti seraient certainement tués. Mais que pouvons-nous faire ? Le prince mène grande vie à Akhetaton et n'écoute plus aucun conseil. Est-il seulement au courant des dangers qui menacent l'Égypte ?

Satamon réfléchissait. Elle se leva puis se rassit,

manifestement excitée par les événements qui allaient suivre. Elle ne savait quelle position prendre et ne voulait pas se révéler à Iÿ. Se mettrait-elle du côté des adversaires d'Akhenaton quitte à y perdre la vie ? Les prêtres d'Amon tenteraient-ils de s'en faire une alliée pour mieux l'éliminer par la suite ?

– Il est si difficile de prévoir jusqu'où peuvent aller les Égyptiens lorsqu'ils sont révoltés.

– Les guerres civiles ou religieuses sont les plus terribles et les plus meurtrières. Même si tu es opposée à ton frère et si je suis un prophète d'Amon, les adversaires de la famille royale oublieront nos actions et nos titres en ne se rappelant qu'un élément fondamental : le fait que nous soyons tous deux liés de près au roi et à la reine.

– Laisse-moi, Iÿ. Je dois réfléchir et trouver des solutions.

Le prophète d'Amon se retira en saluant sa cousine. Mais il n'avait pas obtenu ce qu'il souhaitait, tout au plus avait-il, au contraire, attisé l'ambition et l'orgueil de Satamon.

III

Dans les jours qui suivirent, les temples résonnèrent sous les bruits des marteaux et des ciseaux. Partout où se trouvait une image d'Amon coiffé de la double plume, des ouvriers, montés sur des caisses ou des monticules de sable, frappaient de toutes leurs forces sur les piliers, les colonnes ou les murs afin d'effacer le dieu qu'Akhenaton refusait de voir. Le travail était si important que les Égyptiens le bâclaient parfois en martelant une partie des représentations qui avaient demandé tant d'années de labeur.

Des hérauts partaient dans tous les pays afin de transmettre les ordres du prince. Rien ne comptait plus désormais que le but qu'il s'était fixé : faire disparaître au plus tôt les images d'Amon et de son épouse. Cet objectif était devenu la principale priorité.

Une agitation incroyable s'emparait de la Nubie, de la région du Sinaï, de tous les villages construits au bord du Nil. Le fleuve était envahi par des embarcations qui se croisaient à toute heure de la journée. Messagers, chefs de chantier, troupes, gardes partaient pour toutes les régions comme s'ils devaient repousser un ennemi redoutable. L'adversaire d'Akhenaton n'était autre que le dieu Amon, le père divin d'Aménophis III et de la reine Hatchepsout, la divinité de Thèbes devenue au fil des ans le principal dieu de l'Égypte, le dieu qui avait à son service le clergé le plus puissant du pays.

Seule la ville d'Akhetaton ne connaissait pas cette folie destructrice. Elle continuait à grandir et à embellir avec des blocs, des colonnes, du marbre poli que des ouvriers rapportaient des temples d'Amon qu'ils avaient démolis. Les offrandes ou les trésors d'Amon affluaient à Akhetaton et étaient aussitôt placés dans les temples du dieu solaire. On déchargeait des tonnes de matériaux. Les carrières ne devaient plus servir pour l'édification des monuments d'Amon. Si certaines étaient de nouveau ouvertes, les pierres n'étaient exploitées que pour plaire à Aton.

Des jarres de vivres et de vin, des paniers remplis de fruits et de légumes, des coffres à vêtements étaient également embarqués afin que les ouvriers, tout à leur travail, aient sur place de quoi se nourrir ou se changer. Il n'était pas question d'abandonner un chantier pour reprendre des forces. Les artisans dormaient sur place sous des tentes ou à la belle étoile et mangeaient sur le pouce entre deux martèlements. Craignant un contrôle du prince en personne, ils étaient très attentifs à leur tâche. Les scribes leur donnaient des instructions précises en relisant les notes dictées par Akhenaton. Ils faisaient chaque jour une recension des images ou des cartouches à marteler et des piliers ou des pylônes à détruire. Ils réunissaient les ouvriers et leur donnaient leurs instructions. Dès l'aube, ceux-ci s'activaient jusqu'à la nuit tombée. Les scribes pouvaient alors faire un rapport exact qui était aussitôt adressé à Akhenaton et à Aménophis III.

– J'ai l'impression que nous ne viendrons jamais à bout de ce travail ! dit bientôt Akhenaton à Néfertiti. Je ne pouvais imaginer que les statues et les représentations d'Amon étaient si nombreuses. Il n'existe pas un temple, pas un monument qui ne fasse référence au dieu. Certaines images sont presque oubliées. Or, je veux qu'aucune ne subsiste !

Néfertiti l'encourageait et restait stoïque devant ce carnage. Elle n'avait pas d'attachement particulier pour Amon et respectait les volontés de son mari.

– J'ai l'intention de tout détruire le plus rapidement possible car j'ai besoin de mes ouvriers, ajouta Akhenaton. Tous ceux qui s'acharnent actuellement sur Amon manquent cruellement à May. Nous n'avançons plus.

– Recrute des paysans ! Pour réaliser ce travail de démolition, nous n'avons pas besoin d'artistes. Tu pourras ainsi conserver tes meilleurs artisans à Akhetaton.

Akhenaton trouva l'idée excellente et la mit à exécution. La plupart des cultivateurs thébains, installés récemment à Akhetaton, se plaignirent du prince. Ils allaient déposer des offrandes sur les autels d'Amon encore debout et suppliaient le dieu de ne pas les anéantir. Ils ne faisaient qu'exécuter les ordres incompréhensibles d'un roi fanatique.

Certains pleuraient même en respectant les volontés du prince.

Quelque temps plus tard, les scribes recrutèrent également des marchands, des volontaires et des étrangers. Ces derniers étaient les premiers à obéir sans scrupules à Akhenaton car ils ne respectaient pas plus le dieu de Thèbes que celui de Memphis ou d'Hermopolis.

– Puisque des mercenaires sont prêts à combattre avec nos soldats, pourquoi ne travailleraient-ils pas dans les carrières pour servir Aton ou dans les temples pour abattre Amon ?

Au début, des soldats surveillèrent ou supervisèrent leur travail. Mais, peu à peu, l'attention se relâcha d'autant plus que militaires ou ouvriers agissaient à contrecœur en suppliant Amon de ne pas se venger sur eux ou leur famille. Amon fut martelé dans le temple d'Hatchepsout, à Karnak, dans les sanctuaires des pays de Ouaouat et de Koush et sur des stèles d'Assouan. Son nom disparut également des parois des sanctuaires. Les trois terrasses du temple d'Hatchepsout, dans le cirque de Deir el-Bahari, furent étudiées de très près. Les scribes répertorièrent toutes les représentations du dieu en compagnie de sa fille Hatchepsout, des Thoutmosides ou des autres parents de la reine-pharaon. Dans le Djeser Djeserou, Amon était partout. Il n'y avait pas d'endroit où il ait été oublié. Sur les quatre côtés de chaque pilier, sur les murs des terrasses, près des chapelles d'Anubis, dans le sanctuaire qui lui était consacré, dans la chapelle de la déesse-vache Hathor, dans les niches entourant l'autel divin, près des statues d'Hatchepsout disposées tout autour de la cour hypostyle, Amon trônait, assis comme un roi ou debout auprès de la reine. Sa coiffe dorée sur la tête, portant le signe de vie, il s'était imposé jusque dans le temple de Thoutmosis III qui côtoyait celui d'Hatchepsout.

Près des monts de l'Assassif qui avaient vu défiler tant de cortèges lors des fêtes d'Opet, des dizaines d'ouvriers s'acharnaient sur tout ce qui pouvait rappeler Amon. Pourtant, alors que tout allait être détruit et que certains étrangers confondaient même le nom de Senmout, le bras droit d'Hatchepsout, avec la déesse Mout, martelant aussi ses images, les prêtres d'Amon intervinrent. Ils débarquèrent sur la rive ouest, se précipitèrent dans le cirque rocheux et interdirent aux ouvriers de poursuivre leur travail.

– Il faudra me passer sur le corps si vous souhaitez poursuivre votre carnage ! dit l'un des Grands Prêtres. Partez d'ici ! Quittez ce lieu où la reine Hatchepsout a honoré son père divin ! Rejoignez la ville maudite d'Akhetaton et rapportez au prince ce que je viens de vous dire.

Comme l'un des chefs d'équipe s'avançait pour protester, le Grand Prêtre le regarda avec dédain. Il l'examina des pieds à la tête et lui fit signe de s'éloigner.

– Tu ne connais donc pas les règles de la cour ? lui dit-il. Que fais-tu debout devant moi ? Tu dois te coucher et ne jamais lever ton regard vers moi !

Surpris par tant de mépris, l'étranger hésita et fit quelques pas en arrière.

– Vous ne comprenez même pas mes paroles ! Vous n'êtes pas nés en Égypte. Votre seule motivation est l'argent ! Que représente pour vous le dieu Amon ?

La plupart baissèrent la tête tandis qu'un scribe reprochait au Grand Prêtre de les empêcher de travailler correctement.

– Un travail ? lui dit le Grand Prêtre. Les artisans ont effectué un travail lorsqu'ils ont bâti ce temple sous les ordres de l'architecte Senmout. D'autres artistes l'ont embelli. De nombreux pharaons ont apporté leur pierre à ce magnifique édifice qui s'étale devant vous à la gloire d'Amon et de la reine Hatchepsout. Dorénavant, comment se dérouleront les fêtes d'Opet ? Les cortèges ne passeront plus devant les temples de millions d'années des anciens rois ! Ils ne s'arrêteront plus devant le temple de Medinet Habou ou devant le Djeser Djeserou, sublime du sublime ! Comment honorerez-vous vos dieux si vous supprimez tout ? Si le prince vous donnait l'ordre de boire du poison, le feriez-vous ?

– Je le ferai ! répondit le scribe avec froideur, car j'obéis aux rois les yeux fermés. Nous sommes nés pour les servir !

– Et pour honorer les dieux qui ont donné aux rois leur pouvoir et leurs terres ! Les dieux restent les premiers maîtres, les plus puissants, ceux que servent les rois ! Ne te trompe pas de parti !

– C'en est trop ! répondit le scribe. Continuez votre travail ! Je vais faire un rapport au prince !

Malgré son âge, le Grand Prêtre se plaça devant

le scribe et étendit ses bras pour l'empêcher de passer.

– Que tout le monde quitte ce lieu ! cria-t-il. Si l'un d'entre vous ose monter ces rampes d'accès aux terrasses, je le ferai exécuter.

Les soldats, qui avaient accompagné le Grand Prêtre, se placèrent à ses côtés et firent barrage aux ouvriers qui reculèrent.

– Tu regretteras ton geste, Grand Prêtre ! J'envoie immédiatement un messager à Akhetaton !

Le Grand Prêtre éclata de rire.

– Fais donc ! Mais quitte cet endroit ! Allez ! Embarquez tous et ne remettez plus les pieds ici !

Les ouvriers quittèrent le temple sans se presser, persuadés qu'ils y reviendraient le lendemain, dès que le prince aurait fait arrêter le Grand Prêtre. Certains hochaient la tête en plaignant le sort du serviteur d'Amon. D'autres n'étaient pas mécontents de s'interrompre après avoir travaillé depuis l'aube. Comme ils s'apprêtaient à rejoindre leur tente installée un peu plus loin, le Grand Prêtre leur conseilla de traverser le Nil et de dormir sur l'autre rive.

Bousculés par les soldats, les ouvriers s'exécutèrent à contrecœur tandis que le scribe rédigeait son rapport. Dépourvus de repères, les rares Thébains qui habitaient encore dans leur ville préparaient leur départ pour Akhetaton. La ville du dieu Amon n'existait plus. Ses habitants l'avaient désertée en espérant trouver à Akhetaton une vie de luxe et de bien-être. Se rapprocher de la cour et des rois était le principal objectif de tous les Égyptiens.

Le Grand Prêtre accompagna les ouvriers jusqu'à leurs embarcations afin de s'assurer de leur installation sur la rive est. Tous les prêtres qui étaient avec lui s'étaient disposés le long de la berge et regardaient les artisans qui, leurs outils à la main, embarquaient sur leur bateau à voile ou dans leurs barques.

Ils étaient si différents les uns des autres ! Certains portaient les cheveux courts et très bouclés. Le visage noir, des boucles aux oreilles, ils avançaient en bougonnant, refusant de se plier aux ordres des prêtres. Sans doute étaient-ce d'incorrigibles Nubiens à la stature imposante qui étaient venus travailler pour Pharaon afin de gagner un salaire. D'autres, le teint plus clair, les cheveux complètement rasés sur le modèle des prêtres, n'osaient répliquer. Ils venaient probablement d'Asie. Les anciens prisonniers d'Aménophis III se faisaient encore plus discrets. Plutôt que de se retrouver en prison, ils avaient choisi de servir les rois avec l'ensemble de leur famille et s'étaient installés définitivement en Égypte après avoir adopté des noms égyptiens. D'autres encore remerciaient le Grand Prêtre du regard. Celui-ci reconnut parmi eux quelques Thébains qu'il voyait lors des fêtes d'Amon. Le pagne sale, les épaules recouvertes de poussière, les cheveux blanchis par les fins morceaux de pierre qui s'étaient accumulés sur leur tête pendant le martelage, ils avaient manifestement honte de leurs actes et se réjouissaient de s'éloigner du temple d'Hatchepsout.

Le Grand Prêtre les regarda avec pitié et comprit

qu'Akhenaton était loin d'avoir soumis le peuple thébain à sa cause. Il en parut réconforté.

– Salut à toi, dit-il à un paysan thébain récemment installé à Akhetaton. Je te croyais agriculteur et non démolisseur de temple ou violeur de tombe !

– Grand Prêtre, je me réjouis de te retrouver ici.

Le paysan se retourna pour voir si le scribe d'Akhenaton ne l'écoutait pas.

– Rassure-toi. Il est en train de rédiger son rapport. Je doute qu'il ait apporté suffisamment de papyrus pour écrire tout ce qu'il aura à dire !

– Nous n'avons guère le choix…

– Les dieux sont les seuls maîtres que nous connaissons.

– Hélas ! Les rois nous dirigent…

– Si vous préférez les hommes au divin, vous serez anéantis. Pensez-y ! Dorénavant, réfléchissez à vos actes avant d'obéir aveuglément au prince !

– Si nous n'étions pas partis pour Deir el-Bahari, Akhenaton nous aurait sévèrement punis. Je regrette ce qui se passe en Égypte. Parfois, je préférerais avoir quitté ce monde pour les champs d'amour et de paix où la musique est plus mélodieuse qu'ici-bas…

– Rien n'est perdu, répondit fermement le Grand Prêtre. Mais il faut agir vite avant qu'Akhenaton n'ait fait détruire toutes les statues d'Amon ! Mobilisons-nous ! Écoutez-nous ! Rejoignez-nous ! Nous saurons y mettre fin une fois pour toutes !

– Regarde-moi, Grand Prêtre. Je ne suis qu'un simple paysan. En partant pour Akhetaton, j'ai tout laissé : ma maison qui était ordinaire mais agréable, mes champs qui donnaient tant de récoltes, mes bêtes qui dépérissent maintenant à Akhetaton. Mes enfants réclament Thèbes. Ma femme se languit. Nous travaillons plus durement qu'ici pour récolter une misère. Notre petit bout de terrain ne nous permet pas de vivre. Qu'allons-nous devenir ? Lorsque je suis revenu ici et que je suis passé devant ma maison abandonnée, déjà envahie par les herbes, je revoyais mes enfants puiser l'eau aux chadoufs, mon épouse étendre le linge au soleil, mes employés ramener à dos d'ânes des gerbes de blé.

– Tu es malheureux comme tous ceux qui ont quitté leur terre.

– Je le reconnais. Mais je suis pauvre et impuissant alors que tu as un titre respectable. Comment pourrions-nous te suivre et abandonner nos rois ?

– Je sais que vous nous soutiendrez lorsque le moment sera venu. Pour l'instant, tâche d'obéir à Pharaon sans mécontenter Amon. Nous allons nous organiser. Dis aux autres Thébains combien nous sommes hostiles aux projets d'Akhenaton. Qu'ils ne se sentent pas abandonnés et qu'ils gardent espoir dans un avenir meilleur.

– Je crois, en toute franchise, qu'ils commencent à s'habituer à Akhetaton car je n'ai jamais vu une ville aussi splendide ni aussi riche.

– Akhenaton est malin et mégalomane.

Comme le scribe revenait vers eux, le Grand Prêtre se tut. Il regarda le Thébain embarquer. Celui-ci emprunta une planche posée sur la rive boueuse et atteignit l'avant du bateau. Puis il s'assit à côté des Nubiens muets sans oser saluer le Grand

Prêtre. Le bateau s'éloigna de la berge et fit demi-tour avant de traverser le fleuve.

Quelques enfants, habillés de haillons, les jambes et les bras noirs de boue, les membres menus, les cheveux sombres et sales, couraient vers les embarcations en réclamant à manger.

Le Grand Prêtre les regarda froidement. Les paysans les plus pauvres n'avaient pu quitter Thèbes, faute d'embarcation, mais Akhenaton ne tarderait pas à leur envoyer des bateaux pour les emmener dans sa ville. En leur promettant une vie meilleure, il lui serait aisé de les persuader car ces Égyptiens ne laisseraient ni terre ni objet de valeur derrière eux.

– Venez ici ! cria une femme enveloppée dans une tunique drapée. N'importunez pas les prêtres !

Mais, au lieu de se coucher devant le Grand Prêtre, les enfants l'entouraient et tiraient son vêtement en lui réclamant de l'aide.

– J'ai faim… lui dit un petit Égyptien en levant vers lui ses grands yeux sombres où brillaient des pupilles coquines.

– Me dis-tu seulement la vérité ? lui demanda le Grand Prêtre. Je connais ton père. Il s'est approprié un champ qui ne lui appartenait pas et n'a jamais fait une aussi grosse récolte que cette année ! Je l'ai vu au marché vendre ses légumes et ses fruits. Ne me dis pas que tes frères et toi n'avez rien à manger !

Le jeune garçon se frotta contre lui et minauda. Ses ongles étaient pleins de terre. Il essuya la morve qui coulait de son nez d'un revers de la main.

– Mon père n'a rien volé ! Il prend ce que les

autres ont laissé ! On raconte qu'ils vivent mieux que nous, qu'ils sont heureux et que la cité d'Akhenaton est un véritable rêve…

Le Grand Prêtre ordonna à tous les enfants de rejoindre leur mère. Mais il se rendit dans quelques demeures où étaient alités des petits Égyptiens atteints de la peste que leurs parents soignaient désespérément.

– Hélas ! Tant qu'Akhenaton continuera à haïr Amon, nos maux ne cesseront pas. Trop d'hommes, trop d'enfants sont morts sur cette terre !

Après avoir visité cinq familles endeuillées, il retourna sur la rive du fleuve et parla durement au scribe.

– Regarde ces maisons ! Elles abritent toutes un homme malade qui partira bientôt pour l'Au-delà et qui ne pourra plus voir grandir ses fils ! Qui nourrira ses enfants ? Qui protégera sa femme ?

– La peste a fait des ravages dans tous les pays. Elle nous vient de Chypre et d'Asie. Pourquoi m'en parles-tu comme si j'en étais responsable ?

– Parce que Akhenaton répand la maladie et le malheur !

Le scribe haussa les épaules et glissa ses rouleaux de papyrus sous son bras. Fonctionnaire appliqué, il n'avait que faire des problèmes thébains. Le Grand Prêtre surveilla son départ pour l'autre rive et embarqua enfin pour le temple de Karnak. Le Nil coulait tranquillement, sinueux et grisâtre entre les deux rives envahies par les herbes. Par endroits, du sable s'était déposé au bord de l'eau comme si le fleuve était une mer.

– Si les Égyptiens ne vénèrent plus le dieu Hâpy, que deviendra leur pays ? Le fleuve ne débordera plus. Les champs resteront stériles. La mort les guettera. Maudit soit cette ville ! dit le Grand Prêtre en levant son poing en direction d'Akhetaton.

IV

Merles, moineaux innombrables jacassant dans les arbres au lever et au coucher du soleil en envahissant par nuées les branches les plus feuillues, petite race colorée à huppe et à long bec recourbé fouinant dans la terre à la recherche d'un ver, seuls les oiseaux semblaient encore peupler Thèbes-Est et Thèbes-Ouest.

Quelques jours après l'intervention du Grand Prêtre Meni, soutenu par les Grands Prêtres d'Amon, Amenhemat et Nepnefer, Akhenaton avait invité tous les Thébains à le rejoindre à Akhetaton.

– Je te le déconseille, Grand Taureau puissant, lui avait aussitôt dit le Grand Prêtre Samout qui avait suivi le prince de Karnak à Akhetaton et qui n'avait pas pour autant abandonné le parti de ses collègues. Nous sommes suffisamment nombreux à Akhetaton et nous avons déjà du mal à vivre normalement, faute d'eau potable. Tu vas attirer dans la cité d'Akhenaton tous les Égyptiens atteints de la peste. Ce sera catastrophique.

Le prince prit trop tardivement conscience de son erreur malgré les nombreuses mises en garde d'Aÿ et de May. Amonmès, l'intendant chargé de la gestion de Thèbes, avait déjà de nouvelles fonctions à Akhetaton. Akhenaton tentait de convaincre Aperhel, responsable du culte d'Amon, de servir le dieu solaire. Depuis que le rapport du scribe Asli l'avait mis en colère, personne n'osait plus affronter le prince. Même Baki, la femme du Grand Prêtre Samout, apeurée pour ses enfants, conseillait à son mari d'accepter les volontés de la cour et d'oublier les autres prêtres de Karnak.

– Agis comme les autres, lui conseillait-elle. Regarde le Supérieur des greniers d'Aton Hatiai et tous ceux qui servent Aton. Ils ont de nouveaux titres chaque jour alors que les serviteurs d'Amon risquent la prison ou la mort ! Tout le monde se plie aux décisions d'Akhenaton : ses propres parents tant aimés du peuple ; ses sœurs à l'exception de Satamon ; Kiya et Gilukhepa ; Khnoumès qui s'occupait des greniers d'Amon à Karnak ; Mis, l'intendant du domaine thébain de la reine Tiyi…

– D'autres préfèrent prendre le parti des prêtres d'Amon comme Neferophis qui reste au service du dieu et qui gère ses greniers. Temouadjès, la responsable du harem d'Amon, ne répond pas aux messages d'Akhenaton.

– Ce sont des exceptions. Même le chef du harem Ouserhat a accepté de s'occuper de celui d'Aton. Le prince n'a donc pas besoin de Temouadjès.

– Les Grands Prêtres de Ptah et d'Héliopolis demeurent dans leur ville et rendent toujours un culte à leur dieu de référence.

– Jusqu'à quand ? Les frères et sœurs d'Aménophis III ont tous rejoint l'Au-Delà. Notre vieux roi ne saurait leur survivre longtemps.

Contre l'avis de tous les conseillers du prince, les champs thébains furent bientôt laissés à l'abandon. Les paysans qui s'étaient approprié d'office toutes les terres en friche préférèrent répondre aux chants des sirènes de leur roi. Les fermes étaient vides. Personne ne donnait plus aucune offrande à Amon. Seuls les oiseaux chantaient encore tristement en haut des colonnes des temples ou dans les arbres comme si un cataclysme avait tout ravagé. Toute l'activité s'était reportée à Akhetaton, la ville-lumière aux ors neufs et aux mille splendeurs. Aménophis III y passait plus de temps qu'à Malqatta où il ne venait plus guère. Tiyi préférait résider près de son fils.

À Thèbes, les monuments inachevés restaient tels qu'ils étaient. Les ouvriers avaient même laissé des tas de pierres sur lesquels ils se juchaient pour orner les temples afin de partir au plus tôt. Leurs outils étaient utilisés par les destructeurs des images d'Amon. Certains espéraient fuir la maladie qui ravageait l'Égypte en accordant foi aux croyances d'Akhenaton. Déçus par leurs prières infructueuses à Amon, ils se tournaient vers d'autres cultes.

Les granges et les cours où étaient autrefois enfermés les oies, les canards et les poules avaient été laissées ouvertes comme si leur propriétaire n'avait pas l'intention de revenir un jour à Thèbes. Les récoltes n'avaient même pas été achevées. Les fruits n'avaient pas été cueillis. Des seaux gisaient près des norias et des chadoufs. Les corbeaux avaient envahi les jardins et se délectaient des fruits blets qui tombaient sur le sol. Ce spectacle était aussi sinistre que celui d'une cité pillée par l'ennemi.

– Pourquoi les Thébains sont-ils assez stupides pour aller vivre dans une région sans ressources, sans eau et sans verdure ? ne cessait de se plaindre Satamon qui rageait contre la sottise des Égyptiens. Ils vivaient heureux et repus à Thèbes. Ils partent loin de leur maison et doivent tout reconstruire !

– Rien ne vaut l'attrait de la cour, répondait tristement Iÿ qui savait combien la capitale attirait de marchands, d'ambitieux et de vaniteux.

– Parce que mon père a décidé de faire d'Akhetaton la capitale de l'Égypte ! N'est-ce pas aussi une manière de fuir les prêtres d'Amon et de leur ôter leur trop grand pouvoir ? Tu sais combien mes ancêtres redoutaient leur puissance grandissante, trop présente, trop encombrante…

– Ton frère décidera. Aménophis III et son fils ne se rendent plus ni l'un ni l'autre à Memphis. Ils tournent le dos à Amon et ils ne vont plus chasser aux alentours de Medinet el-Gourob. Seule la reine Tiyi y va de temps à autre parce qu'elle s'y sent bien et qu'elle y trouve beaucoup de sérénité.

– Je vais partir à Akhetaton, finit par décider Satamon. La vie ici est devenue austère. Si j'aide les prêtres d'Amon, j'y perdrai la vie comme mon frère. Je crois qu'ils ne réussiront jamais à détrôner Akhenaton si tous les Égyptiens habitent autour de la nouvelle capitale.

– Tu oublies tous ceux qui se courbent devant le

roi sans l'approuver. Trop de fonctionnaires sont hostiles à ses idées religieuses !

– Dans les faits, cette hostilité n'apparaît guère puisque tout le monde vénère Aton et accepte la destruction des statues d'Amon. Le pouvoir du roi est indiscutable.

Loin des réalités et des problèmes, Néfertiti et Akhenaton coulaient des jours heureux. Ce n'était pourtant qu'apparence car Kiya était devenue la rivale de Néfertiti et les complices d'Akhenaton attendaient leur heure pour se détourner du roi. Akhenaton refusait de voir Kiya s'éloigner de lui. Il la protégeait et répondait à tous ses caprices au point d'agacer Néfertiti qui ne tolérait pas d'être dédaignée. La favorite Ipy et les autres femmes de son époux ne déclenchaient pas sa jalousie car Akhenaton ne les choisissait que pour une partie de la nuit.

Le spectacle que le couple royal offrait était tout autre. Néfertiti et Akhenaton passaient leur temps dans un petit kiosque dont les parois ressemblaient à des piliers papyriformes, sans toit, pour laisser passer les rayons d'Aton. Akhenaton, assis sur un tabouret, les pieds posés à plat sur des coussins, coiffé de la couronne bleue d'où partaient des rubans colorés, tenait l'aînée de ses filles dans ses bras tandis que Néfertiti s'occupait de ses autres enfants. Meritaton aimait prendre le menton de son père et observer ses sœurs choyées par leur mère. Elle se voulait la préférée.

Les serviteurs alignaient devant eux des jarres de

vin et de bière et les servaient abondamment. Le siège de Néfertiti était décoré des symboles de Haute et Basse Égypte, un papyrus et un lotus réunis. Sous sa robe, plissée, fermée par une ceinture placée sous sa poitrine, le corps de Néfertiti apparaissait, déjà fatigué par les grossesses. Malgré sa tête, embellie par sa coiffe et les rubans qui en émanaient, Néfertiti avait perdu la fermeté de ses toutes jeunes années. Maketaton réclamait à son père de la prendre comme sa sœur aînée. Elle ne voulait pas être laissée à l'écart. En revanche, les deux dernières filles de Néfertiti, encore très jeunes, préféraient se blottir contre la poitrine de leur mère où elles s'endormaient souvent. Elles portaient toutes la mèche de l'enfance sur le côté de leur visage. Seules les deux aînées avaient le droit de mettre des bijoux. Elles aimaient les boucles d'oreilles et les bracelets.

Néfertiti avait ordonné au sculpteur Thoutmès de reproduire ces scènes qui étaient l'image de son quotidien. Mais, comme à l'accoutumée, Akhenaton avait donné à l'artiste des directives précises. Leurs corps devaient être presque dénudés ou leurs vêtements très moulants. Leurs têtes allongées, de forme ovoïde, devaient être toutes semblables. Aÿ avait scrupuleusement respecté les volontés du roi dans son propre tombeau.

Néfertiti avait adopté d'autres coiffes depuis son arrivée à Akhetaton. Si elle continuait à porter les cornes de vache, le disque et les plumes de paon comme Tiyi, elle choisissait le plus souvent le mortier qui rappelait la coiffure de guerre de son époux.

Akhenaton l'y encourageait vivement car elle ressemblait ainsi à la déesse Tefnout, symbole de fertilité. Si elle s'affichait, parfois, avec un bonnet allongé et bien plaqué sur ses tempes, emboîtant parfaitement sa tête, Néfertiti en profitait, alors, pour supprimer sa perruque. Par grandes chaleurs, à l'instar de Tiyi qui avait repris les coiffes d'Isis et de Nephtys, Néfertiti n'hésitait pas à se couvrir la tête d'un simple voile, le *khat*, comme le faisaient aussi Kiya et les autres femmes de la cour, prêtes à adopter, comme elle, la perruque nubienne.

Néfertiti aurait volontiers laissé tous ses honneurs en échange d'un fils. Son époux lui avait récemment accordé le privilège suprême de porter la même coiffe que lui. Elle pouvait ainsi placer sur sa tête la couronne comme Akhenaton la posait sur son *nemès*. Cobras et faucons, plumes, cornes de taureau, disque solaire décoraient cette coiffe royale que le roi continuait de porter malgré son rejet du culte d'Osiris. Aucune femme, à l'exception d'Hatchepsout, n'avait eu le droit de s'afficher avec une telle couronne.

Akhenaton ne cessait de répéter à Néfertiti, qui insistait pour éloigner Kiya de la cour, qu'elle seule était assimilée à Tefnout, composant ainsi une triade avec Aton et lui-même. Elle seule symbolisait aux yeux de toutes les femmes la fertilité.

– Est-ce bienvenu de rappeler que je suis mère alors que je suis incapable de donner un héritier au roi ? se lamentait Néfertiti en voyant Toutankhaton grandir et s'affirmer.

Sa santé fragile était son seul espoir. Sans souhaiter sa disparition, elle espérait que Toutankhaton resterait chétif. L'enfant de Kiya était souvent malade. Les médecins lui avaient même confié qu'il ne deviendrait jamais robuste, une information déterminante pour la suite des événements.

V

Depuis des mois, la ville d'Akhetaton n'avait pas été aussi calme. Elle retrouvait la quiétude de l'époque où seuls le désert et le sanctuaire d'Hatchepsout donnaient à l'endroit une atmosphère étrange, mystérieuse et sauvage. Le soleil était si chaud que tous les Égyptiens faisaient une sieste ou se terraient dans leur maison aux murs trop minces pour les protéger totalement d'une telle chaleur. Les bêtes étaient couchées, elles aussi, et somnolaient, abattues par les rayons puissants. Les ânes ne chassaient même plus les mouches qui les assaillaient. Le sanctuaire d'Aton où s'était rendu, le matin même, le prince Akhenaton était le plus torride de tous les lieux car il se trouvait un peu à l'écart, en plein désert.

Affalé dans un large fauteuil, les bras tombant de chaque côté des accoudoirs, Aménophis III se laissait doucement éventer en évitant de prononcer le moindre mot tant ses mâchoires le faisaient souffrir. Tiyi avait pitié de lui et évitait d'entamer des conversations. Elle avait achevé de dicter les missives aux rois alliés et réfléchissait à plusieurs solutions pour écarter enfin les Hittites. « Il faut exterminer ces dangereux ennemis, se disait-elle. Le roi de Babylone m'exaspère également. Il insiste pour que nous lui envoyions des princesses égyptiennes. Il voudra bientôt les filles d'Akhenaton ! »

Tiyi avait pris un document sur ses genoux pour faire croire à son époux qu'elle était prise par sa lecture. Elle ne voulait pas l'inquiéter avec les affaires d'État. Elle avait presque honte de se sentir en excellente santé alors que son mari était vieux, voûté, las et accablé par les maux. Elle avait gardé la vitalité qui l'avait toujours aidée. Elle prit négligemment un miroir au manche à tête d'Hathor et contempla longuement ses traits tandis qu'Aménophis III s'endormait, bercé par le mouvement lent et régulier des plumes d'autruche agitées devant ses yeux. « Je n'ai pas le visage aussi ridé que le roi, se dit Tiyi. Je parais beaucoup plus jeune. Je me tiens droite et j'ai encore le port altier. Pourquoi les dieux ont-ils fait souffrir mon époux à ce point ? »

– Je te regarde, Tiyi, lui dit Aménophis III. Tu contemples ton visage. Il n'a pas changé. Quelques rides se nichent autour de tes yeux et sur ton front mais la douceur de tes traits ne s'est pas modifiée. Je te trouve plus belle encore que lorsque je t'ai connue…

– Tu as toujours été attentionné, lui répondit Tiyi en donnant son miroir à un domestique. Je n'ai pourtant guère dormi la nuit dernière car je devais rédiger des missives importantes.

– Tu travailles trop et personne n'est capable de t'aider.

– Il y a des tâches qu'un roi ou une reine ne peuvent confier à personne.

– T'ai-je dit qu'une voyante était venue me voir ? Elle m'a été conseillée par Maïerperi.

– Était-ce une sorcière envoyée pour t'empoisonner ?

– Tu n'aimes guère Maïerperi !

– En effet. Que t'a dit cette femme ?

– De me méfier de mon fils Akhenaton. Elle a peu parlé mais ce qu'elle m'a dit m'a troublé. Elle prétend qu'Akhenaton veut voler de ses propres ailes et se détacher de nous et de nos croyances. Elle affirme qu'il n'hésiterait pas à nous prendre le souffle de vie pour régner et imposer ses lois.

– Akhenaton nous aime comme un fils obéissant. Cette femme est une intrigante ou une incapable ! J'espère que tu l'as renvoyée aussitôt !

– Non. Je l'ai écoutée jusqu'au bout car elle me donnait des détails exacts. Je ne sais plus que penser de ses prédictions.

– Repose-toi, lui dit Tiyi en s'approchant de lui et en lui prenant les mains. Tu es fiévreux. Tes paumes sont brûlantes.

– Notre fils patientera encore un peu pour imposer ses lois…

Tiyi secoua la tête comme pour chasser les paroles délirantes de la voyante. Elle caressa le front humide de son époux et toucha ses joues du revers de la main pour évaluer sa fièvre.

_ Continuez à l'éventer, dit-elle aux Nubiennes qui l'entouraient. Il va s'endormir.

*
* *

Tandis que Néfertiti se laissait, elle aussi, bercer par les dieux du sommeil, Kiya avait rejoint la Maison royale silencieuse. Elle passa dignement devant les gardes encadrant les différentes portes qui permettaient de rejoindre les appartements du prince et s'adressa brièvement au scribe qui lui servait d'espion et d'allié dans la place.

– Tout est en ordre ? lui demanda-t-elle à mi-voix en enveloppant sa tête d'un voile.

– Tout est calme, répondit-il.

– Bien.

Elle pénétra dans la chambre d'Akhenaton et se serra contre lui avant même de le saluer.

– Je savais que tu viendrais, lui dit-il. J'allais me reposer un moment…

– Étendons-nous ensemble et goûtons aux délices de ce calme inhabituel.

– J'ai décidé, en accord avec mon père, que ce jour serait férié et que tous les Égyptiens se reposeraient. Plusieurs Thébains arriveront ce soir même dans la cité. Il ne reste plus guère d'habitants à Thèbes.

– Les ouvriers sont éreintés. Il était temps de leur accorder un peu de repos. Le travail dans les tombes est éprouvant.

– Je veux aussi les récompenser car ils ont avancé considérablement les travaux.

– Néfertiti n'est pas restée avec toi ?

– Je l'apprécie mais nous avons souvent des discussions houleuses. Elle n'accepte pas le fait de ne pas avoir d'héritier et devient acariâtre.

– Elle vit une tragédie que je comprends. Si j'étais à sa place, je me retirerais. Je te laisserais épouser une autre femme digne de te donner des fils robustes.

— La destinée est parfois cruelle…

— Mais le devoir des rois passe avant tout !

Des cris de fauves leur parvinrent des monts alentours. Des vautours tournaient au-dessus des collines pelées, à l'affût d'une victime.

– Dès que les bruits cessent, les oiseaux de proie reviennent et rôdent.

– La reine Tiyi regrette que tu n'ailles pas chasser comme ton père. Elle prétend que les monts sont remplis de bêtes sauvages, d'antilopes, de lièvres, de lions et de gazelles.

– C'est exact. Ma mère est bonne cavalière et son père l'emmenait déjà à la chasse quand elle était adolescente. Lorsqu'elle a épousé mon père, ils partaient tous deux dans les plaines proches de Medinet el-Gourob. Elle a du mal à concevoir que je sois différent d'eux et que je préfère la paix et la lecture aux campagnes et à l'entraînement.

– Ton combat est plus important, lui répondit Kiya en se blottissant contre lui.

Ils profitèrent du silence qui les enveloppait et laissèrent leurs sentiments s'exprimer librement, négligeant de se cacher des domestiques.

VI

May ayant enfin réussi à obtenir une journée de congé, Asal le rejoignit dans sa propre maison d'Akhetaton.

– Je suis heureux d'habiter ici, lui confia-t-il. Depuis que je vous ai rejoints, Akhenaton m'a donné un titre.

May avait réussi à faire de sa demeure un lieu agréable entouré d'un jardin. Passé l'entrée, le vestibule orné de statues impressionnantes permettait d'accéder à une cour carrée agrémentée d'arbustes. Tout autour, un portique abritait plusieurs pièces, chambres et salles à manger ou salon.

Assis sur un banc en pierre face à la fontaine de la cour, May attendait une réponse d'Asal qui n'avait toujours pas justifié sa visite.

– Tu as pris de l'assurance depuis que tu es devenu l'architecte préféré du prince, remarqua Asal. Depuis ton arrivée à Thèbes, ta fonction a changé.

– Ne tourne pas autour de l'autel d'Aton. Viens-en au fait, Asal. Tu m'avais demandé de ne plus te voir.

– Tout le monde a oublié le pillage de la tombe

de Youya et de Touya, lui répondit Asal. L'archiviste a réussi à échapper à la police royale. Tous nos complices ont reçu une part du butin et sont aujourd'hui libres et riches.

– Comme toi et moi, répondit May. Mais est-ce le lieu pour en parler ? Mes serviteurs travaillent tous ici. Ils ne sont pas sourds et je me méfie de certains d'entre eux.

– Personne ne travaille dans cette cour.

– Que veux-tu ? lui demanda May qui avait compris que cette visite n'était pas gratuite.

– Je suis seulement venu te voir.

– J'en doute.

– J'aimerais que tu t'occupes de ma future maison et de ma tombe d'Akhetaton.

– Je ne parviens pas à exécuter tous les ordres du prince. Il m'est donc impossible de répondre favorablement aux particuliers. De nombreux Égyptiens me sollicitent. Mais il me faut diriger plusieurs chantiers afin d'en faire venir du quartzite, du grès et du calcaire. Plusieurs temples ont été commencés tant en Nubie qu'à Akhetaton. Tout repose sur mes épaules.

– Je te donnerai des bijoux et de l'or…

– De l'or volé ? Je n'ai besoin d'aucun bijou. Je suis riche et puissant.

Asal insista.

– Je ne suis pas n'importe quel Égyptien ! Nous étions amis…

– Amis ? Tu me dédaignais et me donnais des ordres.

– N’est-ce pas toi qui as exécuté avec beaucoup d’intelligence une partie de notre plan ?

– Complice ne veut pas dire ami…

– Je reconnais ton talent.

– Celui de pilleur de tombe ?

– Non, celui d’architecte. Fais-moi la faveur d’accepter mon offre. Si tu as du travail, j’attendrai. Je saurai patienter…

– Tu ne crains donc pas de mourir demain !

– Me le souhaites-tu ?

– Quand on a commis des erreurs, on doit être prêt à payer.

Asal rit aux éclats, la gorge renversée.

– Voilà revenue ta belle incertitude ! Eh bien, je ne redoute rien. Je dors comme un chat. Je dîne avec mes amis même si tu ne m’invites jamais. Je vais épouser une magnifique Asiatique que m’a présentée Toutou. Je suis riche, moi aussi. Mon seul souci est de faire creuser ma tombe et de l’embellir. Pour ce faire, je désire le meilleur !

– Cesse de me flatter, Asal ! Je ne céderai pas, même pour tout l’or du monde !

– Peut-être peux-tu choisir un endroit favorable et établir des plans… Seulement des plans… Tes ouvriers feront le reste. Mais tu sauras les sélectionner et leur donner des directives précises.

– Encore une fois, je ne vois pas pourquoi les dieux m’inciteraient à t’être agréable. Aux yeux de tous, nous passerions pour des amis proches puisque je refuse systématiquement d’aider les autres particuliers.

— À l’exception des hauts fonctionnaires.

— Le prince ne m'a pas donné d'ordre en ce qui te concerne. Tu me reproches de ne pas t'inviter dans mes banquets parce qu'ils sont prestigieux et que tout le monde veut y assister. Tu voudrais que je dessine ta tombe… Les divinités t'ont rendu fou ! Tu ne voulais pas que nous nous rencontrions.

– Aujourd'hui, de quoi as-tu si peur ?

– Je n'ai qu'une crainte : que le prince n'apprenne un jour que j'étais complice du pillage de la tombe de ses grands-parents. Il nous tuerait tout de suite. À mon tour de te prier de ne plus venir ici pour me parler de cet acte que je regrette.

– Nous n'évoquerons plus cette histoire. Mais réfléchis à ma proposition.

Comme beaucoup de hauts fonctionnaires d'Akhetaton, May menait un train de vie enviable. Entouré de nombreux domestiques arrosant les plantes, apportant les jarres d'eau de l'embarcadère royal, nettoyant les sols aux dessins aquatiques représentant des scènes du Fayoum, époussetant les bustes des pharaons, dépoussiérant les tentures et les coussins, secouant les couvertures et le recouvrement des banquettes, tapant les matelas, vérifiant le système de fermeture des pliants en bois, en ivoire ou en roseau, chacun avait une fonction précise qu'il tentait de remplir au mieux pour satisfaire le maître.

– J'ai oublié de te dire… commença Asal en revenant sur ses pas.

Mais May lui tournait déjà le dos.

– J'ai pu m'entretenir avec nos complices du Village.

– Quels complices ? De quoi parles-tu, Asal ? N'as-tu pas compris ce que je venais de te dire ?

Piqué au vif, Asal lui répondit d'un ton tranchant.

– Tu te redresses et tu toises les fonctionnaires du roi, May. Mais je t'ai connu plus humble et plus modeste. N'exagère pas. Je t'ai écouté tranquillement sans rétorquer. J'avoue que ton attitude et ton assurance m'ont étonné. Tu oublies, cependant, qui je suis. Je refuse d'être traité ainsi ! Si je dois te parler, tu m'écouteras !

– Sinon que se passera-t-il ? ajouta May. Tu hausses le ton. Tu arrives ici comme si c'était chez toi ! Tu m'entretiens d'un sujet qui ne m'intéresse pas, dangereux pour nous deux, et tu voudrais que je t'approuve en riant comme si nous trinquions en l'honneur des dieux ! Tu me proposes de l'or et des bijoux alors que je n'ai besoin de rien.

– J'ai compris que tu souhaitais tout oublier et tout effacer.

– En effet. Cette époque est lointaine et je ne suis pas fier de nous.

May s'impatientait.

– Je suis soulagé que tu sois venu m'apprendre tout cela, reconnut finalement l'architecte. Mon attitude est compréhensible. Je regrette mes actes mais je refuse de te juger. Tu as agi comme tu l'entendais. Je ne devais pas accepter de vous aider.

– Nous aider ? Tu as pris les choses en main !

– Peut-être... Oublions tout si tu le veux bien. Garde l'or. Je refuse de toucher à ce qui a appartenu à Youya et à Touya. La reine Tiyi est aussi honorable et bonne que ses parents. S'attaquer à cette famille était une grossière erreur. J'aimerais regrouper toutes les pièces volées et les remettre en place dans la tombe. La Grande Épouse royale aurait la plus belle surprise de sa vie. Elle qui soigne son époux avec amour et qui est si dévouée aurait enfin un sujet de joie.

– On dit qu'elle gâte Semenkharê comme une grand-mère et qu'elle le protège. Ne trouve-t-elle pas là un sujet de satisfaction ?

– Semenkharê lui procure, en effet, beaucoup de joie. Mais elle aime aussi la compagnie de Néfertiti, de Kiya et de Moutenejmet. En réalité, elle est intelligente, généreuse et efficace. Sans elle, l'Égypte ne resterait pas aussi puissante. Son rôle est déterminant. Voilà pourquoi j'ai honte d'avoir agressé sa personne en participant au pillage de la tombe de ses parents.

Asal éclata de rire une nouvelle fois. Il n'avait pas d'état d'âme et les scrupules de l'architecte l'amusaient. La famille royale en avait-elle lorsqu'elle envoyait des hommes aux crocodiles sous prétexte qu'ils avaient mal exécuté ses ordres ?

– Hélas ! Il nous est impossible de réparer ! La plupart des bijoux volés ont été fondus, les pierres précieuses serties dans d'autres pièces et les meubles découpés ! Jamais nos complices n'accepteraient de rendre ce qui leur a rapporté tant de lingots d'or !

– Que les dieux me pardonnent et me protègent ! Je ne réussis pas à rire d'une telle situation et je te trouve bien insouciant.

– La famille royale est si riche ! Une pièce en plus ou en moins ne changera rien ! Youya et

Touya se plaisent dans l'Au-Delà. Que la prêtresse Touya ait des boucles d'oreilles en moins ou que le chef des écuries Youya soit privé d'un miroir ne changera rien à leur destin.

– Tu en parles à la légère et je n'aime guère le ton que tu emploies. Tu me reproches ma colère et mon irritation. À mon tour de blâmer ta désinvolture au sujet d'un acte répréhensible, si grave qu'il mériterait la peine de mort.

Asal haussa les épaules.

Les femmes parfumaient la maison que May avait astucieusement ombragée par des tonnelles et rafraîchie grâce à des murs épais. Elles faisaient fumer de l'encens et brûlaient des pastilles odorantes de myrrhe ou de rose dans de petits récipients en albâtre disposés dans différents recoins de chaque pièce. L'odeur des onguents chauffés sur un brasero placé dans les salles de bains de la maison se répandait toute la journée dans les autres pièces et dans le jardin.

Dans les salles d'eau, les femmes préparaient toute la journée des pâtes odorantes pour les massages, la relaxation, l'adoucissement ou l'embellissement de la peau. À chaque instant, May pouvait décider de se faire laver, frictionner, parfumer ou masser. Les ustensiles de maquillage étaient également prêts en permanence. Pots à khôl aux couleurs bleues, palettes à fards en bois où chaque emplacement circulaire avait une teinte différente, pinceaux, préparations de cendres et d'argile pour nettoyer la peau, récipients en albâtre, pâte à dentifrice mentholée, cônes de parfum amidonnés, cuillères à fard à tête d'animaux, en bois ou en ivoire, petites louches en bois aux manches courts et recourbés, étiquettes mentionnant les aromates placés dans tel ou tel vase, peignes ornés de dessins d'antilopes ou de gazelles, plumiers, les servantes de May rangeaient, nettoyaient, classaient tout avec une minutie proche de la maniaquerie. Leur maître tenait, en effet, à retrouver chez lui la même rigueur que dans son travail.

Asal crut déceler une lueur inhabituelle dans les yeux de May qu'il continuait à observer. Hésitant à partir, l'Égyptien s'attarda dans la cour. Une jeune fille venait de passer d'une pièce dans une autre. Elle était presque nue et exécutait sa tâche avec beaucoup de grâce. « Se pourrait-il, se dit Asal, que May cherche une épouse et souhaite enfin fonder une famille ? Cela expliquerait son attitude, sa froideur et sa crainte. »

May allait approcher de sa domestique pour lui donner un ordre quand il aperçut Asal qui revenait sur ses pas.

– Tu es encore là ? lui dit-il.

– Cette jeune femme est bien belle ! Tu sais choisir tes servantes.

– Ce n'est pas une simple domestique. Elle sait habilement préparer des onguents et connaît les parfums sur le bout des doigts. Elle utilise des arômes connus mêlés à des senteurs que tu n'as jamais pu apprécier, qui viennent de très loin… Jamais je n'ai rencontré une pareille parfumeuse ! Elle a appris cet art de sa mère qui vient de quitter la terre.

Asal sourit et se moqua de l'architecte.

– Tu la regardes avec des yeux d'adolescent transi. Prends garde aux femmes ! Elles sont redoutables !

– Garde tes conseils et tes sarcasmes, Asal.

– Il est temps que tu prennes femme.

– Surveille la tienne et ne m'importune plus !

Comme May allait appeler l'un de ses gardes pour raccompagner Asal d'office, celui-ci contempla la jeune femme de plus près. Gênée, celle-ci leva les yeux vers lui tout en conservant le corps plié. Elle savait qu'il lui était interdit de regarder sur un plan d'égalité un supérieur. Comme elle ne connaissait pas Asal, elle demanda d'un regard à son maître ce qu'elle devait faire. Celui-ci lui ordonna d'aller préparer un bain.

– Tu utiliseras les même senteurs qu'hier, cette irrésistible odeur de pin mêlée à de l'encens et surtout à de chaudes notes fleuries. Garde tes secrets. Ne me révèle pas les mystères de ces préparations.

Le visage de la jeune femme s'épanouit dans un magnifique sourire. Elle les laissa seuls.

– Tu es astucieux, Asal. Je préférais que tu restes inaperçu et tu te fais remarquer à la moindre occasion !

– Qui crains-tu ? Cette enfant ? Elle m'a déjà oublié ! Elle ne m'a même pas regardé !

– Tu ne connais pas les femmes… Elles papotent dans la salle de bains. Je suis sûr que leurs langues sont déjà déliées et que ma parfumeuse a fait de toi une description parfaite. Elle a un sens étonnant du détail. Elle est si perfectionniste qu'elle dépasse mes espérances.

– Le prince se réjouirait de ton mariage. Tu as eu plusieurs femmes et tu les as toutes perdues. Les dernières sont mortes de la peste. Gageons que celle-ci te survivra tant elle est jeune !

– Tu l'as entendu. Je vais prendre mon bain et me faire masser. Je ne t'invite pas à partager mes loisirs. Ils sont si rares !

Les jardiniers arboraient depuis l'aube un jardin que tout le monde, même Akhenaton, enviait à l'architecte. Pour l'arroser, May faisait venir des alentours, à ses frais, une quantité impressionnante de jarres d'eau. Toute la journée, des domestiques apportaient les récipients du bateau de May et les remettaient en place, une fois vides. Leur va-et-vient entre le palais ou les maisons des fonctionnaires et l'embarcadère était devenu un spectacle quotidien.

VII

Afin d'imiter quelques-uns des pharaons précédents, May avait également fait planter des arbustes et des plantes rares apportées d'Asie. La plupart ne reprenaient qu'avec peine et nécessitaient un soin particulier.

Des cuisines situées dans le jardin provenaient, le matin, des odeurs de pâtisseries et, en soirée, des émanations de cailles ou de poissons grillés que May aimait farcis. Des plats préparés avec art, mêlant les meilleurs produits aux plus belles présentations étaient généralement servis lors des repas de May même s'il n'avait guère le temps d'en faire souvent. Lorsqu'il conviait dans sa salle à manger les plus hauts fonctionnaires des rois, il souhaitait leur présenter des recettes inhabituelles venant de tous les pays. Les plats étaient colorés, les légumes découpés avec goût. Les cuisiniers leur donnaient des formes de poissons, d'ânes, d'oies, de gazelles ou de chats pour plaire aux invités. Les femmes n'en finissaient pas d'admirer ces représentations qui réclamaient des heures de travail. L'architecte avait choisi ses cuisiniers. Certains étaient originaires de Nubie et préparaient des plats exotiques, très épicés ; d'autres venaient d'Asie et relevaient les mets avec des épices mal connues des Égyptiens. May voulait recevoir aussi bien que les princes et garder la réputation d'offrir les meilleurs banquets.

May louait de surcroît les plus belles danseuses et les acrobates les plus spectaculaires. Il les repérait lors de leur passage dans la ville ou écoutait les rumeurs de Memphis ou de Thèbes. Quelques marins grecs conseillaient May.

– Ces artistes m'intéressent ! leur disait l'architecte. Faites-les venir ! Où se trouvent-ils ? Accepteront-ils de résider quelque temps en Égypte ?

Les Hellènes promettaient d'entrer en contact avec eux et de leur faire une proposition.

– Mes paroles ne sont pas de vent, ajoutait May en insistant.

Puis il réclamait son scribe et lui dictait un engagement.

– Ils n'auront jamais reçu un tel cachet ! Ils viendront à la nage lorsqu'ils liront mon courrier. Quant à vous, pour vous remercier de me donner de si précieux renseignements, je vous donnerai un lingot d'or.

Connaissant la générosité de May, les intermédiaires s'étaient multipliés. Mais l'architecte prenait toujours la peine de les écouter attentivement.

– Pourquoi ne conçois-tu pas un dîner sans luxe ? lui avait demandé l'un de ses conseillers.

– Parce que je n'ai pas le temps de déjeuner pendant la journée ! Je ne grignote que quelques olives et mange du pain avec de l'ail !

Ces réflexions faisaient rire le personnel de cuisine qui connaissait les véritables motivations de May. Celui-ci se plaisait à rester à la hauteur de sa réputation. Lui le simple prêtre devenu puissant en Égypte avant de recevoir du prince les plus hauts titres, voulait montrer son pouvoir et ses richesses. Il priait volontiers le prince d'envoyer chez lui des ambassadeurs reçus au préalable par la reine Tiyi.

– Quelle étrange idée ! rétorquait Akhenaton. C'est à toi de venir au palais lorsque nous avons des visiteurs prestigieux ! Pourquoi veux-tu garder à tes frais des dépenses qui incombent à l'État ? Louer des chanteurs, organiser des spectacles, acheter des denrées rares réclame beaucoup d'argent !

– Le prince m'en donne plus que nécessaire !

– Afin de t'assurer une vie agréable que tu mérites et une retraite tranquille auprès d'une belle et jeune femme.

– J'aime recevoir les invités des rois.

– J'avoue que tu as des jardins plus beaux que ceux du palais et que tes banquets font rougir de jalousie tous les notables de la ville. On jase ; on s'interroge ; on se demande où tu vas chercher de tels produits ; on questionne les équipages qui font étape dans la cité ; on cherche à embaucher tes cuisiniers… Mais personne n'a percé le secret de ta réussite.

– Laisse-moi ce plaisir, prince, et contente-toi de t'amuser chez moi. J'avoue tirer beaucoup de gloire à accueillir les vizirs ou les Grands Prêtres dans ma demeure.

– Et personne ne s'en plaint ! Néfertiti elle-même apprécie tes musiciens. Elle continue à jouer et s'étonne de tes dernières recrues.

Asal se disait, à juste titre, que son complice avait acquis un immense pouvoir. Il venait enfin de saluer l'architecte quand May posa un doigt sur sa bouche et l'invita à se taire. Habitué aux bruits familiers de sa maison, May était persuadé d'avoir entendu un froissement inhabituel de tissu.

– Que se passe-t-il ? lui demanda Asal.

– Tais-toi donc ! Tu ne cesses de parler à tort et à travers. Maât ne met plus d'ordre dans tes pensées. Écoute !

Tous deux se turent, à l'affût. Un long silence suivit. Seules les gouttes d'eau de la fontaine formaient des clapotis à la surface parce qu'une petite brise la faisait frémir. Les minces branches et les feuilles qui retombaient vers elle bougeaient aussi. Les deux hommes eurent le regard attiré par ces bruissements rares.

– Ce n'est rien, reprit Asal. Juste un petit vent qui se lève dans le désert. J'espère que Pakhet ne nous prépare pas une tempête comme elle en a le secret sinon nous risquons d'être inondés !

May ne répondit pas.

– Je n'ai pas entendu ce bruit-là... finit-il par murmurer. Il s'agissait du frottement de sandales sur le sol ou du plissement d'un pagne que l'on met en place.

– Tu as l'oreille fine ! ironisa Asal.

May lui lança un regard noir. Se croyant seuls, des oiseaux vinrent se poser sur le bord de la fontaine et plongèrent leur bec dans l'eau. Les plus hardis volèrent autour avant de se poser à la surface et de prendre un bain. S'ébrouant avec vigueur, ils piaillaient si fort que leurs cris couvraient les bruits d'ustensiles venant des cuisines et les chants monotones des servantes au travail.

– Quelqu'un nous a entendus, dit May.

– Il n'y a personne ici ! Nous sommes seuls ! Tous tes domestiques vaquent à leurs occupations.

– Je suis sûr d'avoir entendu un bruit. Tu deviens imprudent alors que tu me le reprochais.

– Parce que nous ne risquons rien.

– Je n'ai pas envie de perdre la vie. Je connais ma maison. Je suis presque persuadé qu'il y avait quelqu'un derrière ces colonnes. J'ai perçu un souffle, une respiration, une présence.

– Je te laisse à ton imagination, lui dit Asal, las des histoires de l'architecte.

Asal finit, en effet, par se retirer en laissant May soucieux. Celui-ci fit le tour de sa maisonnée pour savoir si quelqu'un avait quitté son poste. Il interrogea les cuisiniers, sa parfumeuse, la responsable des chambres, la préposée aux fleurs, les jardiniers. Mais personne ne semblait avoir abandonné son travail un seul instant.

– Apparemment, tout est en ordre. Je dois me faire des idées. J'avais pourtant la sensation que nous n'étions pas seuls tout à l'heure et qu'un chacal écoutait nos propos. Ai-je inventé une nouvelle tête au dieu Anubis ou ai-je réellement perçu une présence ?

La jeune parfumeuse vint le chercher. Elle s'étonnait de son retard.

– Le bain est prêt depuis longtemps et la masseuse t'attend, maître. Je crains que les fleurs ne fassent plus leur effet si elles trempent encore dans ta baignoire. Leur parfum va devenir trop capiteux et te tourner la tête. Tu auras des picotements dans les tempes et une barre sur ton front.

– Je viens tout de suite, lui dit May. Un bon bain relaxant va me faire le plus grand bien. Tu arrives au bon moment.

L'architecte la suivit dans sa chambre. La jeune femme lui ôta elle-même ses vêtements et le conduisit dans la salle de bains. Celle-ci dégageait des odeurs suaves auxquelles personne n'aurait résisté.

– Allonge-toi dans la baignoire, lui dit-elle.

Les servantes le laissèrent s'installer. Il ferma les yeux et sentit bientôt des dizaines de mains s'activer sur son corps qui fut brossé, frictionné, lavé avec douceur et habileté. En voyant la parfumeuse nue se pencher vers lui, May sentit le désir s'emparer de lui. Il ne pensait alors qu'à inviter toutes ses servantes à le suivre dans sa couche et allait donner des ordres en ce sens quand l'un de ses serviteurs demanda à entrer.

– Qu'il attende ! dit May. Est-il fou pour venir me déranger ? Je le verrai plus tard.

– Il prétend que c'est très urgent.

Surpris, May préféra le recevoir.

– Eh bien qu'il entre mais je ne lui accorde que très peu de temps !

– Il vaudrait mieux que je te parle seul à seul, lui dit l'intéressé.

– Me demanderais-tu de faire sortir ces femmes ?

Les servantes se retournèrent avec surprise.

– Ce n'est pas correct, ajouta May. Va m'attendre à côté.

L'architecte sortit de sa baignoire et se laissa essuyer. Comme on approchait les vases à parfums, il les repoussa :

– Je reviens.

Son serviteur lui parla sans attendre. Il en avait suffisamment entendu pour faire un rapport aux rois. L'homme se présentait devant son maître de son plein gré et lui expliquait combien il était gêné d'avoir surpris la conversation qu'il avait eue avec Asal.

– Qu'as-tu compris ? lui demanda May.

– Que tu étais le chef de la bande qui avait pillé une tombe à Thèbes.

– Tu as donc mal interprété nos paroles.

– J'avoue ne pas avoir tout compris, maître, mais je sais que tu as été impliqué dans une sale histoire. Si les rois le savaient, tu perdrais ta place et peut-être la vie.

– Nous plaisantions avec mon ami Asal.

Un silence se fit.

– Il serait bon pour toi de prendre ta retraite, dit May. Tu es âgé. Tu m'as servi fidèlement. Tu as de nombreux enfants. Si je te donnais des biens pour vivre jusqu'à la fin de ta vie dans l'aisance et le bien-être, où irais-tu ?

– Mes parents vivaient à Thèbes. Je resterai donc dans cette ville.

– Tu n'aimes pas Akhetaton ?

– Je préfère Thèbes. Ma femme aussi.

– Et si je te donnais davantage pour que tu t'éloignes de Thèbes ?

– Je ne partirai jamais à l'étranger.

– Même avec une fortune ?

– Nous devons en parler. Je dois aussi en faire part à ma femme.

– Si tu veux des bijoux et si tu souhaites devenir riche, tu garderas le silence. Tu ne parleras à personne de ce que tu as vu. Ne juge pas mal ton maître qui n'est pas un bandit. Tu as mal compris. Mais je tiens absolument à te récompenser pour toutes les années où tu m'as servi.

Après avoir fait sa proposition, May renvoya son domestique. Il était très sceptique. Pouvait-il faire confiance à ce maître chanteur dont il n'avait jamais su deviner le fond de la pensée ? Qu'avait réellement compris cet homme ? Il rappela Asal et lui fit aussitôt part de cet entretien.

– À cause de toi, nous sommes en danger, lui dit May. Trouve une solution.

– Quand tu lui auras donné de l'or, cet homme disparaîtra.

– Je n'en suis pas sûr.

– Par Aton, supprimons-le !

May demeura interdit devant tant de froideur.

– Je n'y avais pas pensé. Ne compte pas sur moi pour accomplir un tel acte. Je ne suis pas un assassin !

– Tu ne ferais que supprimer un maître chanteur… Je m'en occuperai.

– Je ne veux rien savoir à ce sujet. Je vais donner à mon domestique de quoi vivre une retraite dorée. S'il lui arrive un accident, je ne veux pas être informé. Mais je suis hostile à ces pratiques. Il a des enfants, une famille…

– Songe au cachot, à la honte, à ton exécution et tu n'auras plus de scrupules !

VIII

Tous les Grands Prêtres d'Amon avaient supplié Satamon de répondre à leur appel. La sœur d'Akhenaton avait accepté de les écouter au temple de Karnak. Elle savait qu'ils se plaindraient, une fois encore, des agissements du Seigneur d'Akhetaton. Mais elle fut surprise par leur détermination.

– Les prêtres refusent de tolérer plus longtemps la destruction des statues d'Amon, lui dit Iÿ devant les responsables du culte. Non seulement ils refusent d'exécuter les ordres de ton frère mais ils ont l'intention de s'y opposer fermement et de rétablir l'autorité d'Amon.

– Comment vont-ils y parvenir ?

L'atmosphère du temple avait changé. Même si les prêtres rendaient toujours un culte à Amon, le matin, à midi et le soir, en lui donnant quantité d'offrandes, en lavant et en parfumant sa statue, et même s'ils conservaient en état sa barque solaire pour les futures fêtes d'Opet sans savoir si les rois allaient les conserver, une grande tristesse était tombée sur le temple d'Amon. Il était pourtant proche le temps où Aménophis IV avait décidé d'habiter dans l'enceinte du dieu. Le peuple se souvenait sans peine du discours d'Akhenaton donné à la fenêtre d'apparition du palais. Celui-ci prenait, toutefois, une coloration différente quelques mois plus tard.

S'il parlait déjà d'Aton et de sa puissance créatrice, Akhenaton n'avait pas chassé de sa mémoire la plupart des divinités. Néfertiti n'était pas considérée comme une déesse aussi déterminante qu'Aton ; elle ne formait pas avec le prince une triade essentielle dominant le monde.

Dès qu'ils quittaient leur temple pour se rendre sur la place publique ou au bord du Nil, les prêtres erraient dans une ville déserte. Personne n'offrait plus à Amon d'offrandes dignes de lui. Celui-ci devait se contenter des dons des prêtres alors qu'il avait été habitué aux plus grandes richesses. Les plus belles parts de butin étaient pour lui. Aucun souverain n'avait lésiné sur les présents en or ou en argent qui avaient été déposés dans le temple de Karnak depuis le règne d'Ahmosis. Les chefs prisonniers et étrangers offraient au roi et au dieu des monceaux d'or. Les pharaons victorieux n'hésitaient pas à se dépouiller des pièces les plus précieuses pour plaire à la divinité. Les hôtes de Pharaon partageaient avec lui les cérémonies données en son honneur. Combien de fois la statue d'Amon avait-elle été sortie de sa sombre chapelle encombrée de dons pour gagner le petit temple de Louxor ! De mémoire d'homme, jamais aucun dieu n'avait reçu autant de richesses.

Toutou sortit du rang et s'avança devant Satamon. Il se jeta à ses pieds et la nomma par l'ensemble de ses titres.

– Je ne comprends pas, dit-elle aux prêtres. Que fais-tu ici, Toutou ? N'es-tu pas l'un des fidèles serviteurs de mon frère ? Voudrais-tu le trahir ?

– Toutou n'est pas venu ici pour agir contre Akhenaton mais pour s'emparer du trésor d'Amon.

– Que dis-tu Iÿ ? Aurais-tu perdu la raison ?

– Iÿ dit vrai, reprirent les Grands Prêtres. Akhenaton a décidé de dépouiller Amon pour donner ses biens à Aton. Toutou a pour mission d'établir un inventaire de ce qu'il lui reste afin de l'emporter à Akhetaton. Nous refusons d'ouvrir à Toutou la porte du sanctuaire d'Amon.

Satamon manifesta le désir de se rendre dans la chapelle du dieu comme si elle voulait constater de ses yeux que les offrandes étaient encore en place.

– Personne n'a le droit de pénétrer dans cette chapelle à l'exception du pharaon et du Grand Prêtre, lui dit Iÿ.

– Je le sais. Mais la situation mérite bien quelques entorses au règlement. Voulez-vous que je trouve une solution ou dois-je m'en retourner comme je suis venue ? Vous ne m'avez pas suppliée pour que j'empêche Toutou d'accomplir son devoir !

Les Grands Prêtres parurent un peu gênés. Ils n'avaient pas l'habitude de modifier les règles du temple. Les rites étaient minutieusement observés et quiconque y dérogeait était sévèrement puni.

– Que décidez-vous ? demanda abruptement Satamon. Dois-je partir ou consentez-vous à m'emmener auprès d'Amon ?

– Laisse-nous nous concerter quelques instants, Épouse d'Aménophis III.

La fille de Tiyi manifesta des signes d'impatience. Elle fit mine de partir et ordonna à ses gardes de l'accompagner à son char devant le pylône d'accès au temple.

– Quand vous aurez réfléchi et que vous vous serez réunis, lorsque vous aurez discuté pendant des heures autour d'un bélier sacrifié, vous m'avertirez. Je reviendrai peut-être vous aider. Si je suis déjà partie pour Akhetaton, vous devrez…

– Pour Akhetaton ? s'inquiéta Iÿ.

– Aurais-tu oublié que je voulais me rendre dans la ville de mon frère ?

Devant le regard atterré des prêtres, Satamon poursuivit.

– Je n'ai aucunement l'intention de m'y installer. Je dois simplement rendre visite à Akhenaton. Mais je ne sais encore si j'y resterai plusieurs semaines.

Comme Iÿ insistait auprès du prêtre Meni afin qu'il oubliât, pour une fois, leurs règles et leur décorum, Satamon fut enfin invitée à approcher de la chapelle d'Amon. « Je suis en train d'accomplir ce que seul Pharaon a le droit de faire », se dit-elle en levant la tête et en la tenant droite comme un roi le jour de son couronnement.

L'un des Grands Prêtres ouvrit les deux battants de la porte en bois fermée avec une barre transversale très lourde.

– Je ne vois rien, dit Satamon. Qu'on m'apporte des torches !

– Cette chapelle doit rester dans la pénombre. Ne dérangeons pas le dieu.

– Alors, guide-moi ! Je te suivrai pas à pas !

Le Grand Prêtre la précéda, tête baissée, et s'enfonça dans la salle où se trouvaient quelques corbeilles de fruits frais et des fleurs fraîchement cueillies.

– Je ne vois plus guère de trésors en ce lieu, murmura-t-elle.

Le Grand Prêtre désigna de son menton des coffres alignés le long des murs. Il s'approcha de l'un deux et souleva le couvercle qui grinça longuement. Puis il plongea la main dans les pierres précieuses et en montra quelques-unes à Satamon.

– Des turquoises à l'infini, de la cornaline, du lapis-lazuli, du jaspe, de l'argent…

L'épouse d'Aménophis III était éblouie.

– Voilà donc ce que Toutou veut emporter.

– S'il les voit, il les prendra à coup sûr.

– Il faut faire en sorte qu'il ne soit pas au courant.

– Comment ? Il piétine à la porte et ne demande qu'à entrer. S'il ne craignait une vengeance du dieu et si mes gardes ne le retenaient pas, il serait déjà là !

Satamon resta pétrifiée devant la statue du dieu qu'elle n'avait pas encore vue dans l'obscurité. Il semblait la regarder intensément comme s'il désapprouvait sa présence. Elle se sentit petite face à cette sculpture et se jeta aux pieds du dieu. Puis elle exigea du Grand Prêtre qu'il la reconduisit à l'extérieur.

– Retirons-nous à reculons, lui dit-il. Car il est indécent de tourner le dos à Amon.

Imitant le prêtre, Satamon marcha comme lui en ayant devant elle la coiffe d'Amon à double plume et les attributs du pouvoir et de la vie qu'il tenait fermement dans ses deux mains. Assis, vêtu d'un pagne, majestueux et expressif, il donnait l'impression de vivre et de respirer. Satamon s'attendait à le voir se lever à tout instant. Bientôt, ce visage divin disparut dans la pénombre. Satamon regarda une dernière fois les coffres qui se trouvaient dans la chapelle et évalua le trésor du dieu.

À l'extérieur, des soldats venaient de rejoindre Toutou.

– Je suis considéré ici comme un domestique ! dit le fonctionnaire du prince. Qu'on s'écarte de mon chemin ! Je vais faire d'office mon travail !

Satamon se planta devant lui.

– Où vas-tu Toutou ? Oserais-tu me défier ? Oublierais-tu que je suis la fille et l'épouse d'Aménophis III et la sœur d'Akhenaton ? Franchirais-tu le seuil de cette porte au risque de t'attirer les foudres du dieu ? Es-tu prêt à sacrifier ta vie pour accomplir ta mission ?

Quelque peu déstabilisé, Toutou recula d'un pas tandis que les soldats tenaient leur lance en avant. Satamon s'adressa à eux et les regarda droit dans les yeux. Son expression était si terrible et son air si déterminé que les militaires mollirent et baissèrent bientôt leur arme. Ils la portaient la pointe vers le sol et la main tremblante. Certaines tombèrent à terre, dans la poussière.

– Couchez-vous devant l'épouse du roi ! dit Satamon.

Les soldats se mirent à genoux et saluèrent la fille de Tiyi, le nez et le front contre la terre.

– Et maintenant, écoutez-moi bien ! J'assume l'entière responsabilité de ce qui va se passer. Les Grands Prêtres ne devront pas être blâmés. Je vous ordonne de rembarquer, de quitter Thèbes et de gagner au plus tôt Akhetaton. Là, vous ferez un rapport au prince et lui direz que vous m'avez rencontrée au temple de Karnak. Vous ajouterez que j'ai empêché Toutou de pénétrer dans la chapelle d'Amon et d'accomplir sa mission.

Comme les militaires allaient protester en prétextant qu'ils n'avaient pas le droit de parler au prince en ces termes et qu'il valait mieux que Toutou le fît en personne, comprenant leurs scrupules et leur crainte, Satamon devança les réserves qu'ils étaient sur le point d'émettre. Elle les arrêta d'un signe de la main.

– Gardez le visage tourné vers le sol et contentez-vous de m'écouter attentivement. Vous êtes les soldats du général Horemheb. Vous êtes donc vaillants et brillants. Vous avez rendu de nombreux services aux rois et je n'ai aucun reproche à vous faire. N'ayez crainte. Si je vous demande d'agir ainsi, j'ai mes raisons.

Toutou demeurait interdit. Jamais encore il n'avait été autant humilié. Satamon parlait à des subalternes comme s'il était absent et ne daignait même pas lui adresser la parole.

– Vous ferez donc très exactement comme je vous l'ai dit. Vous n'êtes désormais plus aux ordres d'Horemheb ou du prince mais aux miens ! Vous préviendrez mon frère que je suis sur le point de me rendre à Akhetaton et que je souhaite lui parler. Vous l'assurerez bien que si j'ai empêché Toutou de travailler à Karnak, c'est pour le bien de l'Égypte, d'Aménophis III, mon honorable époux, et de mon frère bien-aimé, le respectable Akhenaton. Je lui expliquerai tout en détail. Après quoi, il sera libre d'agir comme il l'entend.

Pendant ce temps, les Grands Prêtres avaient déposé de nouvelles offrandes à l'intérieur de la chapelle. Tenant dans leurs mains des corbeilles en osier tressé, pleines de fruits frais et de morceaux de viande, des prêtres purs s'étaient approchés. Un musicien rythmait ce rite aux sons d'une longue flûte traversière dont il jouait avec discrétion et talent. Celui qui avait accompagné Satamon referma la porte sous le regard sévère de l'épouse d'Aménophis III. Les soldats se retirèrent malgré les protestations de Toutou.

– J'ai terminé, lui dit Satamon. Tu as entendu mes ordres. Tu n'as rien à craindre. Aussi n'insiste pas et retourne aujourd'hui même à Akhetaton.

Le fonctionnaire n'ajouta pas un mot. Il salua Satamon d'une manière un peu raide mais il ne bougea pas comme si ses sandales avaient été attachées à des blocs de quartzite.

– C'en est trop ! La vengeance d'Amon sera terrible ! reprirent les prêtres.

Puis se tournant vers Satamon, ils ajoutèrent :

– Si tu te mets de notre côté et si tu décides de

nous soutenir, nous t'accepterons comme reine. Tu choisiras le roi qui te convient. Nous te soutiendrons.

– Je n'ai jamais eu l'intention d'assister un roi, répondit Satamon. Je suis déjà Grande Épouse et mon frère sait que je suis prête à diriger le pays comme Pharaon à part entière.

Toutou paraissait extrêmement gêné par la situation. Il avoua, contre toute attente, que lui non plus n'approuvait pas le prince mais qu'il était obligé de se plier à ses volontés.

– Je ne pourrai pas, toutefois, cacher à Akhenaton le complot qui se prépare. Car il s'agit bien d'un complot, n'est-ce pas ?

Satamon ne lui répondit pas.

– Ton imagination galope dans le désert à la recherche d'une oasis, lui dit un Grand Prêtre.

– Peut-être… Je le voudrais pour le bien de tous. Sachez que je n'en rapporterai pas moins à Pharaon ce que j'ai entendu au mot près. Si vous voulez me faire garder le silence, il faudra me séquestrer ou me tuer.

Satamon tenta de le convaincre de prendre son parti. Elle sentait les fonctionnaires de plus en plus réticents aux réformes d'Akhenaton.

– Pourquoi sacrifierais-tu inutilement ta vie, Toutou ? lui demanda-t-elle. Es-tu stupide ?

– Non. Je suis dévoué et loyal.

– Si tous les prêtres, tous les soldats et tous les notables se rassemblent, nous prendrons facilement le pouvoir. Pourquoi nous montrerions-nous cruels à ton égard ? Tu n'es pas un obstacle à nos plans.

– Crois-tu vraiment que l'armée t'aiderait ?

– Oui. Horemheb nous soutiendra, Toutou. Sois-en sûr ! Il sera le premier à quitter Akhetaton qu'il hait et à revenir vivre ici avec le père divin Aÿ.

Toutou refusa toutes les offres qui lui étaient faites. Il ne pouvait oublier la générosité du prince.

– Tu peux partir tranquille, lui dit Satamon. Mon frère sait que les prêtres d'Amon sont hostiles à ses projets. Si tu parles, il ne sera pas surpris. Il apprendra rapidement que les prêtres refusent de te remettre le trésor d'Amon. Peut-être avant même que votre navire n'accoste à Akhetaton…

– Qu'as-tu en tête ?

– J'ai d'excellents hérauts dont les chevaux filent plus vite que tous les bateaux du roi. Akhenaton aura mon message avant le vôtre. Pars donc sans inquiétude et profite de ta navigation sur le Nil. Les rives sont si belles en cette saison…

Détendue, presque heureuse, Satamon croyait enfin à sa bonne étoile. Alors qu'elle n'espérait plus obtenir un jour le trône d'Égypte, tous les espoirs lui étaient désormais permis.

Quand Toutou quitta le temple, les prêtres restèrent ensemble jusqu'au soir.

– Nous protégerons le trésor du dieu, dirent-ils à Satamon. Si quelqu'un veut s'en emparer, il devra nous tuer !

– Même si cette personne est Pharaon ?

– Nous ne bougerons pas. Nous resterons postés devant la chapelle du dieu. Nous avons également décidé de chasser les ouvriers qui ont commencé à marteler le visage et les statues d'Amon au temple de Louxor et ce malgré nos premières interventions. Ils n'en épargnent aucun, si haut soit-il. La virilité du dieu est pareillement effacée à grands coups de burin. Si Hatchepsout ou Thoutmosis se trouvent en face du dieu, leur visage et leurs cartouches ne sont pas épargnés. Nous allons faire cesser ce carnage.

– Je vous aiderai, dit Satamon.

– Pour ma part, ajouta Iÿ, je tiens absolument à m'entretenir avec la sage reine Tiyi.

– Mais elle est impuissante... Ma mère aurait agi depuis longtemps si elle n'approuvait pas mon frère.

– Elle trouvera une solution ! Je pars ce soir même pour Akhetaton !

– Tu navigueras de nuit sur le Nil ? Ce n'est guère prudent, intervint aussitôt Satamon. Je te conseille d'abandonner cette idée. Ne perds pas ton temps. Ma mère obéit maintenant à mon frère.

– Elle a toujours démêlé les situations délicates.

– Ce ne sera pas le cas. Je lui en parlerai moi-même.

– Je peux me rendre à cheval dans la cité du dieu solaire et partir avec ton coursier.

– Iÿ, je te répète que je veux m'entretenir en personne avec ma mère.

– Je tiens à protéger Néfertiti. Elle ne doit pas subir ce que les prêtres veulent infliger à Akhenaton.

Satamon invita son cousin à quitter le temple en sa compagnie.

– Fais-moi confiance. Je te comprends. Je souhaite moi-même sauver mon frère et ma famille. Mais nous ne décidons pas de ce qui va suivre. Il ne nous reste qu'à prendre le parti du prince ou celui des prêtres d'Amon. Je me suis montrée volontairement déterminée face aux prêtres car ils sont de plus en plus menaçants. J'espère ainsi gagner du temps car si je souhaite prendre le pouvoir avec l'appui du dieu thébain, je ne veux pas que ma famille soit exterminée. Voilà pourquoi je vais me rendre à Akhetaton. Je dois parler en tête à tête avec mon frère. Si têtu soit-il, il devra m'écouter ! Je m'entretiendrai ensuite avec ma mère et, si sa santé le lui permet, avec mon honorable époux que je ne vois plus guère. Ces entretiens seront déterminants. En attendant, je te demanderai de rester ici ou de ne pas parler avec les rois.

Iÿ le lui promit. Ils marchèrent tous deux vers leur char d'un pas nonchalant en songeant aux différents cas de figure qui se présentaient à eux. Les pylônes et les obélisques de Karnak étendaient vers les cieux, dans l'azur pur, les uns leurs masses ocres et les autres leur électrum rutilant. Quelques épineux poussaient derrière les sphinx à tête de bélier, attirant des chèvres égarées qu'un pâtre tentait de rassembler. Des odeurs peu agréables émanaient de la terre. Tous deux étaient conscients que l'avenir de l'Égypte allait se jouer dans les semaines qui suivraient.

IX

Comme chaque matin, les prêtres d'Aton s'étaient retrouvés devant les autels du dieu solaire à la demande de Samout. Les autels étaient de plus en plus nombreux à Akhetaton. Les prêtres passaient leur journée à aller de l'un à l'autre tant dans le palais ou les bâtiments administratifs que dans les temples du dieu. À ceux-là s'ajoutaient les autels situés en plein air et les petits monuments à offrandes de la rive opposée. Jamais aucun dieu n'avait eu autant de fleurs, de fruits ou de pâtisseries en offrandes. La vie quotidienne du peuple d'Akhetaton était constamment liée au culte d'Aton.

Alors qu'Aménophis III avait décidé d'accompagner Semenkharê à l'autel principal d'Aton, le vieux pharaon, aidé par son fils, sortit de sa litière et marcha jusqu'à l'autel avec sa canne.

– Laisse-moi, Semenkharê. Un roi doit savoir se tenir droit et avancer dignement en public.

– Mais nous sommes seuls et tu es fatigué… Il n'y a pas de honte à être malade.

– Un pharaon est, comme les dieux, plus fort que les simples hommes. Il doit se montrer apte à gouverner ou accepter de se retirer et de partir pour l'Autre Monde.

– C'est une loi bien dure qui ne se justifie pas surtout lorsqu'on a dirigé le pays d'une manière aussi exemplaire que toi.

Aménophis III lui adressa un regard attendri et lui caressa les cheveux.

– Tu es un brave garçon. Il faudra te forger un caractère si tu souhaites un jour dominer le monde !

Le roi trébucha sur une pierre et se rattrapa de justesse. Semenkharê le retint au dernier moment.

– Des domestiques pourraient t'accompagner et te porter.

– N'insiste pas, Semenkharê, sinon tu vas gâcher cette belle journée. Je suis heureux d'être en ta compagnie sans femmes autour de nous pour piailler et se lamenter. Ne me contrarie pas. Tiyi s'occupe de moi toute la journée. Elle est aimante et attentive. Je ne suis pas venu jusqu'ici pour entendre les mêmes recommandations. Je voulais te parler…

Semenkharê rougit. Il paraissait subitement intimidé.

– Laisse le décorum, ajouta le roi en le voyant troublé. Oublie ma fatigue et mon grand âge.

– Je t'obéis, grand maître, répondit Semenkharê.

– La reine Tiyi m'a largement vanté tes qualités. Elle t'aime beaucoup.

– J'apprécie cette affection et en suis fier. Quel honneur pour moi d'être apprécié de la reine à ce point ! Tiyi insiste pour que je sois représenté avec les enfants de Pharaon.

– Mon fils Akhenaton prendra ma succession. Il

règne déjà à ma place, tu le sais. En réalité, la reine remplit de nombreuses fonctions essentielles à la cour.

– Je suis étonné que tu me parles de pouvoir, mon père. Je suis si jeune et mon frère est compétent.

– Sans doute… Mais si un jour le sort faisait qu'il ne pût achever tranquillement son règne, j'aimerais que tu lui succèdes.

Semenkharê parut désemparé.

– Jamais les dieux ne permettront que mon frère disparaisse.

– La peste sévit et n'épargne personne. La reine Tiyi le souhaite aussi : tu vas être formé pour régner. Quant au petit Toutankhaton, qui est aussi mon fils, j'espère que tu t'entendras bien avec lui car il peut être amené à régner un jour.

– Cherches-tu à me révéler quelques confidences ? Pourquoi dramatiser à ce point ?

– Nous ne sommes jamais trop prudents.

Le roi s'appuya sur sa canne de tout son poids. Il avait maintenant le dos courbé. Malgré sa volonté de se tenir droit, il ne parvenait pas à marcher la tête haute très longtemps. Au fur et à mesure de la journée, il était contraint de s'asseoir souvent. Ses longues stations allongées et son attirance pour les gâteaux miellés l'avaient alourdi. Il paraissait plus petit et plus faible. Sa peau s'était flétrie. Ses joues et ses paupières tombaient. Les commissures de ses lèvres s'étaient fanées. Le coin de ses yeux s'affaissait, lui donnant un air perpétuellement triste. Les ans rendaient son regard éteint. Aménophis III était un vieillard aux cheveux blancs qui luttait pour garder sa dignité et se montrer en bonne santé.

En le voyant debout, le médecin et les domestiques se précipitèrent pour l'aider mais il les renvoya.

– Je vous avais pourtant demandé de m'attendre près de mon char.

Le médecin tenta de se justifier.

– Je suis le roi et tu dois exécuter mes ordres. Je me porte bien.

Quand les Égyptiens se furent éloignés, Aménophis III se rapprocha de Semenkharê et lui parla à voix basse.

– Écoute-moi bien, lui dit-il en s'asseyant sur un banc en quartzite (il poussa un soupir et reprit son souffle). Je sens que ma course terrestre va bientôt s'arrêter.

Semenkharê protesta aussitôt. Il lui était pénible d'envisager la disparition de son père.

– Je t'aime tant, lui dit-il.

– Tu m'as connu trop vieux…

– Mais ta puissance et le respect des Égyptiens pour toi m'ont révélé quel roi exceptionnel tu as été.

– Akhenaton te racontera peut-être un jour tout ce que j'ai fait.

– La reine Tiyi me parle souvent de toi, Grand Seigneur de Haute et Basse Égypte.

Aménophis III s'en montra flatté.

– Elle exagère sans doute car elle a toujours été trop indulgente et j'ai la faiblesse de croire qu'elle m'aime toujours. Elle a pourtant gardé une jeunesse d'âme extraordinaire et une force physique que je lui envie.

– Qui oublierait tes actes, tes constructions, ta bonté ? Tout le monde en parle, des architectes aux gardiens du Trésor.

– Nous avons fait un trop court chemin ensemble, reconnut le roi, car tu es né trop tard. Mais nous nous retrouverons dans l'Au-Delà pour notre vie éternelle. En attendant, remplis la mission que je te confie. Protège le royaume en l'absence d'Akhenaton. Écoute tes maîtres et entraîne-toi à la guerre. Sois attentif aux rapports de la reine Tiyi. Tant de conflits existent autour de nous ! Je n'ai pris aucune décision à ce sujet. Je crains qu'Akhenaton ne s'en désintéresse totalement. Ses buts religieux peuvent bouleverser le cours de l'histoire de notre pays. Il faudra alors un homme fort et instruit pour redresser la barre ou le conseiller.

Semenkharê ne paraissait pas comprendre les propos du roi.

– De quelles réformes parles-tu ? Ton fils aurait-il décidé de faire voter de nouvelles lois ?

– Observe autour de toi. Mon fils a créé une ville pour honorer le dieu Aton. Il a fait dresser plusieurs autels pour un dieu unique. Il s'assimile au Soleil. Il oublie trop souvent les autres dieux. Tiyi et moi pensions, tout d'abord, qu'il s'agissait d'un choix affectif et nous n'étions pas étonnés qu'Akhenaton vénérât un dieu lumineux générateur de vie. Mais, aujourd'hui, Akhenaton laisse de côté tous les autres dieux et souhaite que son peuple fasse de même. Lorsque je disparaîtrai, je suis persuadé qu'il renforcera ses positions.

– J'ai appris qu'il faisait détruire les images d'Amon et qu'il voulait s'approprier le trésor du dieu thébain.

– Tu comprends donc ce que je veux dire…

– Je ne savais pas qu'il s'agissait d'une véritable révolution. Je n'y voyais qu'une préférence de mon frère pour Aton.

– Hélas ! Son choix n'est pas sans conséquence !

– Peut-être a-t-il fait le bon choix. Il semble si sûr de lui ! Sa femme l'épaule et le prêtre Aÿ ne conteste pas ses idées.

– N'en crois rien, Semenkharê, et apprends à ne pas ajouter foi à ce que tu vois. Tu dois distinguer l'apparence de la vérité. Je sais que le général Horemheb hait ma belle-fille et que Aÿ désapprouve mon fils sans le lui dire. Quand Tiyi aura disparu de cette terre, tu seras le seul à tempérer les ardeurs de ton frère.

– Il est plus âgé que moi. Pourquoi m'écouterait-il ?

– Prépare-toi. Voilà mon souhait.

– Pharaon aura le temps de me former lui-même.

Aménophis III sourit en entendant cette réflexion quelque peu puérile et pleine d'espoir, témoignant de l'amour filial que Semenkharê ressentait pour son père. Le pharaon lui prit la main et le regarda avec tendresse.

– Je te parle en ce jour parce que tu devras faire confiance à tes professeurs, à tes entraîneurs et à tes maîtres. Il te faudra aussi écouter attentivement la reine Tiyi qui vivra, j'en suis sûr, plus longtemps que moi. D'autres que moi finiront ton apprentissage.

Semenkharê baissa les yeux. Ses joues rosirent et des larmes perlèrent au bord de ses paupières.

– Tu es trop tendre et trop sensible, ajouta le roi. Je t'interdis de pleurer à la cour et devant moi.

Le jeune garçon se retint avec peine. Il sanglotait malgré lui et gémissait comme un animal pris au piège.

– Puisque tu ne cesses ces jérémiades, je te laisse, lui dit Aménophis en se levant.

– Pardonne-moi, père, répondit Semenkharê. L'idée de ton départ m'est insupportable. Je voudrais que tu aies le temps de m'apprendre à grandir. Ma mère n'est pas capable de m'enseigner toutes les règles de la cour.

– Détrompe-toi, Semenkharê. Ta mère connaît parfaitement le décorum du palais et elle s'y est toujours pliée.

– Mais elle n'a pas ton expérience…

– Un pharaon partage souvent la couche de ses filles pour le bonheur de son pays. Le sang royal se transmet ainsi de père en fils. Il lui arrive aussi de se marier avec ses sœurs.

– Je sais tout cela. Satamon en est fière et elle saurait te remplacer. Mais ma mère ne pense pas que je régnerai un jour.

– Je lui parlerai.

– Quel éducateur m'emmènera sur le terrain d'entraînement ? Quel roi me montrera les pièges à éviter ? Qui me présentera nos alliés et me fera le portrait de nos ennemis ?

– Mes fonctionnaires sont là pour cela. Horemheb te parlera de notre armée et de ses points forts. Il te dira également de qui tu dois te méfier. Il te fera bientôt une carte complète du monde…

Le roi s'interrompit.

– Tu sais, mon fils, depuis que j'ai pris le pouvoir, les pays ont bien changé ! Certains nous craignaient et nous menacent ou nous narguent aujourd'hui. Des forces nouvelles veulent envahir l'Égypte. Les Babyloniens reviennent en première ligne. Les Hittites ont été nos ennemis avant de devenir nos amis. Nous sommes liés par un traité de paix. Mais l'ancien roi ne l'a jamais respecté. Quant à son fils, même s'il prétend être notre allié, il m'a déjà donné des preuves du contraire. Le Mitanni, si cher à Kiya, a souffert, sous la main de ses voisins. Je me méfie aussi du pays d'Amourrou qui a souvent pris le parti des Hittites. Les dangers peuvent venir de toutes part, des Libyens autant que des Nubiens…

– Tout cela est très compliqué, dit Semenkharê.

Aménophis III éclata de rire.

– J'oublie parfois que tu es un tout petit bonhomme et que tu es trop jeune pour tout retenir. Je me suis moi-même désintéressé des affaires extérieures. La reine Tiyi et le général Horemheb sauront mieux que personne te dresser un tableau complet de la situation. L'un de nos archivistes, à qui je donnerai des ordres précis, te montrera à quoi ressemblent les divers pays à l'aide de dessins et de plans. Le documentaliste de la Maison du roi te transmettra des informations sur la population, les traditions et le pouvoir des peuples. Promets-moi d'apprendre l'histoire et la géographie.

– J'ai déjà commencé, père. Mais j'avoue mieux connaître les sentences de nos poètes que je retiens facilement.

– Les sagesses de nos Anciens te seront également précieuses. Tu fais bien de les retenir et de les appliquer à ta vie. Aÿ sera également là pour te parler de religion. Nul mieux que lui ne te mettra dans la bonne voie.

– Celle de la lumière d'Aton, répliqua Semenkharê.

– Peut-être n'est-ce pas le meilleur des chemins. Seul l'avenir nous le dira. Aÿ sera là pour te protéger. Il me l'a promis.

– Et mon frère ? En quoi me sera-t-il utile ?

Cette question embarrassa le roi.

– J'espère qu'il gouvernera si bien qu'il sera pour toi un exemple. Dans ce cas, suis-le, assiste-le, ne convoite jamais le trône, laisse-le diriger le pays sans le jalouser, ne le critique pas même si tu estimes que tu serais plus brillant à sa place.

– Loin de moi cette intention !

– Tu es jeune et les hommes changent. Viens... Approche-toi (Aménophis le prit par les épaules et le regarda droit dans les yeux). Souviens-toi longtemps de cet instant. Tu devras tenir la promesse que tu m'as faite pendant toute ta vie !

– J'en prends à témoin tous les dieux de l'Égypte ! dit Semenkharê en levant les bras vers le ciel.

– Je suis fier de toi. Tu apprendras au fur et à mesure et tu seras bien entouré. Avant de quitter cette terre, j'aurai donné mes instructions à des hommes fidèles, compétents et sérieux qui t'aideront.

Semenkharê prit son père par le bras et lui murmura des gentillesses que lui seul était capable d'inventer.

– Tiyi a raison... Tu es si aimant, si attachant et en même temps si sage ! lui dit son père en passant sa main sur sa joue.

Ils avancèrent tous deux avec une grande complicité. Ils se taisaient et se contentaient de profiter des rayons d'Aton qui chauffaient leur corps d'une force régénératrice.

– Quand je reste ainsi au soleil, j'ai l'impression d'aller mieux, dit Aménophis III. Akhenaton aurait-il raison de prétendre qu'Aton est non seulement le dieu essentiel mais aussi le plus grand de tous ?

L'autel du dieu solaire était déserté. Il était entouré et recouvert des offrandes du matin. Kiya elle-même se déplaçait à l'aube pour plaire au dieu et au prince. Devant eux s'étalait un large espace de sable blanc. Les collines en demi-cercle entouraient le lieu que l'on imaginait la nuit envahi par les lions en quête d'une proie.

– J'aime venir ici réfléchir et me reposer. Je suis loin de la Maison du roi et du centre de la cité. Tiyi redoute toujours que je ne revienne pas !

Semenkharê se serra contre lui.

– Je te ressemble sans doute car j'aime, moi aussi, le calme et l'étude. Rien ne me plaît davantage que de déchiffrer un ancien manuscrit, de lire les correspondances des rois avec les Mitanniens, de consulter des cartes ou des plans de bataille... Je crois connaître la plupart de nos auteurs et j'avoue être touché par les objets d'art qui nous viennent de l'étranger. J'ai acheté des vases faits à Mycènes et en Crète. Je veux également des cratères et des jarres peintes de dessins géométriques, de spirales, d'animaux aquatiques aux formes étranges. Quand les marins grecs débarquent et étalent leurs magnifiques objets sur la place publique, tous les Égyptiens grouillent et se bousculent pour les regarder. Quel succès ! On dit que les Hellènes font fortune avec de telles réalisations !

– Je suis fier de ton goût et de tes connaissances pour l'art. Il est bon d'adopter ce que nous ne possédons pas et de faire des échanges avec les étrangers. C'est ainsi que notre pays s'enrichit. Les pharaons ont souvent été tolérants et bons commerçants.

Semenkharê prenait plaisir à révéler au roi quelles étaient ses préférences. Il avait oublié qu'il se trouvait en présence d'un homme très las et parlait de plus en plus vite avec beaucoup d'ardeur et d'enthousiasme.

– Si tu es encore enfant et que tu te montres trop optimiste envers les hommes, je te trouve très mature lorsque tu me parles de tes études et de tes connaissances artistiques.

Ils rejoignirent le char royal, au grand soulagement du médecin qui ne cessait de répéter que ces promenades sous un soleil ardent étaient extrêmement néfastes pour l'état du roi.

– En rentrant, il sera d'autant plus fatigué. Il souffrira davantage car ses mâchoires vont enfler et ses gencives puruler. Ses douleurs gagneront les oreilles et le cou.

– Cesse de marmonner, lui dit le roi. Nous sommes là et nous avons repris des forces. Ne vois-tu pas que je suis heureux et que ces moments m'ont fait du bien ?

Le médecin dut reconnaître qu'il n'avait pas vu le roi d'aussi bonne humeur depuis longtemps.

– C'est parce que j'ai un fils extraordinaire qui est capable, à son âge, de citer tous nos auteurs et de réciter par cœur toutes les sentences de nos Anciens.

Les Égyptiens posèrent sur Semenkharê un regard bienveillant. Quand Aménophis III avait rencontré Kiya, le roi avait bénéficié d'un répit étonnant qui avait déconcerté tous les savants. Les dieux allaient-ils de nouveau redonner au roi une seconde jeunesse auprès de son fils Semenkharê ? Celui-ci embrassa son père et lui murmura qu'il préférait rester encore près de l'autel d'Aton.

– Je te promets de ne rien oublier. Je te remercie de tes conseils et de ta patience.

– Que les dieux te gardent ! Vie, Santé, Force pour le fils du roi et ce pour l'Éternité, Faucon d'or !

Aménophis III monta dans son char. Les Égyptiens disposèrent autour de lui des coussins et des couvertures pour amortir les chocs. Semenkharê regarda le véhicule s'éloigner. Il venait seulement de prendre conscience de l'importance des propos de son père.

– Il m'a appelé par le surnom que l'on donnait

autrefois au prince Akhenaton ! Faucon d'or… C'est ainsi que les rois nommaient leurs héritiers !

Il se prit la tête à deux mains et se les passa plusieurs fois dans les cheveux comme s'il était en train de se réveiller.

– Faucon d'or… Il doit s'agir d'un rêve…

Mais le jeune garçon ne savait pas encore que le pouvoir suprême pouvait être un cauchemar envoyé par la pire des déesses ou un dangereux poison confectionné par la plus habile des magiciennes.

X

May n'avait plus de nouvelles de l'employé dont il avait dû se séparer. Celui-ci avait, cependant, tenté de lui soutirer plus d'or que prévu. Manifestement satisfait, il avait promis de quitter Akhetaton avec sa femme pour vivre dans le nord du pays. L'architecte était donc soulagé. Il n'en avait pas reparlé avec Asal.

Les monuments d'Akhetaton étaient presque terminés. Les tombes étaient plus difficiles à concevoir. Certaines devaient être abandonnées avant même d'être achevées car les ouvriers rencontraient maints obstacles. Parfois, la roche s'effritait et entraînait des éboulements. À d'autres endroits, elle était si dure que les artisans ne parvenaient plus à creuser ni à progresser. Il fallait alors choisir un autre emplacement et recommencer le travail.

May avait parfois l'impression de travailler en vain.

– Je n'arriverai jamais au bout de mes peines, disait-il à Akhenaton qui n'admettait aucun discours défaitiste. La tombe qui me donne le plus de mal est celle de l'honorable fils d'Aton.

– Mon sarcophage est-il seulement terminé ? s'inquiétait le prince.

Mais May devait le décevoir. Le travail était minutieux et considérable. Il se rendait également à Saqqarah pour aider Méryrê dans l'ornementation de sa sépulture et pour commencer celle de Moutenejmet qui ne voulait être enterrée nulle part ailleurs.

Les indécisions de Néfertiti le contrariaient. Tantôt celle-ci désirait être inhumée à Akhetaton auprès de son époux, tantôt elle se désintéressait de sa sépulture en envisageant d'autres lieux, sans que May pût connaître les raisons de ces changements. Si le couple s'entendait bien en public, il en était parfois tout autrement en privé. Néfertiti ne supportait plus les visites ni l'assurance de Kiya. Elle se pliait alors aux contraintes du protocole mais refusait de reposer près de son époux pour l'Éternité.

Akhenaton eut d'autres sujets d'inquiétude. Toutou arriva, un jour, dans son bureau, la mine défaite.

– Que se passe-t-il ? Tu es blême !

– Prince, répondit Toutou en tombant aux pieds de son maître. Il est arrivé l'irréparable !

– De quoi parles-tu ?

Irrité par la visite de sa femme, le prince ne souhaitait pas en entendre davantage.

– Si tu as quelque chose à me révéler, fais vite car je souhaite réfléchir à un problème grave que vient de me soumettre Néfertiti.

– Hélas ! Je crains d'aborder un sujet plus grave encore…

– Qu'y a-t-il de plus important que la paix et l'équilibre d'un couple royal ?

Toutou préféra esquiver la question et se concentrer sur ce qu'il devait apprendre au prince.

– Tout d'abord redresse-toi car je ne t'entends même pas ! lui dit Akhenaton.

– Maître, un crime vient d'avoir lieu dans les rues de Thèbes.

– Et tu me déranges pour cela ? Mais il y a bien souvent des meurtres dans les villes égyptiennes ! Les commerçants se battent entre eux ! Les adolescents en viennent aux mains à propos d'une banalité. Les paysans courent après les voleurs d'oies…

– Il ne s'agit pas là d'un simple Égyptien…

Akhenaton s'inquiéta à son tour.

– Qui a été tué ? demanda-t-il abruptement. Un membre de la famille royale ? Ma sœur Satamon ?

– Pourquoi évoques-tu ta sœur ? Il s'agit d'un prêtre.

– La police réglera ce problème.

– D'un prêtre d'Amon, précisa Toutou.

Comme Akhenaton paraissait s'en désintéresser le fonctionnaire insista.

– Ta sœur, la digne Satamon, épouse d'Aménophis III, t'a récemment parlé des troubles qui bouleversent le temple de Karnak. Elle doit revenir prochainement à Akhetaton.

– Tant que je ne l'aurai pas entendue, tu resteras ici. Mais dès que nous nous serons expliqués, tu retourneras à Thèbes et tu te saisiras du trésor d'Amon. Nous en avons absolument besoin !

– Maître, tu sais que les prêtres d'Amon s'opposent à tes projets. Certains d'entre eux honorent maintenant Aton. D'autres haïssent les hommes dévoués au dieu solaire. Ces derniers le leur rendent bien puisque aujourd'hui même un prêtre d'Amon a été tué par un prêtre d'Aton !

– Que dis-tu ? Il ne peut s'agir que d'un accident !

– Hélas, non.

– Quel prêtre se trouvait donc à Thèbes ?

– Un prêtre pur totalement dévoué au prince. Tu ne connais sans doute pas son nom. Il a poussé le zèle jusqu'à éliminer un serviteur d'Amon en affirmant qu'il ne s'arrêterait pas là !

– Cet homme est fou !

– Il a été arrêté. Mais les prêtres d'Amon veulent le juger eux-mêmes et refusent de le rendre. Ils le gardent prisonnier à Karnak.

– Mon message a donc été si mal compris ! Je n'ai jamais voulu cette rivalité !

– Il vaut mieux que tu l'apprennes de ma bouche. Les prêtres d'Aton sont furieux et réclament leur collègue. Ils menacent même de se venger s'il lui arrive malheur.

– Je vais tout de suite envoyer un messager aux Grands Prêtres de Karnak. Ce sera un ultimatum. S'ils refusent encore une fois de me donner l'or d'Amon et s'ils se font eux-mêmes justice, ils seront en état d'arrestation ! J'enverrai mes policiers et mes soldats à Karnak avec ordre de les arrêter !

Toutou eut beau tenter d'en dissuader le prince, Akhenaton poursuivit son idée. Le fonctionnaire comprit que la guerre entre la cour et les prêtres d'Amon était définitivement déclarée et que plus rien ne pourrait adoucir leur haine.

– Qu'Iÿ vienne vivre à Akhetaton et ne retourne

plus à Karnak ! reprit Akhenaton. C'est un ordre ! Quant à Satamon, je veux qu'elle rejoigne, elle aussi, sa famille ! Qu'on les prévienne l'un et l'autre. Je les attends !

Toutou s'inclina et se retira. Dès qu'il fut dans le couloir, il s'appuya sur le rebord d'un buste. Un garde se précipita pour l'aider comme s'il avait un vertige.

– Laisse-moi ! Reprends ton poste ! Tout va bien (et il ajouta plus bas pour lui seul) à cette exception près que l'Égypte va connaître une guerre religieuse, peut-être la plus destructrice de son histoire…

Toutou se demandait aussi dans quelles conditions il allait retourner à Karnak.

– Quand tous les membres de la famille royale seront à l'abri ici même, quand les prêtres d'Amon se feront menaçants, je devrai les affronter seul avec quelques soldats mal entraînés. Qui me dit qu'ils ne me tendront pas un piège ? Ils ont encore des alliés à Thèbes. Je serai impuissant.

Toutou jugeait ce voyage non seulement dangereux mais inutile.

– Peut-être Satamon dressera-t-elle un tableau plus fidèle de la situation… Elle pourrait convaincre son frère de ne pas m'envoyer dans la gueule d'Anubis ! Mais ne se rangera-t-elle pas définitivement du côté des prêtres ?

En sortant de la Maison du roi, Toutou trouva une douzaine de prêtres d'Aton réunis. Leur discussion était très animée. Toutou comprit qu'ils parlaient de leur collègue meurtrier. La plupart refusaient d'excuser ce geste et réclamaient une lourde peine. Lorsqu'ils virent Toutou, ils se précipitèrent vers lui.

– Quelle décision le prince a-t-il prise ?

– Je ne puis vous révéler les propos qui ont été tenus dans le bureau du prince.

– Mais vous avez parlé des prêtres d'Amon...

– Je le reconnais.

– Tu sembles soucieux...

– Les prêtres d'Amon se sont emparés de l'assassin et refusent de le rendre. Ils vont probablement le tuer.

Les hommes se révoltèrent.

– Le roi doit immédiatement envoyer une flotte à Thèbes. Que l'armée entre de force dans le temple de Karnak ! Les prêtres d'Amon ne font pas la loi !

– Ce n'est pas si simple...

Toutou les laissa parler. Il avait besoin de réfléchir. Aussi s'éloigna-t-il dans les jardins. Quand il fut suffisamment à l'écart, il s'assit sur un banc à l'ombre d'un arbuste qui donnait des signes de dépérissement. Un chat qui dormait en boule sous le banc se sauva à son approche. Les deux singes qui se trouvaient dans l'arbre sautèrent sur le sol et l'observèrent, l'œil coquin.

– Le temps n'est pas aux réjouissances, dit Toutou en tendant sa main vers l'un d'entre eux. Je ne me déroberai pas. Si je dois partir pour Thèbes, je ne reculerai pas. Mais rien ne me dit que je foulerai de nouveau le sol d'Akhetaton. Le pouvoir de Iÿ ne sera pas assez grand. Satamon refusera de m'aider.

Les prêtres d'Aton le rejoignirent. Ils étaient plus nombreux.

– Nous avons pris une décision, dirent-ils. Quoi qu'en pense le prince, nous allons nous rendre à Karnak. Nous parlerons avec nos frères. S'ils refusent de nous entendre et s'ils nous attaquent, nous répliquerons. Nous seuls pouvons trouver une solution. Les problèmes religieux se règlent entre prêtres !

Toutou les écouta sans mot dire.

– Vous avez peut-être raison, conclut-il. Le prince ne fera qu'envenimer la situation. Vous vous respectez mutuellement. Vous vous connaissez. De nombreux prêtres d'Aton servaient auparavant le digne Amon à double plume.

– Nous allons nous regrouper et embarquer sans perdre de temps !

« Les prêtres vont certainement me sauver la vie en intervenant, se dit Toutou. Mais je doute qu'ils parviennent à convaincre les Thébains. Le conflit me paraît inévitable. »

Treizième partie

XI

Aménophis III avait bien prévu la date de son départ. Il se présenta devant Osiris sans savoir que Toutankhaton n'était pas son fils. Bien que la famille royale s'attendît à ce décès, tous ses membres furent profondément troublés par l'événement. La reine Tiyi pleura son époux pendant plusieurs jours. Elle surveilla avec attention les préparatifs des funérailles et choisit pour la momie de Pharaon l'embaumeur habituel de la famille royale. Le peuple fut très choqué par la mort d'un roi qui avait eu un règne long et apprécié.

Même s'il avait la réputation d'avoir fait construire trop de monuments imposants et d'avoir été mégalomane, Aménophis III était considéré comme l'un des meilleurs rois de l'histoire égyptienne. Tiyi et Akhenaton ne lésinèrent sur aucun moyen de lui rendre hommage. Le sachant attaché aux stèles commémoratives et aux statues, Tiyi en commanda de nouvelles.

Akhenaton insista pour enterrer son père à Akhetaton mais Tiyi s'y opposa fermement. Telles n'étaient pas les dernières volontés du roi qui avait tout prévu dans la Vallée de l'Ouest, située non loin de celle qui avait accueilli jusque-là plusieurs pharaons et dignitaires.

Akhenaton décida, néanmoins, de faire de somptueuses fêtes dans sa ville. Il était dorénavant le seul maître à la tête du royaume. Tiyi dédia une table d'offrandes au *ka* de « son frère aimé, le dieu excellent Nebmâatrê » et déclara à Houia qu'il s'occuperait de la gestion du Chout-Rê, une structure liturgique spécialement créée pour Aménophis III. Elle donna également à son fonctionnaire le titre de directeur du Trésor. Le grand portique souhaité par Tiyi fut encore dessiné par May qui y ajouta de nombreuses statues d'Aménophis III et de Tiyi. La reine confia la réalisation de ces statues à l'artiste Ipouky dont l'atelier était, avec celui de Thoutmès, l'un des principaux d'Akhetaton. Ipouky avait déjà réalisé avec bonheur quelques sculptures des filles d'Akhenaton et d'Aménophis III. Houia eut même l'autorisation de faire représenter son travail dans sa tombe.

– Attends son inauguration, lui conseilla Tiyi. Je veux des banquets exceptionnels qui t'inspireront pour l'illustration du Chout-Rê. Ce sera une nouvelle fois l'occasion d'y montrer la famille royale réunie.

Akhenaton avait accepté que les prêtres d'Aton se rendissent eux-mêmes à Thèbes pour s'entretenir avec leurs frères de Karnak mais, face aux événements, il leur avait demandé de reporter leur départ. Il avait également envoyé un message aux prêtres d'Amon pour les informer qu'il convenait de faire une trêve afin de célébrer Aménophis III dont ils organiseraient en partie les funérailles. Les dernières volontés du roi de se faire enterrer à Thèbes et nulle part ailleurs calmèrent le clergé d'Amon qui accepta finalement de libérer le prêtre d'Aton.

Dès la disparition de son père, Akhenaton prit d'étranges décisions. Il exigea que chaque fonctionnaire se couchât devant lui comme devant un dieu et qu'il ne lui adressât la parole que face contre terre. S'il le croisait plusieurs fois dans la même journée, le cérémonial était le même. Les plus âgés souffrant de rhumatismes n'avaient pas de traitement de faveur. Quand la reine Tiyi demanda à lui parler, Akhenaton était sur le point de lui imposer les mêmes contraintes.

– As-tu perdu la tête, mon fils ? lui demanda-t-elle. Il est normal que les hommes te saluent mais il est inconcevable de leur imposer ces postures toute la journée !

– Ne suis-je pas choisi par Aton ? Je suis l'astre solaire qui le remplace et l'incarne.

– J'avais déjà entendu ce genre de paroles avant le départ de ton père. Tu ne les avais, cependant, pas formulées en ces termes. Te prendrais-tu pour Aton lui-même ?

Akhenaton ne répondit pas. Il avait pris l'habitude de se maquiller les yeux avec plus de soin qu'avant. Il refusait d'écouter ses conseillers tant qu'ils ne se pliaient pas à un rituel étonnant qui le mettait, lui et Néfertiti, sur un plan d'égalité avec la divinité.

– Néfertiti a-t-elle droit aux mêmes honneurs que son époux ?

– Bien entendu !

– Est-elle assimilée à Aton ? J'aime beaucoup cette enfant. N'attire pas la haine sur elle en dépassant les limites.

– Je la protège au moins autant qu'Aton.

Tiyi lui fit comprendre que les prêtres d'Amon avaient eu une conduite exemplaire et qu'ils avaient facilité les préparatifs des funérailles d'Aménophis III comme si la cour vivait encore à Thèbes.

– Tu dois cesser d'envenimer les haines qui opposent le clergé d'Aton à celui d'Amon.

– Je ne l'ai jamais souhaité.

Tiyi prévint son fils qu'elle irait vivre à Medinet el-Gourob dès la fin des funérailles. Aménophis IV offrit à son père une grande chapelle en bois recouverte de dorure pour abriter son sarcophage et son cercueil. Il choisit, aussi, des briques magiques qu'il fit réaliser à Akhetaton.

– Tu dois faire un geste pour plaire aux prêtres d'Amon, dit Tiyi à son fils.

Ils réfléchirent tous deux à une solution et convoquèrent May.

– Faire construire une statue pour Amon semble exclu.

– En effet ! répondit Akhenaton. Je n'ai pas l'intention de suspendre mon action !

– Je ne te suis d'aucune utilité, lui dit alors May.

– Aménophis III a gardé son nom, dit la reine. Il s'est référé à Amon pendant toute sa vie même s'il a laissé mon fils développer les rites d'Aton. Ne pourrait-on, par exemple, embellir ce grand temple d'Amon qui se trouve à l'entrée de Thèbes-Ouest et qui est flanqué de gigantesques statues ?

– J'ai une bien meilleure idée ! reprit Akhenaton qui manquait d'or et d'argent. Pourquoi ne dédierais-je pas ce temple à mon père ?

– Mais il appartient à Amon !

– Je voulais le faire détruire ! S'il appartient à mon père, je le laisserai en l'état.

– Il suffirait de dire aux prêtres qu'Aménophis III souhaite ainsi se rapprocher d'Amon pour l'éternité. Ton père n'a pas de temple de millions d'années en ce lieu. Il avait, tout d'abord, fait construire cet édifice pour lui avant de le céder au dieu. Rendons-le-lui et laissons Amon représenté sur les murs.

Akhenaton n'était manifestement pas satisfait d'une telle décision. Sa mère attendait sa réponse.

– Procédons ainsi si le clergé y consent.

– Promets-tu de ne pas profaner ces lieux ?

– Bien entendu. Aton m'en est témoin ! dit Akhenaton dans un souffle en se faisant violence.

Les colosses construits pour Amon et placés à l'entrée de Thèbes-Ouest furent dédiés à Aménophis III. Les offrandes représentées sur l'un des côtés des statues étaient offertes à Aménophis III, prince des princes, Seigneur de la force de Rê. Bak décida d'y montrer également Aménophis IV en train de donner un encensoir à son père.

– Voilà une merveilleuse idée ! s'exclama Tiyi en félicitant les architectes. Mon fils rendra lui-même hommage à son père tandis que le dieu Amon veillera sur leurs destinées.

– Les prêtres d'Amon accepteront-ils facilement cette représentation d'Akhenaton face à son père à Thèbes même après tout ce que ton fils leur a fait subir ? s'inquiéta Bak.

– Je les informerai en personne. Que veulent-ils de plus ? Mon fils consent à donner à son père un temple de millions d'années à Thèbes et non à Akhetaton. Il s'est engagé à respecter ses dernières volontés et à l'enterrer dans la Vallée de l'Ouest, près des Thoutmosides. Il a promis d'assister à ces jours de funérailles qui seront exceptionnels.

– Je dois reconnaître que Sa Majesté fait des efforts pour calmer le clergé d'Amon.

Tandis que Tiyi envoyait un message aux Grands Prêtres de Karnak et que Bak partait pour Thèbes afin de surveiller les nouveaux travaux du temple d'Aménophis III, l'embaumeur fit savoir à la reine que sa préparation arrivait à sa fin.

– Grâce à toi, j'ai pu rassembler tous les ingrédients dont j'avais besoin. On m'a informé que les cercueils et le sarcophage étaient prêts. On m'a également dit que les salles de la tombe d'Aménophis III étaient presque terminées.

– À l'exception de la mienne et de celle de Satamon, l'interrompit la reine.

– Jamais embaumement ne s'est passé aussi bien. Il me manque souvent un ingrédient, une plante, un aromate… Je suis obligé de remplacer l'élément manquant.

– Et tu n'as pas eu à le faire…

– Non. En outre, l'incision a été parfaite, nette et propre. Nous avons déjà recousu la plaie et posé sur elle une feuille qui facilitera la cicatrisation. Le visage d'Aménophis ne s'est pas beaucoup modifié.

– Hélas ! Mon cher époux était déjà si laid avec ses gencives gonflées et purulentes, ses joues arrondies, ses paupières tombantes et les commissures de ses lèvres affaissées. La maladie lui avait fait perdre la beauté de sa jeunesse.

– Tel est le lot des humains, répondit l'embaumeur dont les traits tendus et cireux ressemblaient à ceux des momies.

– Dis-moi comment est son visage.

– Il a le teint terreux et le contour des yeux très marqué. Mais il paraît apaisé.

– Mon tendre époux ne souffre plus.

– Il est heureux. Les vases canopes sont prêts. Ils renferment les viscères du roi. Les quatre vases en albâtre sont somptueux. Je les tiens à ta disposition.

– Garde-les. Tu les confieras au Grand Prêtre qui les déposera dans la tombe d'Aménophis après avoir pratiqué l'ouverture de la bouche. Quand l'âme du roi se sera envolée, son corps pourra enfin reposer en paix dans sa tombe de la Vallée. Akhenaton a pris des mesures exemplaires pour qu'aucun pilleur ne trouvât l'entrée de cette tombe.

La voix de Tiyi s'étrangla dans sa gorge. Elle ajouta faiblement :

– Je ne supporterai pas qu'il arrive à mon époux ce qui est advenu à mes chers parents.

Comme il venait de rejoindre l'embaumeur, May

se mit à trembler. Un grand froid partit de ses reins pour monter jusqu'à ses épaules.

– Je comprends la Grande Épouse, divine et reine, reprit l'embaumeur. Mais cette Vallée est peu fréquentée. Elle est à l'écart de celle où les rois précédents se sont fait enterrer. Plusieurs équipes ont travaillé sur ce site. Seul l'architecte May connaîtra la manière dont elle sera fermée et l'endroit où se trouveront les pièges car Akhenaton a fait rajouter des puits pour attraper d'éventuels pilleurs de tombes. Ils seront creusés lorsque les funérailles seront terminées. Personne, à l'exception de May et d'un ouvrier, n'a le droit de se rendre dans la Vallée pendant l'achèvement des travaux.

– Akhenaton choisira un autre architecte pour cet ultime travail, précisa May.

– Et pour quelle raison ? s'étonna Tiyi.

– Parce que je le lui ai moi-même conseillé. Je connais tout de cette tombe. Je ne veux donc pas savoir où se trouveront les derniers pièges qu'on y posera.

– N'es-tu pas le plus fidèle architecte du roi, celui en qui nous avons placé toute notre confiance ?

– J'espère en être digne. Mais il faut penser à tout. Imagine que je sois un jour séquestré et torturé. Si je connais parfaitement cette tombe je pourrai parler. S'il me manque des éléments, je mourrai sous la torture mais je ne révélerai rien.

– Je t'admire, May. Jamais je n'ai rencontré un être aussi dévoué que toi. Tu es précieux. Agissons ainsi puisque tu le désires et que la sagesse s'exprime par ta voix.

XII

Quelques jours après la mort d'Aménophis III, Akhenaton reçut un message de paix de Mursili II, le successeur de Supiluliuma dans le royaume du Hatti. De sa capitale Hattusha, il lui promettait de respecter l'ancien traité de paix avec l'Égypte et reconnaissait que son prédécesseur avait mal agi en convoitant les pays alliés de l'Égypte. Ce message de paix arrivait bien tardivement alors que la plupart des villes d'Asie étaient aux mains des Hittites.

Le roi d'Amourrou, Abdi-Achirta, et son fils Asiru continuaient le siège de Byblos dont le roi réclama l'aide d'Akhenaton. Celui-ci lui répondit qu'un général était déjà parti pour lui porter secours. L'émissaire Massbaldi qui venait de remplacer son cousin à la même fonction fut chargé de ce message.

Sachant que son père tenait à adresser des statues à Tushratta, Akhenaton exécuta ses volontés dans les plus brefs délais, sur le conseil de Tiyi.

– Mon époux s'était engagé. Il avait promis de belles pièces à Tushratta.

– Ne t'inquiète pas, mère. J'ai fait le nécessaire.

– J'ai rencontré les émissaires de Tushratta avec ton père. Nous avions choisi de remarquables trésors. Aménophis III avait tailladé des lingots devant leurs yeux pour leur montrer combien l'or était pur. Ils avaient été éblouis et avaient rapporté ce qu'ils avaient vu au roi du Mitanni.

Akhenaton ne l'écoutait que distraitement. Il imaginait un nouvel hymne en l'honneur d'Aton et en chantonnait déjà les paroles.

– Qu'as-tu adressé à Tushratta ? insista Tiyi.

– Des splendeurs !

– Je te rappelle que les hérauts du roi mitannien ont vu de leurs yeux les cadeaux promis à leur roi ! Aménophis III a même fait couler devant eux de l'or pur ! Kiya était présente. Elle sait très exactement ce que mon époux s'est engagé à envoyer au Mitanni.

– Mère, cesse de te tourmenter alors que j'ai rempli notre contrat. Je juge naturel d'aider le père de Kiya et même si Aménophis III n'avait rien promis, j'aurais envoyé des cadeaux à notre allié.

La désinvolture d'Akhenaton inquiétait Tiyi.

– Je suis inspiré par Aton, lui dit-il. N'oublie pas que je vais officiellement régner seul et que je dois prononcer un discours digne de notre peuple et du dieu solaire.

– Je comprends que tu sois inquiet…

– Je ne le suis pas. Je souhaite seulement donner du roi et de l'Égypte une image digne et noble.

– Tous les peuples seront représentés.

– Le moment sera important. Comme l'aurait souhaité mon père, il sera célébré partout.

Dans les préparatifs de l'accession au trône, une part primordiale était faite à Rê-Horakhty qui se plaisait à l'horizon et qui brillait dans le disque d'Aton. Akhenaton eut pourtant l'intelligence de mettre Amon-Rê de Karnak en avant, ce qui dérouta de nouveau les prêtres et les calma quelque temps. Iÿ avait retrouvé sa sérénité. Persuadé qu'Akhenaton avait traversé une phase de folie religieuse, il espérait que le roi reviendrait à de meilleures pensées. Dubitatifs, les Grands Prêtres avaient retrouvé le sourire et célébraient le culte d'Amon avec enthousiasme.

Tandis que le jour de l'accession au trône approchait, celui des funérailles se précisait pareillement. Aussi les habitants d'Akhetaton avaient-ils tous débarqué à Thèbes. La ville était illuminée de joie. Elle n'avait pas été autant fêtée depuis le mariage d'Akhenaton et de Néfertiti. Ceux qui connaissaient mal la ville la trouvèrent plus sale et plus ordinaire qu'Akhetaton dont les peintures, neuves, et les chapiteaux, colorés, resplendissaient sous le soleil.

– Quelle ville terne et triste ! disaient les étrangers récemment installés à Akhetaton.

Les Thébains étaient heureux de revoir leur ville. Certains s'affligeaient de retrouver leurs champs en friche et leurs maisons envahies d'herbes. Ils espéraient, pourtant, y revenir. On chuchotait qu'Akhenaton partagerait sa vie entre Akhetaton et Malqatta. Mais ces rumeurs n'avaient aucun fondement.

La veille de l'enterrement d'Aménophis III, Akhenaton se rendit effectivement à Malqatta ainsi que le souhaitait son père. Il reçut les messagers de Tushratta qui se plaignirent aussitôt des présents du roi. Cette attitude déplut à Akhenaton qui ne tolérait pas les reproches.

– Comment osez-vous refuser les présents de Pharaon ? dit-il avec hauteur.

Mais les conseillers se contentèrent de lui tendre le message de leur roi. Celui-ci le lut tout bas.

– « Aménophis III Nebmâatrê, Grand dompteur de lions, chasseur devant l'éternel, lui qui nous adressait des scarabées pour nous informer des principaux événements égyptiens, m'avait promis des statues recouvertes de feuilles d'or, non des présents en bois ! » écrivait Tushratta à Akhenaton.

Le roi du Mitanni était manifestement très vexé au point qu'il se plaignait également à la reine Tiyi, lui demandant d'intercéder en sa faveur auprès de son fils.

– Tushratta est-il devenu fou ? clama Akhenaton en se levant de son trône, le visage rouge et les gestes désordonnés. Scribe, tu prétends qu'il a adressé un message à ma mère et qu'il réclame des dons comme un dû alors que je lui ai précisément envoyé des statues dorées identiques à celles que mon père lui avait promises !

Comme le héraut de Tushratta n'osait s'exprimer, Asal, que le pharaon chargeait de se rendre régulièrement au Mitanni, lui fournit quelques explications.

– Si tu le souhaites, je peux te traduire l'intégralité de cette lettre.

– Je t'écoute. Je n'ai que des notions de mitannien grâce à Kiya mais elles ne me permettent pas de saisir toutes les subtilités de ce langage.

– Maître des deux terres, le roi du Mitanni te fait

effectivement des reproches et il en oublie parfois tes titres et les formules de politesse les plus élémentaires.

– Que signifie tout cela ?

– Qu'il est furieux ! Il ne s'adresse pas à toi comme au roi d'Égypte, le seul, l'unique.

– Laissons cela... Je ne comprends pas sa requête. Il me parle de statues en bois. Celles que j'ai choisies étaient dorées.

– Tushratta veut dire que les statues étaient couvertes d'or mais qu'elles n'étaient qu'en bois et qu'en supprimant la fine couche d'or qui les enveloppe, elles perdent toute leur valeur. Il ajoute qu'elles sont légères et de mauvaise qualité. Aménophis III avait montré à ses ambassadeurs des statues en or plein, lourdes et magnifiques, réalisées par de très grands artistes.

– J'en suis étonné. Aménophis III se désintéressait du Mitanni.

– Kiya était témoin de cette entrevue. Tu ne peux mettre en doute cette promesse sous peine de déclencher un incident diplomatique.

– Je suis curieux de savoir ce qu'en pense ma mère.

Ayant pris connaissance du message mitannien, Tiyi venait justement rendre visite à son fils.

– Ne laisse pas pourrir cette situation, lui dit-elle. Réponds tout de suite à notre ami Tushratta. J'ai moi-même rédigé un message personnel à son intention avec mes excuses...

– Des excuses ?

– Quand Pharaon fait une promesse, il la tient !

Apprends cela, mon fils. Jamais aucun roi égyptien ne s'est abaissé à tromper ainsi un allié !

Akhenaton se mit à rire.

– Parles-tu sérieusement ? Le roi de Babylone attend toujours une princesse…

Mais il s'interrompit devant le regard froid et sévère de sa mère qui se tenait devant lui, le message de Tushratta à la main.

– Ce n'est ni le moment ni l'endroit… ajouta Akhenaton devant les hérauts qui attendaient une réponse.

– Je craignais que tu ne l'aies oublié, dit Tiyi.

– Scribe ! Approche et écris ma réponse au roi du Mitanni ! Asal corrigera ce message et le mettra en forme.

– N'oublie pas de joindre à cette lettre l'essentiel ! lui rappela Tiyi.

– Les fameuses statues. Je savais que revenir à Malqatta me porterait malchance.

Akhenaton régla ce désaccord le jour même. Il pouvait, dorénavant, se consacrer aux cérémonies funéraires de son père qui se déroulèrent dans la Vallée choisie par Aménophis III et au Kom el-Hetham, le nouveau temple qui lui était consacré. Le cortège quitta la rive est pour accompagner le corps d'Aménophis III jusqu'à sa dernière demeure. Les bateaux traversèrent le Nil lentement en se suivant de près. Recouvertes d'un tissu sombre, les voiles enroulées autour des mâts, des pleureuses à leur poupe, les embarcations avançaient grâce aux rameurs qui plongeaient leurs rames dans le fleuve le plus discrètement possible. La tête baissée, ils écoutaient les chants et les lamentations des musiciennes qui s'accompagnaient de leurs tambourins et de leurs flûtes.

Les Égyptiens poussaient, eux aussi, des gémissements sur les deux rives. Ils s'étaient répartis le long du chemin et des canaux que le cortège suivit jusqu'à la Vaste Prairie. Là, l'un des Grands Prêtres procéda aux rites habituels. Ceux qui portaient le mobilier funéraire le disposèrent à l'intérieur de la tombe.

– Le moment est venu de laisser Pharaon rejoindre le Soleil, dit Tiyi. Je souffre d'être séparée de mon cher époux. Mais je sais qu'il est enfin apaisé.

Akhenaton paraissait se désintéresser de la cérémonie. Il avait l'esprit ailleurs.

– Aménophis III s'est présenté devant les juges, Osiris, le dieu coiffé des deux plumes, assis sur un trône orné d'or et de couleurs vives, entouré d'Anoup et de Thot et des dieux du Conseil. Il a répondu à Anoup et s'est plié aux pèsements des actions. Ses mérites étant plus grands que ses fautes, le plateau de la balance a penché en sa faveur. Aménophis III n'aura pas à assister Sokar comme tous ceux dont le jugement est incertain.

Comme Akhenaton ne répondait toujours pas à sa mère, celle-ci se mit en colère.

– Tu me parles de dieux que je ne connais plus, répondit-il d'une voix étrange, les yeux fixes. Si mon père n'était pas arrivé au jugement juste de voix, les dieux auraient racheté ses fautes. Il aurait été aussitôt purifié.

– Tu es bien optimiste, mon fils ! Il n'est pas si facile d'être lavé de ses péchés !

Akhenaton haussa les épaules.

– Je suis là parce que tu le désirais. Ne me demande pas d'adhérer aux anciennes croyances.

– Les rejetterais-tu ?

– Certainement pas !

Les voix des prêtresses montaient vers le ciel. Elles défilaient dans la Vallée et se dirigeaient vers l'entrée de la tombe en psalmodiant.

– Que les divinités te purifient ! Si tu as commis un péché, avoue-le pour que les dieux l'effacent ! Osiris ! Entends les paroles du grand Aménophis afin qu'il pénètre juste de voix dans les cieux de lumière.

Akhenaton ne cessait de froncer les sourcils toutes les fois que le nom d'Osiris était prononcé.

– Qu'Isis et Nephtys assistent Osiris dans la chambre de la Vérité ! Que la balance, surmontée de la tête de Thot, prouve la grandeur de Pharaon. Qu'Anubis et Horus entourent celui qui s'apprête à rejoindre l'Ennéade. Que le dieu à tête de chacal conduise le défunt jusqu'au tribunal. Le roi salue ses juges et s'en remet aux quarante-deux divinités. Il a écrit sur un papyrus combien il se repentait. Ce texte sera placé entre ses jambes pour l'éternité !

Les membres de la famille royale reprirent alors en chœur :

– Pharaon n'a pas commis de péché ! Il n'a pas maltraité ses sujets ! Il a été juste et bon. Il ne s'est pas acharné contre l'indigent. Il a respecté les dieux. Il n'a pas augmenté les impôts ni supprimé des récompenses sans raison. Il n'a pas demandé à ses scribes de tricher pour prélever davantage d'impôts. Pharaon répétera des dizaines de fois qu'il n'est coupable d'aucun de ces méfaits.

Seul Akhenaton se taisait. Reprenant un extrait du *Livre des morts*, Tiyi continua :

– Juges, ne vous dressez pas contre mon époux ! Qu'il garde son odeur agréable !

– Mon père est déjà dans les cieux, dit Akhenaton. Inutile de citer tous les chapitres du *Livre des morts*.

– Ce texte est magique.

– Tu penses encore qu'en le citant, il facilitera le passage d'Aménophis III dans l'Au-Delà.

– Tes remarques m'effraient.

– Je ne souhaite plus me référer à Osiris. La dernière fois que je me suis rendu à Abydos en compagnie de Néfertiti, nous ne sommes restés sur place que très peu de temps.

Les prêtresses avaient cessé leurs incantations. Les meubles avaient été déposés autour du sarcophage du roi. Un long silence se fit au milieu des monts pelés et dorés, aussi sauvages que magnifiques, dont le spectacle, éblouissant, offrait les plus belles perspectives. Pour atteindre la tombe d'Aménophis III, les ouvriers avaient dû déblayer d'énormes blocs au pied de la montagne. Puis ils avaient creusé dans la colline, s'étaient introduits dans la montagne où Aménophis III habiterait désormais.

– Qui devinera qu'une tombe se trouve à cet endroit ? dit Néfertiti à son mari en venant le prendre par le bras. Quand la porte sera fermée par des blocs de pierre, quand le passage conduisant jusqu'à la tombe sera recouvert de pierres et que cette petite colline en cachera à jamais l'entrée, personne ne saura qu'il existe ici même une tombe royale !

– Mon père a bien choisi le lieu de sa sépulture, reconnut Akhenaton en serrant contre lui ses filles qui venaient se blottir contre ses jambes. Je ne suis pas mécontent que les funérailles s'achèvent enfin. Cette journée a été éprouvante pour tous.

– Akhetaton te manque déjà ?

– Quelle différence avec Thèbes !

– Je ne reviendrais pas vivre ici avec joie, dit Néfertiti.

– Et pourtant, tu as eu du mal à t'habituer à notre nouvelle ville…

– Tu es un roi unique qui a réalisé des merveilles.

– Même celles de te faire apprécier la vie à Akhetaton.

– Qui ne s'y plairait pas ? Nous vivons dans le luxe et le bonheur. Tous les étrangers sont éblouis lorsqu'ils font étape dans notre cité. Les nomades n'attaquent plus nos ouvriers ni nos marchands. Ils ont compris quelle était la force de Pharaon. Ils vivent tranquillement dans les villages voisins. Malgré le sol aride et le climat très chaud, je n'entends autour de moi que des chants et des manifestations de joie.

– Tes propos me comblent, Néfertiti. Je ne voulais t'infliger aucune contrainte. Je souhaitais seulement te faire découvrir la ville d'Aton.

– Maintenant qu'elle a émergé des sables grâce

à toi, je dois reconnaître qu'aucune ville égyptienne ne peut se comparer à elle !

– May m'a pourtant dit que tu hésitais à y faire creuser ta sépulture. Quelle reine refuserait d'être enterrée près de son roi ?

Le visage de Néfertiti s'assombrit légèrement. Elle se força néanmoins à sourire.

– Pharaon est trop sensible et trop subtil pour ne pas connaître les raisons de mes hésitations. Elles n'ont rien à voir avec Akhetaton ni même avec le dieu solaire que je vénère.

– Penses-tu encore à Kiya ?

– Comment oublier sa présence et celle de son fils ? Je n'ai pas pris ma décision.

– Cette réponse me peine.

– Mais elle est irrévocable. Nos destins vont évoluer. Je déciderai plus tard.

– Quelle étrange réaction ! Ne sais-tu pas qu'une reine doit faire creuser sa tombe au plus tôt afin qu'elle soit achevée le jour de sa disparition ?

– Dans ce cas, je ferai creuser une tombe à Thèbes et une autre à Akhetaton. Selon l'évolution de la situation, je choisirai l'un ou l'autre endroit.

– Que pensera le peuple qui nous croit étroitement unis ?

– Je n'en ai cure, Akhenaton. Mes enfants régneront et je refuserai toujours la présence de Kiya et celle de son fils dans la Maison du roi. Cette femme m'a trompée. Aussi serait-elle capable de te trahir. Je n'ai aucune confiance en elle. Si tu es aveugle, je garderai les yeux ouverts pour deux !

Comme Tiyi paraissait comprendre leurs propos en lisant sur leurs lèvres, Néfertiti se tut et retrouva un sourire éblouissant qu'elle adressa avec générosité à l'assemblée.

XIII

Quand tout se fut déroulé selon les rites tant sur la rive est que sur la rive ouest de Thèbes, Akhenaton rejoignit au plus vite la Moyenne Égypte pour le *durbar* de l'an 12.

Un mois plus tard, tous les ambassadeurs des pays vassaux et des régions de l'Hellade, d'Asie et d'Afrique se retrouvèrent. Jamais la cour d'Akhenaton n'avait reçu autant de dignitaires. Même le roi du Mitanni, toujours mécontent, envoya des cadeaux à celui qui devenait roi unique d'Égypte. Il lui reprochait de n'avoir pas encore reçu les statues de nouveau promises.

– « Je t'envoie des dons alors que j'attends les tiens, écrivait Tushratta. J'ai entendu parler de tes prochains cadeaux. La reine Tiyi, vénérable entre toutes, m'a réconforté et j'ai confiance en sa parole. Mais ton messager tarde à arriver. »

– Tushratta est décidément trop exigeant, dit le roi au scribe qui lui lisait la lettre de Tushratta. Remercie-le pour ses présents et dis-lui que les pharaons tiennent toujours leurs promesses ! Qu'il entre de nouveau en contact avec moi lorsqu'il aura reçu mes statues. Elles mettent longtemps à parvenir jusqu'au Mitanni parce qu'elles sont lourdes et précieuses. Toutefois, si elles sont volées pendant le voyage, je ne garantis pas à ton roi de lui en envoyer d'autres. À lui de les protéger, de les surveiller et de les entourer de gardes et de soldats !

– Qui est chargé des statues de Tushratta ? lui demanda sa mère.

– Asal.

– Est-il fiable ? La délégation égyptienne est partie depuis longtemps. Le roi du Mitanni aurait dû recevoir ses cadeaux !

– Asal est l'un de mes meilleurs émissaires.

– Du moment qu'il ne s'agit pas d'un voleur et qu'il ne part pas avec mes dons, tout va bien !

– Asal travaillait pour père. J'ai toute confiance en lui.

– Je suis étonnée de ne pas avoir de nouvelles de lui. J'espère qu'il n'est pas tombé dans une embuscade !

– Il connaît parfaitement le parcours. Il est parti avec le scribe Asli qui l'a souvent accompagné et avec le fonctionnaire qui me fait régulièrement des rapports d'Asie. Personne n'est plus expérimenté qu'eux.

– Nous en saurons davantage dans quelques jours.

Malgré ce petit désagrément, Akhenaton avait gardé son enthousiasme. Jamais encore il ne s'était éveillé d'aussi bonne humeur. Il chantait depuis qu'il avait mis les pieds à terre. Il pria, comme chaque matin, le dieu Aton et le remercia d'illuminer sa journée. Puis il écouta les prêtres d'Aton venus lui donner les dernières recommandations avant ce jour hors du commun qui s'achèverait par son couronnement.

Quand ils eurent terminé, Néfertiti s'introduisit dans la chambre de son époux. Elle avait préféré le laisser dormir seul afin qu'il se reposât et que ses songes fussent en harmonie avec les événements qu'il allait vivre.

– Mon époux est beau ! lui dit-elle. Tu as l'œil vif et le teint clair. Tu n'as pas l'apparence un peu triste de ces derniers jours.

– Les funérailles de mon père m'ont rendu mélancolique. Ce séjour à Thèbes était pire que d'être victime de la chienne !

– Akhetaton t'a redonné ton sourire.

– En effet ! Ici, Aton peut s'exprimer et s'étaler à l'infini.

Akhenaton se laissa vêtir. Il avait choisi un pagne plissé tenu par une large ceinture d'or. Néfertiti admira son cartouche.

– Dorénavant, seul ton cartouche indiquera le pouvoir de l'Égypte.

– Aurais-tu oublié tes griefs ?

– Je te reproche de côtoyer Kiya presque autant que ta reine. Mais, aujourd'hui, nous allons devenir le seul couple royal à la tête de l'Égypte. Kiya n'est qu'une favorite parmi d'autres…

Akhenaton préféra le lui laisser croire.

– Tu ne réponds rien ?

– Parce que tu parles bien.

– Qui montera sur le trône à tes côtés ? Qui dirigera en ta compagnie ? Qui est la parèdre d'Aton ? Qui sera honorée par les étrangers ?

– Toi, chère Néfertiti, admirable et resplendissante.

– La journée sera, sans doute, pénible pour la mère de ton fils Toutankhaton…

– Savourons notre bonheur et soyons dignes de mes parents. Que le peuple continue de t'aimer, qu'il me respecte et que la peste gagne d'autres pays. J'ai été très frappé par les dégâts que la maladie a faits à Thèbes. De nombreux Thébains, alités, n'ont pu suivre le cortège funéraire.

– Si Aton ne nous aide pas, Akhetaton sera frappée sous peu de la même façon. La population peut être décimée. Je prie, chaque jour, pour nos enfants.

– J'ai l'impression d'être en sécurité dans cet endroit magique choisi par le dieu lui-même. Ne faisons plus attendre notre peuple. J'entends les Égyptiens chanter et nous appeler. Cette joie entière qui succède à l'enterrement de mon père montre à quel point nous sommes acceptés et appréciés.

Ils écoutèrent tous deux les exclamations qui venaient de la cour de la Maison du roi et de la rue principale qui longeait les remparts récents qu'Akhenaton avait fait construire à la hâte.

– Ils scandent notre nom, dit Néfertiti Néférnéferuaton en resserrant sa ceinture en fil d'or qui soulignait sa taille et qui faisait légèrement remonter sa tunique plissée, plus sage que d'habitude, qui arrivait à ses chevilles.

Néfertiti prit également un miroir et remit droit le pendentif en forme de scarabée bleu qui ornait son cou. Elle remonta les bracelets dorés en forme de serpents lovés qui glissaient le long de ses bras et vérifia la fermeture de ses pendants d'oreilles assortis à son collier, vert, bleu et rouge. Une fine chaîne en or ornait l'une de ses chevilles. Son mortier majestueux, dans les mêmes tons, ne bougeait pas. Il semblait fixé à sa coiffure. Les Égyptiens avaient pris l'habitude de la voir coiffée ainsi.

– Viens au balcon et salue la foule qui tend les bras vers nous !

– Elle ne nous voit pas, Néfertiti. J'ai fait construire des murs plus hauts pour nous protéger.

Mais la reine agita ses bras et répondit, malgré tout, aux appels des Égyptiennes qui la distinguaient avec peine.

– Qu'Aton soit béni ! dit Akhenaton en prenant la main de sa femme et en la glissant sous son bras.

Pour l'occasion, Akhenaton avait fait sortir les chaises à porteurs dans lesquelles il s'installa avec Néfertiti. Tous deux purent ainsi recevoir en plein désert à l'est de la cité. Assis sur des trônes dorés, tenant des sceptres ou les laissant près d'eux pour mieux se serrer la main, leurs filles à leurs côtés sous un large dais, les plus âgées à droite et les plus jeunes à gauche, Néfertiti et Akhenaton accueillirent, tout d'abord, les messagers nubiens puis les Hittites, les Chypriotes, les Asiatiques, les Libyens et les habitants du Pount.

Présentés au roi par Houia et Méryrê, ils étalaient leurs cadeaux devant le couple : chars, armes, lingots de cuivre, vases et coupes en or, chevaux, antilopes, lions, plumes d'autruche, gommes et encens présentés sur plusieurs plateaux en forme de pyramides, femmes et anciens prisonniers aux mains liées derrière le dos.

Les ambassadeurs africains offrirent des sacs de peau remplis d'or et d'anneaux, des animaux de basse-cour, des chiens et des fauves que les domestiques tiraient avec des laisses, et des meubles d'ébène. Des paniers renfermaient des œufs d'autruche et de la gomme.

Ayant placé leurs enfants sur leur dos, des femmes africaines étaient prêtes à entrer au service de Pharaon. Des anneaux d'or aux oreilles, des bracelets lisses en haut des bras, des chaînettes aux chevilles, elles saluèrent humblement le couple royal. L'une d'elles s'avança et parla au nom des autres.

– Maître, maîtresse, Seigneur de Haute et Basse Égypte, ennemi redoutable et ami recherché, nous sommes à ta disposition. Si tu nous acceptes, nous te servirons. Nos familles souhaiteraient s'installer en Égypte où l'on vit bien.

– Hélas ! lui répondit Akhenaton. La peste sévit et tue beaucoup d'hommes. Nous avons tous perdu un enfant, un père ou une mère.

– La maladie est redoutable aussi bien en Asie qu'en Égypte. Mais il est plus agréable de vivre sur les bords du Nil.

– Réfléchissez bien. Je vous accorde trois jours pour mieux connaître Akhetaton. Au terme de ces trois jours, si vous voulez encore vous installer dans la ville d'Aton, vous serez les bienvenues.

– Gloire à toi, roi puissant, répondirent les Africaines. Mais il ne nous est pas utile de réfléchir plus longtemps. La reine Néfertiti est pour nous un exemple. Elle est belle, intelligente, douce et aimante. Qu'elle devienne notre reine !

– Puisque tel est votre désir, qu'il soit exaucé, leur répondit Akhenaton. En ce jour mémorable, je ne veux décevoir personne.

– Ne le crie pas trop fort, lui dit Néfertiti en riant. Si tu fais trop de promesses, tu ne pourras pas les tenir !

Ce défilé devant une famille unie s'acheva par la remise aux plus hauts dignitaires des colliers *chebiou* et les fêtes commencèrent. Chaque invité put ainsi assister à des concours de lutte, de courses et de tirs à l'arc en bénéficiant de l'hospitalité du nouveau roi. Des boxeurs s'opposèrent devant des arbitres blasés qui ne sanctionnaient aucun coup. Face à face jusqu'à l'épuisement, ne connaissant pas d'interruptions, s'affrontant au rythme des hautbois et des flûtes, combattant lentement avec beaucoup d'application, les jeunes athlètes venus d'Hellade faisaient l'admiration des Égyptiens qui connaissaient mal ces épreuves prisées par leurs voisins.

D'autres athlètes lancèrent ensuite leur lance le plus loin possible. Deux sortes d'épreuves les opposèrent. Les plus puissants lancèrent leur arme avec force à une remarquable distance. Les plus précis visèrent une cible disposée sur le terrain par des serviteurs du roi.

Néfertiti, comme son époux, préférait les jeux d'adresse qui réclamaient concentration, habileté et ruse. Elle se lassait vite des concours virils.

– J'ai hâte que les jeux musicaux et théâtraux

commencent, avoua-t-elle à son mari. On raconte que tu réserves une surprise à ton peuple.

– En effet ! J'ai promis de me mesurer aux meilleurs interprètes et aux plus inventifs des poètes. J'ai préparé un texte qui devrait séduire l'assistance.

– Évoqueras-tu Aton ?

– Certainement. Mais je parlerai aussi de ma chère femme et de mes filles adorées.

Malgré les efforts d'Akhenaton, les prêtres d'Amon avaient refusé de se rendre à Akhetaton pour commémorer l'avènement du roi qui n'avait pas interrompu le martelage des images du dieu de Thèbes dans le temple de Louxor. Toutes les pièces étaient endommagées : celle qui rappelait la naissance divine d'Aménophis III et les salles que traversaient les défilés venant de Karnak pendant la fête d'Opet. Non seulement le visage et le sexe d'Amon avaient été martelés mais les pharaons qui lui donnaient des offrandes l'étaient aussi. Akhenaton n'hésitait pas, si besoin était, à faire disparaître l'image de son père. Cette politique paradoxale alors qu'il faisait élever des statues pour l'honorer entraînait de vifs mécontentements parmi les Égyptiens.

– Je croyais qu'Akhenaton avait retrouvé la sagesse, dit Iÿ à la reine. Il s'était montré si respectueux d'Amon pendant les funérailles de son père. Au lieu de quoi, ses ouvriers reprennent leur carnage !

Tiyi lui demanda des nouvelles de sa fille Satamon.

– Depuis qu'elle a assisté très discrètement à l'enterrement de son père, ce qui n'est guère dans ses habitudes, Satamon s'est éclipsée. Elle a refusé de nous accompagner à Akhetaton et n'a fait, pour l'avènement de son frère, qu'une brève apparition.

– Ainsi donc la guerre entre Akhenaton et les prêtres d'Amon a déjà repris…

Quelque temps plus tard arriva à Akhetaton une nouvelle qui bouleversa toute la cour. Le roi d'Amourrou s'emparait des principales contrées alliées de l'Égypte. Les chefs de districts qui aidaient habituellement les vassaux du pharaon étaient débordés et ne parvenaient plus à repousser toutes les attaques ennemies. Akhenaton et Tiyi prirent alors la décision d'envoyer sur place des garnisons positionnées à Amourrou. Celles-ci reçurent l'ordre d'aider les roitelets coalisés qui étaient souvent trahis par leurs propres domestiques. Faute de temps et devant l'urgence de la situation, mieux valait, en effet, recourir à des troupes déjà sur le terrain.

Si le pharaon réussit à éliminer le roi d'Amourrou, il lui fallut affronter son fils qui n'abandonna pas la partie avant d'avoir tué bon nombre d'amis du roi égyptien, à commencer par le souverain de Byblos. Comme à l'époque d'Aménophis III, l'armée égyptienne manquait d'entraînement. Malgré le recrutement massif de mercenaires, Sémites, Nubiens, Libyens, Nomades, qui allaient rejoindre les rangs des soldats, ceux-ci réclamaient la présence de Pharaon à la tête des chars. Tiyi fit la leçon à son fils comme elle l'avait faite à Aménophis III. Pour qu'elle pût s'imposer, l'armée devait avoir un chef.

Les mercenaires étaient incontrôlables. Ils assassinaient parfois des princes qu'ils devaient défendre. Le chef des Apirou, bande sauvage indisciplinée, en profitait pour piller et voler si bien que les troupes égyptiennes durent le tuer en pleine bataille. Un prince asiatique, qui attendait des secours, fut rudoyé. Les révoltes déstabilisaient les escadrons égyptiens.

Asal n'était toujours pas rentré d'Asie.

– Qu'est-il devenu ? demanda Akhenaton à sa mère. As-tu reçu un message d'Asli ?

– Rien ! Sans doute sont-ils morts…

– Les statues ont été volées.

– Comment le savoir ? Nos hommes ont-ils disparu avec le chargement ? Que s'est-il passé ? L'ont-ils volé ? Ont-ils été attaqués et tués ?

May qui connaissait la mission d'Asal préféra ne pas intervenir. Mais il doutait de l'honnêteté de l'émissaire et du scribe. « Je suis sûr que nous ne les reverrons plus à la cour », se dit-il.

Akhenaton était trop préoccupé par la situation pour faire une enquête. Les fils d'Apirou venaient de se révolter et accusaient le pharaon d'être responsable de la mort de leur père.

– Ces hommes sont fous et cruels, dit Akhenaton à Néfertiti. Je ne sais comment leur expliquer qu'ils doivent traiter avec nous. Les cadeaux ne les intéressent pas. Ils crachent sur nos promesses et n'écoutent même pas la reine Tiyi.

– Combats-les et tue-les tous ! répondit Néfertiti. Tu en as les moyens !

– Nos mercenaires commettent des erreurs. L'appât du gain les fait parfois se retourner contre nous.

Ils partent dans les rangs égyptiens et rejoignent en pleine bataille les escadrons ennemis pour peu que ceux-ci leur proposent des primes plus attrayantes.

– Les Apirou ne leur offriront rien.

– Leurs chefs sont rusés et veulent à tout prix venger la mort de leur père. Nos mercenaires ont commis trop d'impairs ces derniers temps. Refuser de protéger un chef ami de l'Égypte, voler les biens d'un allié, abandonner des troupes égyptiennes en plein combat… on connaît tous leurs erreurs.

– Que dit mon beau-frère ?

– Horemheb refuse de s'en occuper. Il mène une vie paisible avec ta sœur et ne compte pas reprendre du service.

– Qu'il n'aille pas combattre à son âge, je le comprends. Mais il pourrait te conseiller…

– J'ai l'impression qu'il me laisse volontairement seul.

– Et mon père ?

– Il prône la paix et s'inquiète plus des prêtres d'Amon que des étrangers.

– Peut-être n'a-t-il pas tort… répondit Néfertiti, pensive.

– Je hais les batailles et la violence.

– Bien que tu ne la provoques pas, il te faut, cependant, y répondre !

La reine Tiyi fit, elle aussi, la leçon à son fils.

– Il faut te préparer à partir pour l'Asie, dit Tiyi à Akhenaton qui refusait de l'envisager. Nos soldats ont trop longtemps travaillé dans les carrières pour satisfaire ton père. Aujourd'hui, les constructions sont bien avancées. Il faut impérativement que les soldats reprennent l'entraînement et partent aider les escadrons trop peu nombreux qui se trouvent à Amourrou.

– Mère, ils n'y sont plus, lui apprit Akhenaton. Je les ai déjà envoyés là où on avait besoin d'eux.

– Raison de plus pour partir avec des troupes fraîches. Le Mitanni est de nouveau menacé. Les Hittites s'apprêtent à reprendre les armes. Le danger est grand.

Mais Akhenaton préférait consacrer son temps à adorer Aton et à écrire des poèmes. La politique le fatiguait. Il s'en remettait à sa mère pour la correspondance et les relations diplomatiques. Loin de tout, vivant à Akhetaton comme dans une cité idyllique, belle et riche, il se complaisait dans les loisirs et les plaisirs de la vie.

– J'ai toujours accompli mon devoir, lui répondit Tiyi. J'ai en effet suppléé ton père dans bien des occasions et je crois être douée pour les relations internationales. Cependant, il m'est impossible d'aller combattre ! Si j'étais plus jeune, j'aurais fait comme la reine Hatchepsout. Je n'aurais pas hésité à prendre la tête de l'armée égyptienne ! Mais les ans fatiguent mon corps. Je monte encore à cheval et je prends plaisir à lancer à vive allure mon étalon dans le désert. Étant femme et âgée, je n'ai, hélas, pas l'envergure pour conduire des hommes au combat ! Pour une fois, tu ne peux donc compter que sur toi-même ! Ne me déçois pas !

– Ces affaires m'ennuient, lui répondit Akhenaton. Je te promets, cependant, d'y penser sérieusement.

– Mon fils, je ne te demande pas de réfléchir mais d'agir ! Fais préparer ton char, ta tenue de combat et tes chevaux ! Réunis des hommes capables de lutter efficacement. Choisis-les jeunes, robustes et endurants. Il faudrait que tu sois dès demain sur les chemins !

Akhenaton se mit à trembler. Il ferma les yeux et se sentit envahi par un froid subit qui lui donna la nausée.

XIV

Néfertiti sortit de l'atelier de Thoutmès, à la fois fière et pensive. Elle venait de complimenter le travail du sculpteur qui la représentait d'une manière flatteuse en utilisant des moules de plâtre aux visages parfaits. Laisser d'elle-même un tel souvenir l'aurait contentée pour la journée si son époux n'avait pris de nouvelles dispositions à l'égard de Kiya.

– Ma reine me paraît bien triste, remarqua l'artiste qui adorait Néfertiti et qui aurait consacré toutes ses œuvres à cette femme dont il utilisait les traits pour constituer ses modèles.

Néfertiti lui adressa, en effet, un sourire mélancolique.

– Rassure-toi. Tu n'es pas responsable de mes états d'âme. Tu sais, au contraire, me faire oublier mes soucis.

– La reine d'Égypte est donc contrariée. Comment, avec un si beau visage, de si belles mains, une allure aussi distinguée, ma reine peut-elle se lever l'âme mélancolique ? Elle rivalise d'éclat avec le soleil.

– Tu me flattes, Thoutmès. Hélas, la vie n'est

pas toujours aussi simple ! Être reine impose des obligations…

– Recevoir des ambassadeurs, visiter de nouveaux monuments, assister son époux…

Ils marchaient tous deux côte à côte comme de vieux amis.

– Avec mon professeur de harpe, tu es celui que j'aime le plus côtoyer. Tu es un artiste plein de talent, qui respecte autrui et qui sait faire partager sa passion. Regarde tous ces élèves penchés sur leur travail. Ils t'admirent et tentent désespérément, sinon de t'égaler, du moins de te surprendre.

– Tu ne m'as pas dit ce qui te troublait, osa Thoutmès en s'excusant pour son audace.

Néfertiti s'arrêta et lui fit face.

– Je comprends ta curiosité mais cela ne concerne que le roi et moi.

Elle ajouta en mentant :

– Je crains qu'Akhenaton ne soit contraint de s'éloigner de cette ville que nous aimons.

– Les Égyptiens en parlent…

– Que disent-ils ? lui demanda Néfertiti, très étonnée qu'ils fussent au courant de telles décisions.

– On raconte qu'Akhenaton rejoindrait bientôt l'Asie avec une armée de jeunes soldats bien équipés.

Néfertiti n'ajouta rien car elle estimait que le roi devait seul informer son peuple de son départ.

– Je n'en sais guère plus, répondit-elle. Akhenaton devrait être déjà parti.

Thoutmès s'excusa auprès d'elle pour surveiller le travail d'un de ses élèves plus doué que les autres.

– Si je veux que ton buste soit prêt pour les prochaines fêtes, je dois retourner au travail, lui dit-il. Si ton époux part en Asie, il en reviendra avec les honneurs et la gloire. Les Égyptiens aiment que leur pharaon fasse ses preuves sur le terrain et montre sa supériorité sur les champs de bataille. Il n'est pas utile qu'il combatte souvent mais un ou deux combats les rassurent.

– Mon mari a déjà accompagné son père.

– Il est bon qu'il dirige ses troupes et que tout le monde l'acclame.

– Ainsi donc toi aussi tu estimes que pharaon n'est pas pharaon s'il n'a pas remporté de victoires !

– Les victoires se remportent aussi bien sur un champ de bataille que dans la vie, nous le savons tous les deux, grande reine. Cependant, les Égyptiens ont besoin d'exploits militaires. Crois-moi, quand Akhenaton reviendra d'Asie avec des prisonniers aux mains liées, il ne sera plus jamais considéré comme avant.

– Ton avis m'est précieux, Thoutmès. Va travailler et oublie ce que je viens de te dire. Pharaon annoncera à tous quelle décision il prendra quand il le jugera nécessaire. N'en parle à personne tant qu'il ne s'est pas exprimé à la fenêtre d'apparition de notre palais.

La main humblement posée sur sa poitrine, le sculpteur se baissa devant Néfertiti et prit congé de la reine.

– Je vais rester là encore quelques instants, lui dit-elle. Ne te préoccupe pas de ma présence.

Néfertiti aimait l'atmosphère de cet atelier où

des esthètes venaient admirer les œuvres en chantier. Les Hellènes, de passage à Akhetaton, achetaient souvent plusieurs pièces pour les revendre chez eux. Bien qu'ils aient d'excellents artistes, ils restaient émerveillés par le talent de Thoutmès. Quelques sculpteurs étrangers de renom rendaient également visite à l'Égyptien. Ils échangeaient leurs connaissances et leurs points de vue pendant des journées entières, partageaient leurs passions dans des banquets raffinés où les débats tournaient autour de la philosophie, de l'art et de la beauté.

– J'ai oublié de demander à Thoutmès quand il organisera un nouveau banquet. J'ai entendu parler du dernier et regrette de n'y avoir pas assisté. Même si une reine n'a pas sa place dans les repas d'un sculpteur, je préfère inviter tous ses amis au palais plutôt que de manquer de telles joutes oratoires et de tels échanges artistiques.

Néfertiti ne pouvait pas supporter qu'un événement ait lieu en dehors de la Maison du roi. Si la ville en parlait, elle devait être au centre de la fête et la présider. Or, chaque banquet donné par Thoutmès entraînait des discussions animées. Les Égyptiens rapportaient dans les rues et sur les places des marchés qu'on y voyait des célébrités et que des artistes du monde entier venaient s'installer chez Thoutmès.

– Il parle de moi à tous ces hommes sans me les présenter. J'aimerais que le prochain banquet se déroule au palais. Voilà qui me changerait les idées !

Elle se retourna mais n'aperçut pas Thoutmès

qui avait refermé la porte de son atelier pour travailler dans le calme.

– J'enverrai un messager pour l'inviter. Il sera surpris. Mais je lui expliquerai combien je serais flattée de participer à ses banquets ou d'écouter les discussions de ces hommes hors du commun.

Des élèves apprenaient leur métier avec un tour de potier. Plusieurs plats en terre étaient placés à leurs pieds. Certains avaient été cassés après avoir été utilisés ; d'autres présentaient quelques motifs attrayants mais maladroits. Tous les élèves suivaient scrupuleusement les conseils de leur maître, intransigeant et efficace, qui leur donnait des cours théoriques et pratiques. Lui-même ne voulait pas être dérangé lorsqu'il travaillait dans son atelier en choisissant les meilleures heures de la journée pour bénéficier de la plus grande clarté.

Curieux de la visite de la reine qu'ils connaissaient, les élèves s'arrêtaient pour la saluer et prendre la position qu'Akhenaton exigeait de tous ses sujets.

– Continuez sans vous soucier de mon passage, leur dit Néfertiti. Mon plaisir est de vous voir progresser. Inutile de vous prosterner ainsi devant moi.

— Mais le roi l'exige ! répondirent deux élèves plus âgés que les autres.

– Je le sais. Je vous dispense de cette obligation.

Les disciples se relevèrent lentement.

– Si le roi l'apprend, nous serons sévèrement punis !

Cette réponse fâcha la reine.

– Aurais-je moins de pouvoir que mon époux ? leur demanda-t-elle.

Ils se regardèrent, sceptiques, ne sachant que répondre pour lui plaire. Celle-ci éclata de rire devant leur air consterné.

– Si vous me répondiez cela, je vous jugerais sans animosité car vous auriez raison ! Je vous conseille, cependant, d'écouter les ordres de la reine et de vous y conformer.

– Excuse notre maladresse, Grande Épouse. Ta beauté nous trouble. Ta gentillesse nous charme. Nous sommes médusés par ta présence aussi lumineuse que celle des déesses.

Néfertiti se sentit très flattée par ces remarques spontanées.

– Si nous tombons à tes genoux, nous n'obéissons pas nécessairement au pharaon mais à notre impulsion car nous vénérons la splendeur et le rayonnement. Thoutmès nous a révélé la raison de son choix. Il nous a dit pourquoi il t'avait choisie comme modèle et…

– Voilà qui m'intéresse ! dit Néfertiti en espérant en savoir plus.

– Nous ne pouvons éventer les mystères et les secrets de notre maître. Il doit te les faire découvrir lui-même.

– Et si je vous ordonnais de me parler tout de suite ?

– Reine, je suis sûre que tu respectes la magie de certaines professions. Nous ne connaissons pas toutes les potions des magiciens. Nous ne savons pas comment les médecins parviennent à nous guérir. Les artistes, eux aussi, possèdent des formules pour constituer leurs couleurs et faire tenir leur vernis. Il ne faut pas que les rouges ou les verts changent de teinte avec les années. Les jaunes doivent toujours rester aussi éclatants.

Les élèves prirent plaisir à montrer à la reine leurs instruments de travail. Certains, tels des architectes ou des constructeurs de tombes, possédaient des équerres et des maillets en bois, un ciseau en métal, une grosse brosse qui permettait d'étaler les enduits faits d'argile et de calcaire ou des préparations constituées de craie et d'eau. D'autres utilisaient des bouts de bois de différentes longueurs munis d'une cordelette afin de tracer leurs dessins géométriques bien droit.

Néfertiti était émerveillée par les palettes de couleurs, par l'ocre rouge qui permettait d'ébaucher les dessins modifiés avec du charbon noir. Quelques élèves avaient déjà assisté des sculpteurs et des peintres dans des tombes. Ils avaient l'habitude de recouvrir leurs sculptures d'un mélange d'eau et de craie avant de peindre leurs scènes. Leur travail était, chez Thoutmès, plus minutieux encore que dans les sépultures même s'ils avaient appris les bases de leur métier avec des architectes.

– Trois d'entre nous ont déjà accompli des prouesses dans la salle d'un sarcophage, lui avoua le plus expérimenté. Parce que les divinités conduisent le roi défunt dans cette salle merveilleuse, il faut apprendre à contrôler chaque geste et à se surpasser dans la réalisation des scènes et des couleurs. La salle d'or n'est-elle pas aux teintes mêmes de la chair des dieux ? Le roi y devient dieu ; son âme monte vers le ciel pour rejoindre le Soleil.

– *Peret em herou*... dit Néfertiti, impressionnée par le sens du devoir de l'adolescent.

– Oui, l'âme du roi « paraît en plein jour ». Voilà un moment crucial. Il nous appartient de peindre et de sculpter avec notre cœur, le mieux possible. Il m'est arrivé de terminer mon travail en quelques mois dans l'urgence et la précipitation. Nous y consacrions alors nos nuits et nos jours. Mon père est fier d'avoir été artisan de la place de Vérité.

– Ainsi donc tu viens de Thèbes. Tu as travaillé dans la Vaste Prairie…

– J'y ai appris mon métier. Mais, avec Thoutmès, j'entreprends d'autres études.

Des serviteurs apportèrent de l'eau et la mélangèrent à de l'argile. Ils allumèrent également, à l'aide de torches, les fours qui permettraient de cuire les vases. Les élèves qui continuaient de sculpter après la tombée de la nuit avaient auprès d'eux des lampes en terre cuite pleines d'huile de sésame et de graisses animales où apparaissait le bout d'une mèche en tissu. Pour éviter d'avoir les yeux en pleurs ou de détériorer les compositions de peinture, les élèves éloignaient parfois ces récipients utiles ou ajoutaient du sel dans l'huile. La fumée était ainsi moins épaisse.

– Nous utilisions beaucoup de rouge et de bleu dans les tombes, expliqua l'adolescent à la reine. Tu sais combien chaque couleur est symbolique. Elle est chargée de magie, d'histoire et de sacré.

Néfertiti hocha la tête. La reine semblait passionnée par son discours. L'adolescent broya devant elle de l'ocre et lui expliqua comment il préparait le rouge.

– Et ce bleu si beau, comment l'obtiens-tu ?

L'Égyptien souleva l'admiration de tous en faisant chauffer du cuivre, du calcite, du sable et du sel à une température extrêmement chaude.

– Le blanc qui symbolise l'argent est souvent utilisé par les ouvriers pour constituer le fond des scènes murales à l'intérieur des tombes. Voilà comment nous l'obtenons : avec du gypse !

– Et les fonds jaunes ?

– Rien ne vaut pour les réaliser l'orpiment asiatique qui symbolise la chair divine.

L'Égyptien approcha son visage du brasier entretenu par un domestique.

– Le bleu prend forme. Il représentera le ciel et les dieux. J'utilise aussi du bleu de notre pays, du cuprorivaïte pour obtenir une belle couleur. Je préfère les dessins cernés de noir qui ressortent mieux que les autres. J'ai donc toujours un peu de charbon ou de suie dans mes tablettes. Ici, il est plus difficile de trouver du bel ocre rouge, couleur du feu et du sang. On extrayait le meilleur dans les monts thébains. Je compte retourner là-bas pour m'approvisionner.

– Et le vert, symbole de la renaissance, de la création, des saisons chaudes ?

– Ah ! Comme le bleu, c'est pour nous la couleur la plus difficile à obtenir ! Nous utilisons ce pigment.

L'Égyptien montra à la reine un petit bol en argile plein de wollastonite de cuivre. La reine remercia l'adolescent pour ses explications et se promit de le récompenser. Elle passa dans les rangs des plus jeunes.

Rouges et attentifs, craignant de faire tomber leur vase ou de mal en arrondir le col ou les bords, ceux-ci ne parvenaient plus à se défaire du limon qui collait à leurs doigts. Ils trempaient leurs bras jusqu'au coude dans des seaux remplis d'eau argileuse et s'essuyaient avec de vieux chiffons avant de replacer leurs mains à plat sur la surface à lisser qu'ils effleuraient à peine avec leurs doigts.

La plupart avaient gardé auprès d'eux des vases, des amphores et des pots faits autrefois par Thoutmès. Ils les contemplaient longuement, prenaient des notes puis tentaient de les copier. Ceux qui avaient achevé la forme d'un récipient et qui l'avaient fait sécher au soleil ou enfourné commençaient à dessiner les décors – des oiseaux, des spirales, des roues, des poissons – sans oser reproduire des personnages.

– Tu es habile, dit la reine au plus jeune qui ne devait pas avoir plus de douze ans. Tu dessines vite.

L'enfant la remercia et leva vers elle ses grands yeux noirs. La reine fut troublée par son regard expressif et vif.

– Le grand Thoutmès dit que je prendrai un jour sa succession, ajouta-t-il sans forfanterie.

– S'il l'affirme, c'est sans doute la vérité ! Que les dieux t'inspirent !

Thoutmès était réputé pour posséder les plus belles formes de modèles qui lui permettaient de réaliser des bustes et des statues d'une rare beauté. Il avait soigné ces modèles en les améliorant peu à peu, travaillant avec minutie le nez, les pommettes, le menton, le front, les yeux, voulant un nez droit et peu long, des joues presque plates, un menton légèrement pointu, un front large et dégagé, des yeux en amande. Ses bustes féminins présentaient de longs cous distingués.

La reine l'avait beaucoup inspiré pour réaliser ces modèles qui ne reflétaient, toutefois, pas les véritables traits de Néfertiti. La jeune femme avait, en effet, le visage moins allongé et les yeux moins étirés que les moules dont se servait Thoutmès. Son cou, pourtant, fin et long, était plus court et ses yeux plus enfoncés. Bien qu'elle ait parfois un air poupin et enfantin, son expression attristée lui donnait l'apparence d'une femme plus âgée qu'elle n'était. Son cou se plissait et des rides apparaissaient déjà aux coins de ses yeux. Sa bouche, dépitée, et sa moue, empreinte de lassitude, la vieillissaient également.

– Néfertiti supporte mal ses grossesses. Elle s'enlaidit dès qu'elle a un nouvel enfant. Elle ne perd pas son embonpoint. Ses hanches s'élargissent. Comme elle est petite, elle ressemble à un cratère au-dessous de la taille, affirmait Kiya.

La méchante langue de la Mitannienne reflétait, pourtant, la réalité. Thoutmès avait beau sculpter la reine avec les yeux de l'admiration et de l'amitié, la jeune beauté de Néfertiti se fanait étonnamment vite. Kiya se moquait des allures élancées que le sculpteur donnait à sa rivale.

– Soit il est aveugle, ce qui est grave pour un sculpteur, soit il cherche à flatter sa maîtresse et nous le saurons bien vite ! Aucune n'a plus mal porté l'habit que ce bout d'épouse royale à la taille trop basse, aux seins tombants, au bassin de femme de cinquante ans et au teint terne, fade comme des olives sans épices !

Les courtisans qui prenaient parti pour la reine se moquaient de la jalousie de Kiya. Ceux qui sentaient, au contraire, qu'Akhenaton préférait la favorite et qui avaient pris son parti riaient volontiers de l'ambition de Néfertiti et des textes flatteurs que son mari écrivait pour elle.

– Le roi a beau faire graver des inscriptions clamant la splendeur de son épouse et embaucher Thoutmès pour rehausser sa beauté, la nature est là pour nous montrer les véritables traits de la Grande Épouse royale ! Après avoir eu deux enfants, Kiya est plus resplendissante. Elle embellit à chaque grossesse et nous montre toujours un visage radieux.

La perfection du travail de Thoutmès ne faisait pas oublier à Néfertiti les sarcasmes de Kiya et les dernières décisions d'Akhenaton. Aussi la reine ne s'attarda-t-elle pas plus longtemps auprès des disciples de Thoutmès comme elle en avait l'habitude. Elle monta en litière et commanda à son cocher de la conduire au bureau de son époux.

XV

Au moment où elle arrivait au palais, Néfertiti était de fort méchante humeur. Elle n'en cacha pas moins ses sentiments et demanda au cocher d'arrêter son char à une certaine distance de la porte d'entrée afin de se reprendre.

– Sa Majesté se sent mal ? lui demanda l'une de ses servantes, surprise de son silence et de son air pâle.

– Ne craignez rien. Je vais bien. Mais je dois réfléchir.

Elle ordonna même qu'on l'aidât à descendre afin de faire quelques pas.

– Vous n'y pensez pas, Reine des deux Égyptes, lui dit le cocher en s'excusant d'intervenir. Le chemin est boueux. Les jardiniers ont arboré cette partie de la Maison depuis ce matin. Ils ont creusé, bêché, retourné la terre, planté. Votre tunique sera grise et sale.

Cette remarque fit sourire la reine.

– Eh bien, j'en changerai ! répondit-elle. Allons ! Aidez-moi ! J'ai vraiment besoin de marcher avant de me présenter devant le roi.

Les deux servantes se placèrent de part et d'autre

du char et saisirent les mains que leur tendait Néfertiti.

– On voit que vous n'êtes guère habituées à ce genre d'exercice ! leur dit-elle en se moquant d'elles. Telle n'est pas votre fonction, j'en conviens.

– Devons-nous vous attendre, Grande Épouse d'Aton ?

– Non. Rentrez et laissez-moi seule.

Les deux femmes se regardèrent et hésitèrent. Elles avaient toujours pour ordre de veiller sur la reine. Comprenant leur hésitation, Néfertiti les congédia.

– Que voulez-vous qu'il m'arrive dans les jardins du palais ? Allons, rentrez et toi, cocher, va aux écuries faire dételer ces bêtes ! Je veux qu'elles soient brossées et peignées !

Néfertiti remonta le tissu de sa robe au-dessus de sa ceinture afin que le bas ne trempât pas dans la boue. Elle avait déjà les sandales recouvertes de terre.

– Par Aton, ce jardin a été arrosé comme si le Nil avait débordé !

Elle songea à son époux.

– Dois-je lui montrer mon animosité envers Kiya ? Faut-il de nouveau le menacer de le quitter ? Est-il plus judicieux de lui cacher mes véritables sentiments ? Il est las de mes reproches et il connaît mes revendications. Il sait que je souffre des visites que Kiya lui rend chaque jour en compagnie de son fils. Je ne gagnerai rien à le lui rappeler encore une fois.

Néfertiti se proposait de lui poser un ultimatum

mais son sens du devoir lui interdisait d'en arriver à de telles extrémités.

– Je suis si dépourvue ! se dit-elle. Je ne suis pas persuadée que mon mari abandonnerait Kiya si je le menaçais de partir loin d'Akhetaton.

La joie de ses filles qui jouaient ensemble non loin de là et dont elle entendait les cris et les exclamations lui redonna un peu d'enthousiasme.

– Si je pars avec nos filles, Akhenaton sera malheureux. Il aime ses filles au moins autant que Toutankhaton.

Néfertiti préféra laisser ses enfants avec leurs nourrices. Elle cueillit quelques fleurs et les glissa dans ses cheveux déjà ornés d'un lotus volumineux et odorant.

– J'ai trouvé la voie à suivre, dit-elle. Mais, avant tout, je vais aller me changer, me parfumer et m'enduire d'onguent.

Elle réunit ses principales servantes et s'activa afin de ne pas perdre de temps. En un rien de temps, elle était prête et désirable. Elle se regarda plusieurs fois dans le miroir et parut satisfaite.

Au moment où elle s'apprêtait à entrer chez Akhenaton, Houia en sortait précisément. Il se prosterna devant la reine.

– Comment se porte le roi ? lui demanda-t-elle.

– Comme un pharaon. Il est, hélas, très contrarié.

– Bien !

– La reine Néfernéferuaton arrive, sans doute, au bon moment pour redonner au roi son sourire.

– Relève-toi, Houia. Je vais faire de mon mieux. Qu'Aton te protège.

Akhenaton parut charmé par sa présence.

– Tu viens agrémenter ma matinée de ton rire éclatant et de ta beauté, lui dit Akhenaton. Ma mère ne cesse de m'accabler. Je préférerais qu'elle retourne à Medinet el-Gourob.

Néfertiti le laissait parler tout en touchant les différents pions du damier de la chambre d'Akhenaton.

– Je reviens de chez Thoutmès, lui dit-elle sans lui répondre.

– A-t-il commencé ton portrait ?

– Il travaille vite et bien. Je voudrais l'inviter au palais. Donnons une réception lorsqu'il recevra d'autres artistes. Ainsi profiterons-nous de leurs conversations.

Akhenaton trouva l'idée judicieuse.

– Si cela te plaît... Tu sais combien j'aime te voir comblée. Parle et tes vœux seront toujours exaucés.

Néfertiti avança quelques pions et sourit amèrement.

– Si tu exauçais tous mes vœux, je serais la plus heureuse des femmes ! répondit-elle.

Akhenaton fit mine de ne pas avoir compris l'allusion de sa femme. Il la laissa poursuivre. Mais celle-ci demeurait silencieuse. Son esprit était manifestement préoccupé. Elle finit par prendre place sur un magnifique siège de bois et d'ivoire aux côtés et aux dossiers ornés de scènes familiales. Elle observa Akhenaton avec des yeux réprobateurs.

– On dirait que tu me juges, lui dit-il. Cette attitude me déplaît. Tout le monde doit se coucher devant Pharaon.

– Tiyi t'a répondu à ce sujet. Je te ferai la même réponse.

Un long silence suivit.

– La reine a-t-elle décidé de se taire ?

– Kiya a un mobilier funéraire plus beau que le mien. Tu viens de lui donner un temple d'ombre solaire dans le Marou-Aton ! Non content de l'honorer autant que ta mère et davantage que ton épouse, tu as ajouté à tes dons déjà conséquents, pour lui rendre un culte, des chapelles qui seront bâties près du temple d'Aton.

– Tout cela n'est rien par rapport aux titres de l'épouse d'Aton qui forme avec le dieu et le roi la triade parfaite créatrice du monde.

– Je ne suis pas de cet avis, protesta Néfertiti. On raconte dans la ville que Kiya attendrait un autre enfant de toi !

– Cette rumeur est inexacte. Je le jure devant Aton ! Mais il est vrai qu'Ity est enceinte et j'en suis heureux !

– Ton harem est plein de belles femmes qui ne cessent de te donner des fils. Je suis la seule à te décevoir.

– Crois-tu que je me détournerais de toi pour autant ?

– Tu en aurais le droit et peut-être le devoir.

– Ma fille aînée me plaît. Elle devient belle. Elle aura beaucoup de succès auprès des hommes. Elle saura peut-être me donner un fils. Il aura ainsi un sang plus pur que celui d'une favorite, mitannienne ou égyptienne.

Plus le temps passait, plus Néfertiti se sentait

délaissée. Quoi qu'en dît son époux, elle était celle qui n'avait pas su lui donner d'héritier. Elle avait l'impression qu'Akhenaton le lui reprochait en permanence même s'il ne le lui disait pas avec des mots. Un simple regard jeté à Toutankhaton la rendait malheureuse. Le roi avait beau manifester pour ses filles beaucoup d'affection, elle savait que celles-ci deviendraient peut-être un jour ses compagnes et qu'elles ne lui succéderaient pas.

Aucune sorcière, aucun prêtre ne lui avait laissé espérer un garçon. Parce qu'elle était très jeune, Néfertiti refusait d'accepter son sort.

– Je crois, en effet, que ce serait la meilleure des solutions si je n'ai pas de fils, répondit-elle à Akhenaton. Mais il me semble prématuré d'en parler maintenant.

Abandonnant son air boudeur, elle sourit et s'approcha de lui. Elle se plaça derrière lui et massa légèrement ses épaules. Elle réclama des serviettes fraîches et des onguents que des servantes lui apportèrent sur des plateaux d'argent. Se laissant faire avec plaisir, Akhenaton fit venir des harpistes et demanda à un chanteur d'interpréter l'un de ses derniers hymnes écrits en l'honneur d'Aton.

– Maître, ressens-tu encore pour moi les mêmes sentiments qu'auparavant ? dit Néfertiti en se plaçant à ses pieds et en entourant ses jambes de ses bras.

– Comment peux-tu en douter ?

– J'ai l'impression que Pharaon préfère toutes les femmes à son épouse.

Néfertiti sut le convaincre de s'intéresser à elle pendant toute la journée. Elle espérait faire de nouvelles tentatives pour avoir un enfant dès que possible. Elle s'était abondamment parfumée de senteurs nouvelles qui troublèrent Akhenaton, très sensible à la poésie des parfums et à leur signification.

– Tu sens les fleurs de l'amour, du désir et de la sensualité, remarqua-t-il d'un œil qui frisait.

– Peut-être n'est-ce pas par hasard, répondit Néfertiti, sûre d'elle-même.

– Serait-ce une provocation ?

– Plutôt une invitation ! lui dit-elle en se rapprochant de lui.

– Je ne te comprends plus, belle Néfertiti Néferneferuaton. Hier, tu ne voulais plus être enterrée près de moi. Aujourd'hui, tu recherches ma compagnie. Que s'est-il passé cette nuit pour que je te retrouve telle que je t'aime, obéissante, aimante, sublime et douce ?

– Je t'ai secondé fidèlement et j'ai su garder ma place sans empiéter sur la tienne.

– Je le reconnais volontiers.

– C'est toi qui m'as donné un rang de choix auprès d'Aton et de Sa Majesté.

– Tu n'as rien demandé, je te l'accorde. Mais tu mérites ce qu'il y a de mieux. Aton t'a élue.

Néfertiti renvoya les deux serviteurs qui attendaient les ordres du pharaon et dénoua sa ceinture en lin brodée de fils d'or. Sa robe s'ouvrit aussitôt en montrant sa nudité que l'on devinait déjà à travers l'étoffe fine et transparente chère au roi.

Akhenaton regarda sa femme comme s'il la contemplait pour la première fois.

– Aurais-tu oublié à quoi ressemblait la Grande Épouse royale ? demanda Néfertiti en éclatant de rire.

– J'avoue être tellement surpris par ta disponibilité et ta bonne humeur que je me rappelle soudain les merveilleux moments que nous avons passés ensemble.

– En oublierais-tu tes favorites ?

– Rien ne compte à mes yeux que l'épouse d'Aton, la superbe Néfernéferuaton !

Néfertiti laissa glisser sa tunique à ses pieds et colla son corps contre celui de son époux.

– Nous avons eu de très beaux enfants que nous adorons, lui dit-elle. Il est temps pour nous d'avoir des fils. Plutôt que de se déchirer et de se disputer pour des sujets sans importance, consacrons nos loisirs à concevoir ces petits êtres qui deviendront des princes et des rois.

– Ce discours me plaît, dit le roi, subjugué, en sentant près de lui le corps tiède de sa femme.

Néfertiti enleva ses sandales et posa sa tête contre la poitrine d'Akhenaton.

– Ne serions-nous pas plus à l'aise dans ce lit qui nous tend les bras ?

Akhenaton la serra contre lui et la prit par la main comme une enfant. Puis il la coucha lui-même sur son lit recouvert de coussins et de couvertures soyeuses, brillantes de rouge et de bleu. Il s'assit auprès d'elle et lui caressa doucement les cheveux et le visage.

– Que tu es belle ! Que ferais-je sans toi ? Ne m'abandonne jamais, même dans l'Au-Delà !

– J'ai décidé de me faire enterrer près de mon époux, dit-elle. Je vais accomplir mon devoir. Sache que tu devras, en échange, me montrer un amour total. Si tu me délaisses ou si tu préfères une autre femme, je partirai pour toujours.

– Fais-moi confiance, Néfertiti.

Tous deux pensaient, pourtant, à Kiya mais son nom ne fut pas prononcé. La reine attira son époux contre elle. Il posa sa joue sur ses seins et la laissa parcourir son front de sa main fraîche et parfumée.

– Viens près de moi, lui dit-elle. Aujourd'hui, je sens que nous allons concevoir un nouvel enfant. Il sera beau et fort, intelligent et artiste comme son père.

Akhenaton ne se fit pas prier. Il s'allongea contre Néfertiti qu'il enlaça maladroitement comme s'il craignait de subir de nouveaux reproches. Il craignait d'avoir encore sur lui l'odeur citronnée de Kiya qu'il venait de quitter. Mais, même si elle la devina, Néfertiti se garda de montrer sa colère et son dépit. Elle avait décidé de procéder avec douceur et de donner au peuple, au roi et à sa famille ce qu'ils attendaient tous : un prince héritier.

XVI

Tiyi décida son fils à envoyer de nouveaux renforts en Asie pour tenter de retrouver Asal.

– Tushratta refusait de s'adresser à toi. Il n'avait confiance qu'en mes lettres attentionnées, lui dit-elle. Jamais il n'aurait omis de me remercier si les statues étaient parvenues à destination.

– Je ne puis envoyer une escadre en Asie pour rechercher Asal alors qu'il me manque des hommes.

Au moment où les Mitanniens s'y attendaient le moins, les Hittites avaient repris leurs campagnes. Ils avaient encerclé la capitale de Tushratta et l'avaient assiégée pendant plusieurs jours. Se sentant supérieurs, ils avaient fini par attaquer et par tuer les Mitanniens en grand nombre. Ils s'étaient également emparés des villes mitanniennes qu'ils avaient jusque-là épargnées et étaient devenus bientôt maîtres du Mitanni.

Tentant d'ultimes assauts, Tushratta avait trouvé la mort lors d'un affrontement. Pillant, saccageant, tuant, les Hittites avaient rasé l'ensemble de la région, rayant de la carte un pays qui avait été longtemps l'ennemi puis l'allié de l'Égypte.

La nouvelle consterna la reine Tiyi et Kiya qui

pleura sa famille pendant plusieurs jours. La vieille reine tentait de la consoler et se sentait, elle aussi, meurtrie par une telle disparition.

– Mes parents parlaient souvent de cette région asiatique. Youya prétendait que nous en étions originaires.

– Je le crois aussi, approuvait Kiya. Nous sommes tous du même pays. Nous nous ressemblons. Nous avons le même type de peau, la même forme de visage, les mêmes yeux en amande...

– Ma pauvre Kiya, on prétend aussi que j'ai les lèvres et la couleur de peau des Nubiens !

– J'aurais tellement voulu revoir ma famille..., lui avoua Kiya. Je me sens désemparée.

Comme elle avait appris qu'Akhenaton passait de nouveau beaucoup de temps avec Néfertiti et qu'elle avait surpris entre eux des regards complices qui l'agaçaient, Kiya paraissait d'autant plus déconcertée. « J'aurais tant besoin de réconfort. Au lieu de quoi, Akhenaton refait les yeux doux à son épouse. Il la choie, la caresse, l'embrasse en public, refuse de voir Toutankhaton. Mon rôle s'arrêterait donc là alors que j'avais projeté de mener ma vie aux côtés du roi ? »

Aigrie et triste, Kiya reprocha sans ménagement au roi son inefficacité face à la situation mitannienne.

– Tu aurais pu sauver mon pays et mon père. Jamais je ne pardonnerai à l'Égypte d'avoir abandonné le Mitanni.

Akhenaton ne semblait pas réellement choqué par la disparition de Tushratta. Kiya l'ennuyait avec ses jérémiades et il préférait se réjouir avec Néfertiti.

– Aménophis III savait ce qu'il faisait. Je n'ai pris aucune décision à ce sujet, lui répondit-il.

– Allons, Akhenaton ! Tu as régné avec ton père. La reine Tiyi qui m'est, en ce moment, d'un grand réconfort, lui a parlé maintes fois. Tu pouvais le décider ou réagir après sa disparition.

Rouge de colère, Akhenaton crut bon de lui donner une leçon. Il lui ordonna de se prosterner devant lui. Comme elle entrait à cet instant, Néfertiti sourit de contentement.

– Tu peux rester couchée sur le sol, lui dit-elle, car Sa Majesté, Horus d'or, a également imposé au personnel de se prosterner devant moi, l'épouse d'Aton, toutes les fois que nécessaire. Quand tu me rencontreras, même si je te vois cinquante fois dans la journée, tu embrasseras mes sandales et tu resteras dans cette position tant que je ne t'aurai pas donné l'ordre de te relever.

Alors que Kiya espérait une intervention du roi, celui-ci resta muet. Aussi la Mitannienne ressentit-elle à son égard une grande fureur.

– Toutankhaton n'a jamais connu son grand-père. Nos cités et nos nécropoles ont été ravagées. Nos disparus n'ont même pas été épargnés. Si je retourne un jour dans ma patrie, je ne trouverai qu'un champ de ruines !

Akhenaton mollit en entendant le nom de son fils.

– Toutankhaton n'a pas besoin de se rendre au Mitanni pour être heureux. Pourquoi voudrais-tu qu'il aille en Asie ? S'il est un jour général ou haut fonctionnaire, il partira pour ses missions. Tu lui expliqueras qu'autrefois se trouvait là un royaume que dirigeait son grand-père. Tant de pays disparaissent !

– Peut-être Kiya avait-elle d'autres ambitions pour son fils ! intervint Néfertiti.

– Tes allusions sont déplacées, reine, osa Kiya en insistant sur le mot « reine ». Si mon fils devient un jour général, je serai comblée.

– Permets-moi d'en douter. Quoi qu'il en soit, cette discussion tombe à point car sache qu'il sera considéré comme le fils de toutes les autres favorites du roi. Ne te fais pas d'illusion à son sujet.

Akhenaton abrégea la conversation qui l'ennuyait et le mettait mal à l'aise.

– Relève-toi et retire-toi, dit-il à Kiya en accompagnant ses mots d'un geste dédaigneux de la main. Je dois m'entretenir avec la reine d'une question grave.

Kiya se redressa et épousseta sa robe en jetant à Néfertiti un regard noir.

– Un dossier plus grave et plus urgent que la disparition du Mitanni ! ajouta-t-elle cependant en se retirant avec humeur.

– Kiya n'est guère respectueuse, dit Néfertiti dès qu'elle les eut laissés seuls. À ta place, je l'éloignerais de la cour.

– Je sais ce que tu penses d'elle. Tu la considérais comme une amie et tu estimes, à tort, qu'elle t'a trahie.

– À tort ?

– Oublions-la. Tu as su me reconquérir et me troubler. Ces derniers jours resteront à jamais gravés dans ma mémoire. Pour te remercier, demande-moi ce que tu souhaites le plus.

– Reste-moi fidèle.

Akhenaton éclata de rire.

– Voilà qui paraît impossible à un pharaon !

– Je ne parle pas des femmes du harem qui défilent dans ta couche au gré de ta fantaisie. Elles ne sont pas des rivales mais des petites distractions sans importance.

– Que veux-tu alors ?

– Tu le sais bien.

– Abandonnons ce sujet. Nous ne l'avons que trop souvent évoqué.

Malgré l'insistance de Néfertiti, Akhenaton se réconcilia avec Kiya et tenta de la consoler en lui proposant des compensations, des bijoux, des vêtements, de nouveaux titres et des monuments. Tout d'abord indifférente à ces propositions, Kiya finit par accepter. Aussi accrut-elle encore son pouvoir face à Néfertiti.

– Je veux également une chose qui me tient particulièrement à cœur, confia-t-elle au roi.

Elle ne parvenait pas à oublier le dédain que Néfertiti manifestait à son égard.

– Que les courtisans se courbent devant moi comme devant la Grande Épouse royale et devant Horus d'or.

– C'est impossible, Kiya ! Malgré tout l'amour que j'ai pour toi, je ne peux imposer aux fonctionnaires, aux généraux et aux Grands Prêtres de t'honorer comme ma femme. Ils ne comprendraient pas !

– Dans ce cas, qu'ils me saluent et me respectent et que Néfertiti ne m'oblige plus à me coucher devant elle lorsque je la rencontre. Je trouve cette attitude dégradante et stupide.

– Kiya, j'ai imposé un règlement et je tiens à ce qu'il soit observé à la lettre. Si je fais des exceptions, d'autres viendront me solliciter et réclamer les mêmes faveurs.

– Dans ce cas, annonce officiellement au peuple que Toutankhaton est ton fils !

– Tu n'y penses pas ! Tu me demandes décidément des choses impossibles.

– Écoute, mon roi, lui dit Kiya en s'approchant de lui et en lui prenant les mains, rien n'est impossible pour un pharaon. Tu as bien évincé les prêtres d'Amon et imposé le dieu Aton ! Faire une petite entrave au règlement est banal à côté de telles réformes ! Réfléchis. Ne me réponds pas tout de suite. Mais imagine que Néfertiti n'ait jamais de fils et que tu souhaites mettre Toutankhaton sur le trône d'Égypte, comment annonceras-tu à tous qu'il est ton fils alors que les Égyptiens auront pensé pendant des années qu'il était celui d'Aménophis III ?

– Je n'ai jamais eu l'intention de leur révéler la vérité.

– Si tu ne le fais pas, je dirai moi-même la vérité à tout le monde !

– Je te l'interdis formellement.

– Maître, je te prie seulement de réfléchir à tout ce que je viens de te dire.

– Ces propositions sont inacceptables, Kiya. Tu m'offenses en me parlant ainsi.

La jeune femme lui caressa le front et les épaules.

– Mon roi, je n'agis que pour ton bien car Hathor nous a unis et nous a permis de concevoir un garçon.

Kiya commença également à décrire à sa fille à quoi ressemblait sa patrie, quelles fleurs, quels fruits y poussaient, quels paysages on y trouvait.

– Tu avais promis de m'emmener un jour au Mitanni, lui dit-elle.

– Hélas, je doute que ce jour soit proche, lui répondit Kiya. Tu le connaîtras peut-être dans tes rêves ou dans un autre monde.

La fille de Kiya ne cessait de demander des détails à sa mère qui ne pouvait lui répondre.

– Tu m'as parlé de mon grand-père, lui disait-elle, mais à quoi ressemblait-il ? Était-il grand, robuste, courageux ?

– Tushratta était un chef extraordinaire comme son propre père. Il avait fait de notre capitale une ville agréable et il avait réussi à créer avec les pharaons des liens exceptionnels.

Kiya préférait ne pas évoquer les lenteurs et les refus d'Aménophis III. Sa fille réclamait aussi des explications sur sa grand-mère. Après avoir longuement hésité, Kiya fit sortir des cartes et des plans. Elle convoqua l'archiviste de la Maison du roi et se rendit à la Maison de vie pour réunir le maximum d'informations. Puis elle expliqua à sa fille tout ce qu'elle devait savoir.

– Je veux que tu me fasses une promesse, lui dit Baketaton. Tu m'emmèneras là-bas lorsque la paix sera revenue et que les dieux auront chassé la peste de nos régions.

Kiya n'avait aucune envie de voir les ruines de son pays. Trouver une plaine déserte là où elle avait connu des villes animées et organisées lui paraissait insupportable. Comment se remettrait-elle d'un tel voyage ?

– Je ne veux pas te décevoir, répondit-elle à Baketaton. Je te promets que nous nous rendrons en Asie quand la situation sera plus calme.

Elle pensait que son devoir consistait à faire un bilan, à affronter la réalité et à rendre un hommage à sa famille.

– Quoi qu'il en soit, je déciderai le roi à me prêter une escorte et Horemheb à m'accompagner. Je ne puis me résigner à retrouver un peu de mon père dans les seules lettres qu'il a adressées à la reine Tiyi.

Elle fit alors une promesse plus concrète à sa fille.

– Quand Toutankhaton sera plus grand, je vous emmènerai tous les deux avec moi. Le voyage est long et pénible. Nous ne pourrons le renouveler d'autant que nos voisins sont parfois belliqueux. Je veux absolument que Toutankhaton connaisse ma patrie. Patiente encore un peu et nous partirons avec des soldats égyptiens.

Elle savait que la reine Tiyi appuierait sa requête et qu'elle l'aiderait à convaincre Akhenaton. Dès lors, Kiya décrivit avec plus de détails les réactions, les habitudes, les traits de caractère et le physique des Asiatiques.

– Pourquoi me dis-tu cela ? lui demanda Baketaton qui ne comprenait pas les propos de sa mère. De nombreux Asiatiques habitent en Égypte. Nous les connaissons bien. Ils sont vifs, intelligents, bien implantés et remercient souvent les dieux de s'être installés dans un pays aussi riche que l'Égypte.

– Le Mitanni l'était moins, il est vrai. Il n'en était pas pour autant désagréable à vivre. Nous n'avions pas toutes ces richesses que tu vois à la cour du roi. Nos courtisans étaient plus modestes et nos fonctionnaires moins fortunés. Nos champs étaient régulièrement inondés comme le sont ceux du Nil. Toutefois, les dieux faisaient parfois déborder nos fleuves trop abondamment si bien que nos champs ressemblaient à des îles.

– Les maisons étaient donc noyées !

– En effet. On ne voyait plus que leur toit.

– Ce devait être un grand malheur pour les habitants.

– Les inondations étaient un des handicaps de notre région. Voilà pourquoi les Mitanniens se sont plu en Égypte. Le Nil déborde chaque année d'une manière presque régulière. Il y a bien des bonnes et des mauvaises années signalées par le nilomètre mais les différences d'une année à l'autre sont minces.

– Certains Mitanniens ont adopté des noms égyptiens. Leur famille est même enterrée ici…

Kiya se contentait de sourire en entendant sa fille parler ainsi et elle l'embrassait tendrement.

– Même s'ils aiment l'Égypte, ils voudraient retourner au Mitanni, crois-moi, lui disait-elle avec mélancolie.

– Les Mitanniens connaissent-ils Aton ?

– Bien sûr ! Nous avons honoré le dieu soleil plus que les Égyptiens ne l'avaient fait !

– Plus que les Égyptiens adorateurs de Rê, dieu primordial depuis des dizaines d'années ?

– En réalité, alors que les Égyptiens vénéraient de nombreux dieux, nous avions tendance à honorer le dieu unique Aton, resplendissant en majesté. Je crois qu'Hinutimpet et toutes les Mitanniennes qui sont venues s'installer à la cour ou qui font partie du harem ont considérablement influencé les rois égyptiens dans ce domaine.

Kiya regarda sa fille avec amour. Ses mots d'enfant et ses réactions spontanées lui plaisaient. Elle sentait que Baketaton avait soif de mieux connaître la patrie de sa mère.

– On raconte qu'Hinutimpet passait beaucoup de temps avec Aménophis III lorsqu'il était très jeune. La reine Tiyi, qui venait de rencontrer ton père, était contrariée par ces rencontres fréquentes. Mais Aménophis III prenait plaisir à écouter la Mitannienne lui raconter des histoires de son pays. Peu à peu, elle lui fit comprendre que le dieu Aton était supérieur aux autres.

– Est-ce pour cette raison que mon demi-frère, le pharaon Akhenaton, adore tant cette divinité ?

– Peut-être. Quand Aménophis III était adolescent, son père Thoutmosis IV le lui reprochait jusqu'au jour où sa favorite Hinutimpet sut également le convaincre d'adorer ce dieu plus que les autres.

– Et comment a-t-elle fait ?

– Thoutmosis IV était souffrant quand Hinutimpet lui a conseillé d'honorer le dieu Aton et d'encourager ses successeurs à le faire... La rumeur a couru qu'il avait été empoisonné, ainsi que l'une de ses filles, par la grand-mère de Maïerperi.

Baketaton la regardait avec émerveillement comme si sa mère lui racontait une légende.

– Tu connais Maïerperi, n'est-ce pas ? lui demanda Kiya en s'amusant de sa bouche béante et de ses yeux grands ouverts.

– Bien sûr ! Il sera enterré dans la Vaste Prairie non loin du défunt roi Aménophis II.

– Tu as retenu l'essentiel !

– Quel beau destin pour un homme dont la grand-mère était empoisonneuse et sorcière !

– En réalité, Iaret n'a jamais été reconnue coupable. Mais elle était tant choyée par le roi et elle avait une telle influence sur lui qu'elle a réussi à obtenir pour son petit-fils une tombe près de celle des rois !

– Et moi ? Serai-je aussi enterrée là-bas ou aurai-je une tombe à Akhetaton ?

– Quelle question, Baketaton ! Tu continueras ta vie auprès de nous tous dans cette incroyable ville d'Aton à nulle autre pareille !

– J'entends souvent des Mitanniens se plaindre d'être éloignés de leur pays. Ils y retourneront plus tard.

– Peut-être. Certains y ont laissé leur famille. Heureusement que la plupart se sont installés ici avec leurs enfants.

Baketaton et Toutankhaton étaient très différents. Généralement enjouée et vive, Baketaton ne ressemblait pas à Toutankhaton plus réservé et plus malingre. Baketaton était aussi entreprenante que Toutankhaton paraissait insouciant et passif.

Kiya était consciente de cette différence de caractère et s'inquiétait parfois de la santé fragile de Toutankhaton qui ne s'améliorait guère. Elle espérait plus tard lui faire acquérir plus de puissance et d'énergie à force d'entraînement.

Akhenaton appréciait, au contraire, la nonchalance et la paresse de son fils.

– Il est contemplatif, disait-il. Il sera intelligent comme moi.

Kiya s'inquiétait précisément de sa ressemblance avec Akhenaton qui n'avait pas, lui non plus, une santé exceptionnelle. Le médecin la surveillait de près.

– Avec la peste qui sévit, disait Kiya, Toutankhaton est vulnérable. Fragile comme il est, la maladie l'emportera plus vite que les autres.

– Il est protégé d'Aton, la rassurait le roi.

Mais la jeune femme était plus lucide que le pharaon sur les dégâts de la peste qui continuait à tuer quantité d'Égyptiens. Aucune prière, aucun titre, aucun rang ne permettait de lutter contre la maladie envoyée par les dieux. Seul le retour à une religion plus traditionnelle n'excluant aucun dieu aurait pu modifier le cours du destin. Tel était du moins l'avis de bon nombre d'Égyptiens qui le pensaient sans oser le dire.

XVII

May était en retard. Il avait décidé de se rendre dans la tombe d'Akhenaton dès l'aube mais le soleil s'était levé depuis longtemps.

– Maître ! lui dit la jeune femme qui avait préparé son bain. Réveille-toi ! Il est tard. Es-tu malade ? Que se passe-t-il ?

– Par Aton, que dis-tu ? cria presque l'architecte en s'asseyant sur sa couche.

Les rayons du soleil l'éblouirent. Il cligna des yeux et se frotta les paupières.

– Je n'ai jamais dormi autant !

– Mon maître a l'habitude de s'endormir tard et de se lever tôt !

– Serait-ce à cause de la potion que tu m'as fait boire hier soir ?

La jeune femme baissa les yeux et se jeta à ses pieds.

– Pardonne-moi, maître. J'y ai ajouté des plantes et j'y ai fait infuser des pétales de fleurs qui apportent la paix et le sommeil. Comme tu sembles soucieux et que tu t'agites pendant tes songes, j'ai pensé agir au mieux.

– Tu es parfaite, lui répondit l'architecte en se

levant d'un bond. Pour une fois, je ne ferai qu'une prière rapide à Aton. Je serai plus généreux ce soir !

Il se précipita dans la salle de bains où l'attendaient quatre femmes nues et se laissa frotter et enduire d'eau argileuse.

– Vite ! Répandez sur moi ce parfum de rose. Toi, dit-il au masseur, tu reviendras en soirée. J'aurai besoin d'un bon massage avant de donner l'un des plus beaux banquets de l'année !

May avait déjà revêtu son pagne et ajusté sa ceinture. Il prit lui-même un peigne en ivoire et se lissa les cheveux qu'il plaqua sur sa tête à l'aide d'une huile odoriférante.

– Pas de perruque, pas de maquillage, pas de fard. Je n'ai pas le temps ! Akhenaton doit m'attendre... Je lui ai promis de lui montrer l'avancée des travaux de sa propre sépulture. S'il arrive avant moi sur les lieux, je perdrai ma place !

– Akhenaton, grand et puissant, est très compréhensif.

May savait aussi que l'orgueil d'Akhenaton était démesuré et qu'il ne tolérait plus ni retard ni désobéissance de la part de ses fonctionnaires. Il soumettait la cour à des règles strictes qui effrayaient les plus modestes des serviteurs. Les porte-éventails devaient se tenir près du roi pour le rafraîchir sans pour autant écouter ses paroles. Les porte-sandales devaient le suivre sans se faire remarquer. Les fonctionnaires n'étaient reçus que sur rendez-vous même en cas d'urgence.

Alors qu'il était enfin prêt à partir et qu'il distribuait ses ordres à la volée, May entendit la porte de sa chambre s'ouvrir. Croyant qu'il s'agissait du scribe qui allait l'accompagner pendant toute la journée, il lui dit :

– Tu noteras tout au mot près. Prévois suffisamment de papyrus, d'encre et de calames.

– Je ne suis pas ton secrétaire, lui répondit l'homme qui venait d'entrer.

– Toi ici ? Mais je te croyais parti avec ta famille loin d'Akhetaton. Ne m'avais-tu pas promis de rester loin d'ici ?

May regarda autour de lui et vit les servantes s'enthousiasmer du retour du serviteur de May.

– Il ne restera pas longtemps, répondit l'architecte. Tu arrives mal. Si tu veux me parler, patiente jusqu'à cet après-midi. Je ne peux pas te recevoir maintenant.

– Je te parlerai ce soir. Je ne suis pas pressé…

– Certainement pas ! Ce soir, je recevrai les plus grands savants et je ne veux pas que tu apparaisses dans cette maison !

– Tu ne me parlais pas sur ce ton lorsque je suis parti. Tu disais que tu m'appréciais…

– À vrai dire, je ne pensais plus te revoir et tu me déranges au plus mauvais moment. Crois-bien que tout ce que je t'ai dit est vrai. Qui ne t'apprécierait pas ? Tu as été dévoué, serviable, obéissant. Tu n'étais jamais malade ! Quelle aubaine pour un maître !

– Je suis heureux de l'entendre de nouveau.

– Viens dans mon char. Je déteste qu'on nous voie ensemble mais tu pourras ainsi me dire pourquoi tu es revenu.

Le serviteur suivit May et grimpa dans son char en or et en argent.

– À la nécropole royale ! cria May au cocher. Je t'écoute ! La route est courte. Profite du parcours pour me parler.

May tenait ses plans sur ses genoux et prenait garde à ne pas les perdre. Le chemin était cahoteux. Plus ils approchaient de la colline, plus le char tanguait.

– Ralentis un peu sinon nous risquons de briser un essieu ou une roue, dit-il au cocher en se retenant à la caisse du char tiré par deux chevaux fougueux que May avait achetés à des Asiatiques.

– Ainsi donc tu ne pensais pas que je reviendrais… reprit le serviteur. Il est vrai que ton ami Asal m'aurait volontiers fait disparaître…

– Que veux-tu dire ? demanda May froidement.

– Je sais que tu es au courant. Quand tu m'as donné des biens pour que je quitte cette ville, Asal a payé un homme pour me tuer.

– Es-tu devenu fou ?

– Non, May, je ne suis pas fou.

– May ? reprit l'architecte.

– Je préfère t'appeler ainsi plutôt que « maître » car tu ne l'es plus.

– Asal ne savait rien de notre arrangement.

– Tu mens, May. Un homme payé par Asal nous a suivis, ma famille et moi, jusqu'à notre nouvelle demeure. Je l'ai vite repéré. Il m'a agressé et m'a laissé pour mort alors que je me rendais au temple de Ptah.

May chassa la poussière qui les enveloppait et plaça un mouchoir devant sa bouche pour se protéger.

– C'est impossible. On a sans doute essayé de te tuer parce que tu es devenu riche.

– Qui était au courant sinon toi ?

– Quelqu'un a dû te repérer. Tu as peut-être acheté des bijoux à ta femme, des chevaux hors de prix, un domaine plein de domestiques…

– Me crois-tu assez stupide pour étaler mes richesses alors que je n'étais qu'un pauvre serviteur ? Quand j'ai été attaqué, l'assassin m'a laissé après m'avoir donné trois coups de couteau. Je perdais beaucoup de sang. Comme j'avais emprunté un petit chemin peu fréquenté, j'aurais sans doute péri à cet endroit si un paysan ne m'avait vu. Il a cru que j'avais été attaqué par des vauriens.

– C'est probablement le cas.

– May, lorsque le tueur m'a abandonné comme un animal il a prononcé des mots que je n'ai, tout d'abord, pas saisis. Il a dit : « de la part du messager du roi ».

– Tout cela est confus, en effet.

– Après avoir été soigné, je me suis demandé de quel messager il s'agissait car je ne connaissais aucun messager de pharaon. Quelques-uns venaient parfois te voir mais je ne comprenais pas pourquoi ces hommes-là auraient cherché à me tuer. J'ai donc pensé qu'il s'agissait d'une erreur. J'ai même dit à ma femme que l'on m'avait pris pour un autre.

– Voilà ce qui s'est passé, dit May en descendant du char qui venait de s'arrêter. As-tu autre chose à rajouter ? Cette affaire me paraît claire.

– J'ai poursuivi mon enquête afin de ne pas retomber dans un traquenard. J'ai passé en revue tous les messagers du roi et je me suis soudain souvenu qu'Asal se rendait parfois en Asie.

– Telle n'est pas sa principale fonction. Il a rempli de rares missions en Asie…

– Mais Asal est celui qui était chargé d'apporter à Tushratta les cadeaux que la reine Tiyi avait préparés pour lui ! Tout le monde en parle car ces présents étaient somptueux et personne ne sait ce qu'ils sont devenus ! J'ai ma petite idée à ce sujet et je suis persuadé que le roi serait content et surpris de la connaître.

– Le roi se désintéresse des rumeurs. Il a confiance en ses fonctionnaires et il a raison. Je vais maintenant te laisser car je le vois arriver. Par la grâce d'Aton, je suis parvenu ici avant lui mais nous devons interrompre cet entretien qui ne mènera nulle part. Retourne dans la ville où tu as pris ta retraite et profite de mon or avec ta femme. Que les dieux vous donnent longue vie.

Le serviteur le retint par le bras.

– Je crois que tu n'as pas compris, May. On a essayé de me tuer et je n'ai pas l'intention de pardonner au meurtrier. Il sera jugé et puni ! J'ai la conviction que le commanditaire s'appelle Asal et que tu as comploté avec lui pour te débarrasser de moi.

May suivait des yeux le char royal qui approchait.

– Que veux-tu ? De l'or ? Des biens ? Tu viens me faire chanter alors que je ne suis pas responsable de ce qui t'est arrivé. Crois-moi, je le déplore.

Cependant, si un peu d'or te permettait de retrouver le repos, je n'hésiterais pas à te faire un nouveau cadeau.

– Nous ne nous entendrons pas si vite. Nous devons nous revoir.

Agacé et excité par la venue d'Akhenaton, May se planta devant son serviteur.

– Écoute-moi bien ! Je peux te proposer un coffre d'or bien que je ne sois pas coupable. À toi de réfléchir et de me donner ta réponse. Je t'accorde deux jours de réflexion ! Ne te représente plus jamais devant moi si ce n'est pour me donner une réponse claire et favorable.

L'architecte abandonna son serviteur et alla se coucher aux pieds d'Akhenaton qui lui adressa un sourire resplendissant.

– Quand je viens voir mon futur tombeau, je me sens l'âme légère et comblée. Quel lieu unique ! Fais, May, que jamais personne ne viole cet endroit magnifique et secret.

L'architecte guida le roi suivi de ses gardes en haut de la colline où avait été creusée l'entrée du sanctuaire. Un petit chemin s'était peu à peu dessiné sous les pas des ouvriers. Le soleil le frappait de tous ses rayons. Un porteur proposa au roi de monter dans une litière mais Akhenaton refusa.

– Je préfère grimper cette colline comme je l'ai fait la première fois quand j'ai foulé le sol de la future Akhetaton.

May avançait, ses manuscrits sous le bras. Il ne se retourna pas une seule fois vers son char et il n'accorda plus un regard à son ancien serviteur.

XVIII

Comme l'ancien serviteur de May demandait au cocher de le conduire à la Maison du roi, celui-ci daigna tout juste lui répondre.

– Tu n'es pas mon maître et j'ai cru comprendre qu'il ne désirait plus te revoir.

– Nous nous connaissons depuis longtemps. Ne peux-tu me rendre ce service ?

– Non. Mon maître m'a demandé de l'attendre ici. S'il revient avec le pharaon, Horus d'or, plus tôt que prévu et qu'il ne me trouve pas, je serai renvoyé ou puni. Je ne prendrai jamais un tel risque.

– Nous sommes éloignés de la ville, dit le vieux serviteur en montrant avec son bras le cirque rocheux qui leur faisait face.

– Je le sais. Marche et tu arriveras bien vite aux maisons de quelques ouvriers. Peut-être te prêteront-ils un véhicule pour gagner du temps.

– Tu n'es guère généreux. Je suis âgé et le soleil est chaud. Je n'arriverai jamais jusque-là !

– Cesse de me harceler et passe ton chemin !

– Tu pourrais au moins me prêter un cheval…

– Les bêtes qui ont été offertes à May par de grands dignitaires et par des princes !

Comprenant qu'il n'obtiendrait rien, le serviteur, qui détestait déjà May, se sentit profondément blessé.

– Tu protèges un brigand ! lança-t-il au cocher.

– Va-t'en avant que je ne te tue à coups de pierre ! May t'a permis de survivre, toi et ta famille, pendant des années. En échange, tu le calomnies et tu le harcèles !

– Tu comprendras bientôt que tu n'as pas choisi le meilleur parti ! Que les dieux te refusent les champs d'amour, de paix et de joie !

Le vieil homme jeta un regard vers May qui poursuivait son ascension et leva vers lui un poing hostile. Puis il décida de marcher dans le désert à la recherche d'une habitation. Il prit la voie en direction de la ville et avança à pas réguliers. Il rencontra bientôt un artisan qui rejoignait, lui aussi, la nécropole royale.

– Que fais-tu là ? lui demanda l'homme, surpris de voir un homme voûté marcher avec difficulté dans le désert. Où se trouve ton âne ?

– Je n'en ai pas. Peux-tu me conduire à la ferme la plus proche ?

– Impossible ! Je suis en retard. En revanche, Moïse, le bras droit de la reine Tiyi, va bientôt passer par ici. Je suis sûr qu'il pourra t'aider car son char tirait deux mules. Il pourra sans doute t'en céder une.

– Je vais l'attendre, suggéra l'Égyptien.

Il s'assit sur un roc entouré de ronces et essuya son front qui coulait abondamment. Son torse brillait de sueur et ses sandales étaient recouvertes de poussière. Quelques éraflures saignaient près de ses chevilles.

Il n'attendit pas longtemps l'arrivée de Moïse qui ordonna aussitôt à son cocher d'arrêter son char. L'Égyptien lui expliqua qu'il voulait se rendre à la Maison du roi pour y rencontrer au plus tôt la reine Tiyi.

– Tu as de la chance, lui répondit Moïse. Je dois juste porter ces mules à deux artisans et je retournerai au palais. Je peux t'accompagner sinon je crains que les vautours ne te mangent avant l'aube !

– Que les dieux te protègent ! J'avais entendu parler de ta courtoisie et de ton dévouement à la reine.

Le domestique lui embrassa les pieds et n'hésita pas à se coucher dans la poussière.

– Allons ! Monte dans mon char ! Puisque tu as un message urgent pour notre reine, il est normal que je te conduise auprès d'elle.

– Tant de personnes cherchent à lui parler sans réussir à obtenir d'audience !

– Dis-toi bien qu'il s'agit de ton jour de chance et que tu aurais pu, en effet, attendre longtemps avant qu'elle n'accepte de te rencontrer. Elle se trouve précisément à Akhetaton. J'espère que tu ne me mens pas et que ton message est vraiment important. Dans quelques jours, elle compte partir pour Gourob afin d'y faire construire un édifice en briques tout près du palais. Plusieurs artistes d'Akhetaton vont l'accompagner afin de graver sur les murs des inscriptions à la mémoire du vaillant Aménophis III.

– May sera-t-il l'un de ceux-là ?

– Pourquoi me poses-tu cette question ?

– Parce que j'étais l'un de ses serviteurs.

– T'aurait-il renvoyé ?

– Non. Je suis parti à la retraite... En réalité, je préférerais parler de tout cela avec la reine Tiyi. Il est même urgent que je la voie si elle a décidé de partir avec cet architecte.

– Je ne comprends rien à tes sous-entendus. Il est normal que la reine souhaite entretenir le souvenir de son époux. Elle n'appartenait pas à la famille royale lorsque Aménophis III l'a épousée sur les conseils de sa mère. Elle est reconnaissante à son mari de lui avoir offert une vie de rêve.

– La reine Tiyi n'est pas une ingrate.

Moïse le regarda du coin de l'œil avant de faire claquer son fouet au-dessus de ses bêtes.

– J'ai quelque chose à lui apprendre qui ne lui plaira guère mais qui la renseignera sur certains hommes qui l'entourent, ajouta le vieux serviteur.

Comme Moïse cherchait à en savoir davantage, l'Égyptien préféra se montrer discret.

– La reine Tiyi, que je vénère tant, apprendra ce qu'elle cherche à savoir depuis des années...

– Tu es bien mystérieux... dit Moïse en lançant ses chevaux au galop.

Le vieil homme s'agrippa à la caisse et tenta de se stabiliser en écartant légèrement les jambes. Il sourit en observant le demi-cercle montagneux dans lequel avaient été creusées les tombes. « J'aurais pu obtenir davantage de May, pensa-t-il, mais avais-je besoin de plus ? Il va payer son arrogance et son dédain ! Quant à Asal, je ne serai heureux que lorsqu'il sera jugé devant Osiris et que le plateau de la balance penchera en sa défaveur. Merci à toi Aton d'avoir mis sur mon chemin le meilleur homme qui soit, celui qui me guidera mieux que personne vers la reine Tiyi ! »

– J'ai rédigé moi-même les textes des inscriptions qui figureront dans le nouveau bâtiment de Gourob, dit Moïse. La reine Tiyi y évoque longuement Osiris. À l'entrée sera placé un petit texte rappelant que la Grande Épouse du roi Aménophis, aimée de Pharaon, reine des deux pays, a souhaité faire ériger un monument pour son frère et époux qu'elle adore.

Moïse tira sur les rênes pour ralentir les chevaux.

– Même Akhenaton a approuvé ces inscriptions qui mentionnent encore, selon les vœux de sa mère, des dieux qu'il a effacés de sa mémoire.

Lorsque Moïse arriva au palais, la reine expliquait à Néfertiti qu'elle partait le lendemain pour Medinet el-Gourob mais qu'elle reviendrait dès qu'on aurait des nouvelles d'Asal.

– Je souhaite honorer mon cher époux le mieux possible, confia-t-elle à Néfertiti. Je bénis les dieux de l'avoir soulagé de ses maux mais j'aurais aimé le garder plus longtemps auprès de moi…

– Inutile de te fatiguer, Grande Épouse, lui répondit Néfertiti. Nous t'enverrons un messager si nous avons des nouvelles d'Asal. Occupe-toi du culte d'Aménophis III. Surveille la construction de son bâtiment. Pharaon et moi serons heureux de nous rendre à Gourob lorsque tout sera achevé.

– Je vais avoir besoin de May et de plusieurs artistes, dit Tiyi. Voilà qui paraît déplaire à ton époux.

– Parce que May va prendre du retard dans l'aménagement des tombes mais Akhenaton approuve ton action et veut honorer son père. Si tu ne l'avais pas fait, il aurait organisé un culte en faveur de son père.

– Semenkharê va me manquer, ajouta Tiyi. J'aime bien ce jeune homme obéissant et savant. Il est attentif à tout et ferait un excellent roi !

Néfertiti n'approuva guère cette réflexion.

– L'Égypte a maintenant un pharaon à sa hauteur, répondit-elle. Je ne comprends pas tes allusions. Aurais-tu dans l'esprit de remplacer ton fils par Semenkharê ?

– Craindrais-tu de perdre ta place ? dit Tiyi en riant.

– L'Égypte a un pharaon en bonne santé !

– J'en suis consciente. Mais le destin peut si vite vaciller.

Tiyi resta un moment silencieuse puis elle ajouta :

– J'ai remarqué que Semenkharê était de plus en plus troublé par la présence de Meritaton. Il apprécie beaucoup ta fille et tu ne sembles pas irritée par cette situation.

– Pourquoi le serais-je ? répondit Néfertiti. Tu as raison : Semenkharê est attachant et honnête. Jamais il ne dénigre un membre de la famille royale. J'avoue l'aimer beaucoup, moi aussi. Quant à Meritaton, elle est très séduisante. Sa douceur, sa prestance et sa curiosité pour l'histoire et les lettres s'associent parfaitement avec les goûts de Semenkharê.

– Tu n'agirais donc pas pour les séparer ?

– Non.

– Je trouve que Meritaton te ressemble beaucoup. Elle a du moins ta distinction et ton élégance…

– Elle imite sa mère comme toutes les filles ! répondit Néfertiti en remerciant la reine Tiyi de ses compliments.

Toutes deux se mirent à aborder des sujets plus frivoles, comparant leurs toilettes et leurs coiffures. Moïse se présenta alors dans les appartements de Néfertiti et demanda à voir la reine Tiyi.

– Je ne te dérange pas sans raison, dit-il. Je crois comprendre qu'un vieil homme a une nouvelle importante à t'apprendre…

– Un vieil homme ? Mais qui est cet homme et comment le connais-tu ?

– Je l'ai rencontré sur le chemin menant à la nécropole royale.

– Moïse est devenu fou ! s'exclama Tiyi. Sais-tu combien d'Égyptiens attendent à ma porte pour me parler ? Des doléances, des plaintes ou des requêtes… Le peuple ne me connaît que pour me solliciter !

– Je pense que tu devrais écouter cet homme. Tu jugeras ensuite et si je me suis trompé, car je ne sais pas exactement ce qu'il désire t'apprendre, j'accepterai une punition.

– Parce que tu ne sais même pas ce qu'il veut me dire ?

– Reine, on a parfois la conviction qu'il faut prendre certaines décisions sans savoir exactement pourquoi. J'ai l'intuition que tu dois l'écouter. Qu'as-tu à perdre ?

– Il a, lui, tout à y gagner… Qu'en penses-tu, Néfertiti ?

– J'ai l'impression que Moïse s'est laissé abuser et que cet homme doit être très malin pour avoir réussi à franchir les portes du palais. Ces astuces et sa ruse méritent une petite récompense… Moïse a su aiguiser ma curiosité et je me demande bien pourquoi ce vieil homme veut te voir.

– Pour une parcelle de terrain, un sac de céréales, quelques vêtements… Allons, Moïse, fais-le entrer et finissons-en !

XIX

Moïse s'éclipsa quelques instants et réapparut avec le serviteur de May.

– Je te connais, dit aussitôt Néfertiti. Je t'ai déjà vu chez notre architecte.

– J'étais son serviteur avant de partir pour le nord de l'Égypte.

Comme il n'en disait pas davantage, Néfertiti l'invita à poursuivre. Après avoir salué les deux reines et avoir cité longuement leurs titres, l'Égyptien expliqua à la Grande Épouse d'Akhenaton qu'il devait parler à la reine Tiyi dans le plus grand secret.

– Je ne voudrais pas offenser la plus belle des reines, chérie par le peuple et les prêtres. Mais je préfère m'entretenir, tout d'abord, avec Sa Majesté la reine Tiyi avant qu'elle ne te révèle elle-même ce que je lui aurai dit.

– Serviteur ! Tu as décidément le sens du mystère ! Je pourrais m'offenser d'une telle demande car je suis celle devant qui tout le monde se couche, même la reine Tiyi ici présente.

– J'en suis conscient et je te prie d'excuser mon audace. Je suis certain que la Grande parmi les grandes comprendra, toutefois, ma requête lorsqu'elle sera au courant.

– Serviteur ! Dès que l'eau de cette clepsydre sera écoulée, je reviendrai dans cette pièce et je veux tout savoir ! En attendant, j'accède à tes désirs.

Moïse suivit Néfertiti et donna des recommandations aux gardes.

– Entrez dans cette pièce et ne quittez pas cet homme des yeux. Veillez à ce qu'il reste loin de la reine Tiyi. Soyez prêts à pointer votre lance vers lui au cas où il tenterait la moindre agression. Toi ! Va chercher cinq autres gardes qui se posteront dans le couloir.

Néfertiti l'approuva et l'interrogea sur l'étrangeté de la situation.

– J'avoue que cet individu m'a étonné mais il ne s'est pas confié à moi.

Au moment où Néfertiti s'asseyait sur un banc en marbre devant le jardin de forme carrée, à ciel ouvert, qui bordait le portique desservant plusieurs salles de massage et de lectures, la reine Tiyi poussa un cri strident qui inquiéta aussitôt Moïse. Celui-ci se précipita vers l'appartement qu'ils avaient quitté quelques instants auparavant et trouva la reine fort émue sur un fauteuil. Elle s'essuyait les joues et avait le teint très pâle.

– Que s'est-il passé ? demanda Moïse aux gardes.

– Cet homme parlait à la reine lorsque l'Aimée d'Hathor a poussé un grand cri. J'ai cru que la reine allait se trouver mal.

– Approchez ! Approchez ! dit la reine à Néfertiti et à Moïse. Je veux que vous soyez témoins de ce que je viens d'entendre. Répète, serviteur, et termine ton récit ! Ce sont les dieux qui t'envoient ! Si tu dis la vérité, je te récompenserai mille fois. Tu seras le plus heureux des hommes alors que nos ennemis et les traîtres seront condamnés à mort.

Néfertiti et Moïse se regardèrent avec étonnement. Ils s'assirent là où la reine Tiyi le leur avait indiqué, tout près d'un jeu de senet disposé sur un petit meuble en cèdre.

– Le serviteur de May était en train de m'expliquer qu'il avait surpris une conversation entre Asal, l'émissaire de mon fils, et son maître.

– Où donc ? demanda Moïse.

– Dans la demeure de May. Tout laisse penser que ces deux hommes sont complices des brigands qui ont pillé la tombe de mes parents dans la Vaste Prairie.

– Non pas complices, reine bien-aimée, précisa le serviteur, mais instigateurs d'un crime abominable.

– Que signifie cela ? demanda Néfertiti en le regardant d'un air soupçonneux. Que cherches-tu ? Tu veux de l'or ? Tu tentes d'obtenir de la reine des présents en échange de tes mensonges ?

L'Égyptien se tut et baissa la tête. Puis il ajouta doucement :

– Je m'attendais à une telle réaction, dit-il. Elle est justifiée. Asal et May ont servi correctement le roi pendant des années…

– Correctement ! s'exclama, à son tour, Moïse. Mais ce sont deux des meilleurs fonctionnaires de la cour ! Le pharaon a toute confiance en eux !

– May et Asal se seraient enfuis depuis longtemps s'ils avaient participé à cet infâme complot ! ajouta Néfertiti. Comment auraient-ils osé rester à la cour après avoir pillé la tombe de mes grands-parents ? C'est insensé et stupide !

– Grande Épouse, je trouve, au contraire, que c'est très judicieux. En restant ici, ils croyaient échapper à la justice du roi.

– Cet homme a peut-être raison, dit la reine. Nous n'avons jamais retrouvé ceux qui se sont échappés mais ils auraient pu être pris. Ils auraient aussitôt été condamnés. S'ils ont volé un peu d'or, ils ont perdu leur fonction et leur titre. Au lieu de quoi, Asal et May ont tout gardé.

– May est honnête. Il est incapable d'un tel acte… reprit Néfertiti.

– Peut-être s'est-il laissé entraîner dans cette histoire…

– Selon les paroles d'Asal, mon maître May aurait été le chef du complot.

Cette dernière précision laissa l'assemblée sceptique.

– Comment ajouter foi à tes propos ? demanda Moïse. As-tu des preuves ?

– Hélas non, dit l'Égyptien. Je suis le seul à avoir entendu cette conversation. Mais je suis sûr que May perdra ses moyens s'il sait que je vous ai parlé. Quant à Asal, je doute qu'il revienne avec les cadeaux de Tushratta. S'il revient à la cour, il prétendra se les être fait voler après les avoir mis en lieu sûr.

– Interrogeons May ! proposa Tiyi. Nous n'avons rien à perdre.

– S'il est astucieux et s'il nie tout, nous n'en apprendrons pas plus sur ce complot et nous nous méfierons toujours de lui. Il te faudra aussi punir cet homme qui t'aura peut-être dit la vérité.

– Que proposes-tu ? demanda Tiyi à Moïse.

– Il faudrait réussir à piéger May en le mettant à l'épreuve…

– Akhenaton ne peut s'être trompé à ce point sur l'honnêteté de son architecte, répéta Néfertiti.

– Où se trouve May en ce moment ? demanda Tiyi.

– Dans la nécropole royale avec le pharaon. J'ai fait le parcours avec lui de sa maison à la colline.

– Tu lui a donc parlé aujourd'hui même ? demanda Moïse. Qu'avais-tu à lui dire ?

L'Égyptien rougit.

– Je voulais le revoir puisque j'étais en visite dans cette ville. J'ai alors pris conscience que je ne pouvais garder pour moi un secret aussi lourd à porter…

Moïse le regarda d'un air moqueur.

– Cesse de te moquer de nous, lui dit-il. Je pense que tu as fait chanter ton maître. Parce qu'il n'a pas répondu favorablement à tes requêtes, tu as décidé de te venger et de venir parler à la reine. Peut-être même n'y avais-tu pas songé avant de me rencontrer.

– J'avais des scrupules à dénoncer mon maître. Il avait toujours été agréable et m'avait donné de l'or pour que je puisse prendre une retraite méritée.

– Je crois avoir trouvé un moyen de savoir si tu dis la vérité, ajouta Moïse.

– À quoi penses-tu ? lui demanda Tiyi.

– Va trouver May et dis-lui que tu es au courant de ses activités coupables. Demande-lui de l'or en échange de ton silence. Choisissons ensemble le lieu de la rencontre. Je posterai un espion qui me fera un rapport exact de votre entretien. Nous saurons alors si May est réellement coupable.

– Il peut être coupable et refuser, remarqua Tiyi.

– Un homme qui se sent pris au piège a des réactions prévisibles. Un innocent jetterait un maître chanteur à la porte. Un coupable chercherait à comprendre comment il a obtenu de tels renseignements sur son compte.

– En réalité, reconnut l'Égyptien en rougissant encore, mon maître sait que je suis au courant…

– Voilà pourquoi il t'a éloigné d'Akhenaton en te donnant de l'or ! Est-ce bien le cas ? Ne mens plus ! Au lieu de prévenir le roi dès que tu as connu la culpabilité de May, tu as préféré le faire chanter et quitter la ville ! Si May t'avait donné d'autres présents, tu serais retourné dans le nord de l'Égypte sans rencontrer la reine !

Le serviteur de May se contenta de baisser de nouveau la tête. Puis il se jeta aux pieds de Moïse et pria les reines de lui pardonner.

– J'étais persuadé que la reine Tiyi ne m'accorderait pas audience ! Qui suis-je ? Un pauvre serviteur que l'on n'écoute pas et qui n'a aucun crédit !

– Cet homme n'a pas tort, répondit la reine.

– Mais il a commis une faute grave ! Il a accepté de l'or d'un malfaiteur et n'a pas informé le roi du danger qu'il courait en conservant un tel individu à la cour !

– Nous n'avons toujours pas la preuve que cet homme dit vrai ! intervint Néfertiti.

– Dans ce cas, agissons comme je l'ai proposé. Postons un espion et toi fixe un rendez-vous à May.

– Je suis prêt à réparer ma faute et à vous aider… répondit l'Égyptien.

N'osant demander une récompense en échange de ce service, il se releva et suivit Moïse.

– Viens ! Laissons Néfertiti et Tiyi. Je vais te dire très exactement comment nous allons procéder.

XX

Le serviteur de May adressa un message à son ancien maître pour lui faire savoir qu'il était prêt à discuter avec lui.

– Dis-lui de venir me voir, répondit l'architecte qui se laissait masser avec délectation après une journée de travail fructueuse et une nuit passée en festin.

Il regrettait de l'avoir rabroué et craignait ses réactions. Mais, depuis qu'Asal avait quitté Akhetaton, May se sentait plus rassuré. Il se méfiait de son complice parfois aussi fourbe que cupide. « Si mon avide serviteur parle à quiconque de notre discussion, on le prendra pour un fou ! J'ai passé une journée magnifique en compagnie du roi. Il me donne de plus en plus de pouvoir et personne ne construira sa tombe à part moi ! Que ce stupidc serviteur parle et l'on se moquera de lui ! J'ai également la confiance de la reine Tiyi et de Néfertiti. Nous allons partir pour Gourob. Qui pourrait accuser un homme responsable de la construction du bâtiment qui abritera le culte d'Aménophis III ? »

En réalité, May était persuadé qu'il se tairait

puisqu'il avait déjà reçu de l'or et espérait en recevoir davantage.

– Je me demande où vont s'arrêter ses exigences, dit-il en soupirant.

– Mon maître me parle-t-il ? demanda en grec l'Hellène, robuste et musclé, qui massait la nuque et les épaules de May. Je ne comprends pas l'égyptien. Je suis arrivé depuis une semaine à Akhetaton…

– Je parle seul. Continue sans te préoccuper de moi. Je suis heureux que la reine Tiyi ait eu une telle attention pour moi ! M'envoyer son meilleur masseur pour me récompenser des heures que je passe en compagnie de son fils !

– Je dois exécuter ses ordres à la lettre !

– Tu me combles, répondit May en grec.

Comme son serviteur se faisait annoncer, l'architecte s'étonna de sa prompte réaction.

– Laisse-nous, dit May au masseur.

– Tu n'y penses pas ! Que dirait la reine ? Elle m'a recommandé de ne plus te quitter avant la nuit. J'ai fait venir des onguents magiques.

– Tu as raison, dit May en plaçant ses mains sous ses joues et en fermant les yeux. Qu'il entre ! Toi, continue ces massages agréables. Je ne laisserais cette place pour rien au monde !

L'architecte souleva à peine la tête lorsque son ancien serviteur se présenta.

– Tu peux me parler sans crainte. Ce masseur est grec et ne comprend pas notre langue. As-tu réfléchi à ce que je t'ai dit ? Je ne voulais plus que tu te présentes devant moi…

– Que me proposes-tu ?

– Que veux-tu ?

– De l'or et de l'argent.

– Tu en auras. Mais tu vas me signer ce document que j'ai préparé. Tu ne reviendras ici sous aucun prétexte ! Tu quitteras définitivement cette ville !

– Tu ne me reverras plus et je garderai le silence.

– Je fais cela pour ta famille. Mais sache que je ne te redoute pas.

– Mon maître a bien changé. Je l'ai connu moins sûr de lui. Il est vrai qu'il accroît sa fortune et son pouvoir de mois en mois. Mais lorsque je l'avais surpris avec Asal…

– Si tu te montrais bavard, tu sais très bien que personne ne te croirait. Que vaudrait ta parole contre la mienne ?

– Je connais mon maître et je suis convaincu qu'il regrette certains de ses actes, dit le serviteur en observant le masseur qui passait imperturbablement ses mains sur le dos de May.

– Je vais faire préparer ton or. Tu emporteras ton coffre ce soir même et ne reviens plus.

May appela son scribe.

– Tends ton calame enduit d'encre à mon ancien serviteur et sors de cette boîte le rouleau de papyrus que j'ai préparé. Il s'agit d'un engagement.

Le serviteur s'exécuta et sortit. Mais il n'avait pas plus tôt franchi le seuil de la pièce que deux gardes de la reine entrèrent et encadrèrent May que le masseur maintenait fermement contre la table. Il lui avait saisi les poignets et l'obligeait à garder la face contre le drap. Ne comprenant pas ce qui se passait, May appela ses propres gardes. Mais le masseur lui ordonna de ne pas bouger.

– Je suis égyptien et la reine Tiyi souhaite te rencontrer dès maintenant, lui dit-il.

– Je ne comprends pas, répondit May.

Le serviteur entra de nouveau dans la pièce et regarda fixement son ancien maître.

– Qu'as-tu été raconter à la reine Tiyi ? lui demanda May. Cet homme est capable de narrer les pires histoires ! Il ne faut surtout pas le croire !

– Tu expliqueras tout cela à notre reine, lui dit le faux masseur en redressant brutalement l'architecte.

– Oublierais-tu qui je suis ? lui dit May en tentant de se retourner.

– Je ne veux pas le savoir. J'ai reçu des ordres précis de ma reine. Tiens-toi tranquille sinon je te casserai les poignets.

– Ainsi donc les paroles insensées d'un simple serviteur sont plus dignes de foi que celles de son maître ! Le roi Akhenaton, fils du dieu soleil, m'écoutera et vous fera tous exécuter !

– Je doute que tu réussisses à me convaincre, dit Akhenaton en entrant dans la pièce.

Tous les Égyptiens tombèrent à genoux et gardèrent la tête baissée jusqu'à ce que le roi commençât à parler.

– Roi bien-aimé, dit aussitôt May, je crois qu'il s'agit d'un malentendu. Tu connais mon courage et mon dévouement. Ces hommes m'ont agressé et je ne sais pourquoi. Donne des ordres, Grand Horus d'or, pour que ton architecte soit libéré.

Akhenaton tourna autour de lui et le regarda de

haut en bas comme s'il ne l'avait jamais vu. Le drap qui entourait les hanches de May menaçait de tomber, rendant la situation quelque peu ridicule.

– Tu me déçois, May, moi qui t'accordais toute ma confiance. J'ai cru comprendre que tu étais le complice d'Asal dans de bien tristes affaires et que cet Égyptien est également un voleur.

– Crois-moi. Tout cela est un piège. Que t'a-t-on raconté ?

– Ma mère m'a parlé. Elle a évoqué votre complot qui vous a poussés à piller la tombe de mes grands-parents ! Nous tenons enfin nos coupables ! Ainsi donc tu as monté toute cette affaire avec ce traître d'Asal !

– Les coupables ont pris la fuite depuis longtemps. Vous n'avez jamais retrouvé leurs traces.

– J'avoue, ajouta Akhenaton, que rester au palais était astucieux. Vous auriez pu échapper à la justice des hommes et des dieux si ton serviteur n'avait été attentif. Mais c'est maintenant terminé. Tu vas être puni pour tout ce que tu as fait.

Les gardes l'emportèrent sur un geste du roi.

– Suis-moi au palais, dit Akhenaton au faux masseur. Tu as parfaitement joué ton rôle et la reine Tiyi sera heureuse de te récompenser.

– Je n'ai eu aucun mal à espionner May puisque le plan de Moïse était parfait. C'est lui qui mérite une récompense.

– Tu es humble et dévoué. Je te donnerai un poste important. Que faisais-tu auparavant ?

– Je brossais les chevaux du roi.

– Pourquoi avoir joué les espions ?

– Parce que tes espions officiels sont tous connus de May et qu'ils se trouvent actuellement en Asie !

Akhenaton éclata de rire.

– Tu ne manques pas de repartie. Si tu étais architecte, je t'aurais donné la place de ce traître de May.

– La famille de Bak excelle dans ce domaine. Pharaon ne sera pas dépourvu.

– Tu as raison. Réfléchis à un poste qui te ferait plaisir et dans lequel tu serais compétent.

– Entretenir les chevaux du roi est un bon poste.

– À moins que tu ne le refuses, je pense à un poste administratif plus prestigieux.

– Pharaon m'honore, répondit l'homme en se mettant à plat ventre sur le sol pour remercier le roi.

– La reine Néfertiti attend un nouvel enfant. Tu seras responsable de sa santé.

– Mais je ne suis pas médecin !

– Rassure-toi ! Je veux juste que tu gardes Sa Majesté lors de ses déplacements. Tu ne seras pas seul. Mais je tiens à ce qu'elle soit parfaitement entourée. Tu sauras lui parler lorsqu'elle sera morose, lui changer les idées quand elle sera triste, jouer avec elle au senet lorsqu'elle se sentira seule parce que je ne serai pas auprès d'elle, faire mander un poète pour lui lire un texte de Pharaon ou une musicienne de talent pour la charmer. La reine Néfertiti adore la musique. Elle en joue à merveille.

– Et elle a, dit-on, le meilleur des maîtres en ce domaine. Moïse est très présent auprès des reines…

– Ne discute pas, dit le roi. Moïse est attaché au

service de Tiyi qui en est satisfaite. Prends donc exemple sur lui pour assister Néfertiti.

– Je suis très flatté de cette charge, Pharaon. Mais Néfertiti n'a aucune raison d'être morose. Elle est adulée par le peuple. Elle est aimée de Pharaon. Aucune reine n'a eu autant d'honneurs avant elle. Elle a de magnifiques enfants qui font la joie du peuple.

– Ne te fie pas à l'apparence, lui dit le roi en l'entraînant à l'écart. Tu connais la vie des pharaons. Nous sommes entourés de femmes belles et jeunes qui soulèvent parfois la jalousie des reines officielles. L'une de mes favorites, que j'apprécie beaucoup, attend un enfant. La belle Kiya, qui vient souvent me tenir compagnie, provoque souvent la reine. Ma sœur Satamon m'a même envoyé une voyante qui m'a affirmé que la reine tenait plus au pouvoir qu'à moi-même. Celle-ci aurait, paraît-il, un secret à m'apprendre.

– Je ne crois guère aux voyants et aux devins, affirma l'Égyptien. Ce sont souvent des charlatans ! L'un d'entre eux avait prédit à Aménophis III que tu constituerais un danger pour lui alors qu'il a rejoint Osiris en l'an 38 du règne.

Akhenaton fronça les sourcils et le regarda sévèrement.

– Osiris ? souligna-t-il.

– Je voulais dire… commença l'Égyptien en cherchant ses mots.

– Le Soleil qui accompagne le roi toutes les nuits avant que celui-ci ne rejoigne son tombeau.

Ils suivirent de loin les gardes qui poussaient

May en avant jusqu'au char qui le conduirait en prison. Les serviteurs de l'architecte s'étaient réunis en hâte et s'étonnaient de cette arrestation. Ils se courbèrent en voyant le roi et n'osèrent demander des explications. Les femmes poussaient parfois des cris en voyant leur maître les mains liées et s'interrogeaient sur son avenir et le leur.

Akhenaton poursuivit son chemin sans s'arrêter.

– Puisque May a été piégé grâce à toi, dit-il à l'Égyptien, je te charge aussi de revenir ici et de prendre soin de ces domestiques.

– Dois-je leur dire de quitter les lieux ?

Akhenaton réfléchit en marchant, les mains derrière le dos. Son ventre paraissait ainsi plus proéminent.

– May ne reviendra jamais ici. Il a fait construire cette maison avec l'or volé à mes grands-parents ! Plutôt que de la détruire, car il me plaît de venir m'y reposer, je te la donne. Tu l'entretiendras et tu pourras, s'il te satisfait, conserver le personnel.

N'en croyant pas ses oreilles, l'Égyptien s'apprêtait encore à tomber aux genoux du roi qui le retint.

– Ne perdons pas de temps. Je veux remettre May à la justice et je souhaite envoyer des troupes le plus tôt possible à la recherche d'Asal. La reine Tiyi n'aura pas l'âme en repos tant que ce traître vagabondera dans la nature en dépensant l'argent du roi !

L'Égyptien regardait autour de lui sans croire que la demeure de May lui appartenait. Lui qui n'habitait qu'une petite maison allait s'installer dans l'une des propriétés les plus convoitées d'Akhenaton.

– Maître, je suis inquiet, dit-il à Akhenaton qui montait dans son char. Je n'aurai jamais l'or nécessaire pour entretenir un tel jardin, autant de salles et de serviteurs.

– Mais si. Nous y pourvoirons. Reste ici et parle à ces gens. Ils vont s'inquiéter. S'ils apprennent qu'ils ont un nouveau maître, ils seront rassurés. J'ai hâte de donner des ordres pour que le nom de May soit effacé à tout jamais !

Akhenaton pensait à sa tombe, l'une des plus belles de la nécropole.

– Rien ne doit rappeler l'existence de cet infâme individu, dit-il en ordonnant à son cocher de lancer ses chevaux au galop. Vite ! Au palais ! Je veux rassurer ma mère et réparer nos maladresses !

Le char qui emmenait May précédait celui du roi. Des gardes le tenaient fermement par le bras si bien que l'architecte ne put même pas se retourner pour jeter un dernier regard vers sa demeure.

– Que les dieux m'aident, murmura-t-il en levant les yeux vers le ciel, car j'ai tout à redouter. Asal, sois maudit ! Que les vautours déchirent tes chairs dans le désert asiatique !

Tout en cherchant des solutions pour sa défense et en préparant sa plaidoirie, May avait la conviction que sa destinée était tracée et qu'il était perdu.

XXI

Akhenaton voulait faire à Akhetaton une fête magnifique dont se souviendraient tous les Égyptiens. Aussi avait-il réuni tous ceux qui devraient contribuer aux préparatifs. Il avait également donné des ordres pour que des travaux fussent entrepris en Nubie.

– Quel genre de fête souhaite le pharaon ? lui demanda Néfertiti qui s'apprêtait à inviter tous les alliés de l'Égypte avec leurs épouses.

– Je veux tout simplement fêter mon jubilé !

– Ton jubilé en l'an 3 du règne ?

– Dans le Gempaaton auront lieu les plus belles représentations. Rien de mieux que sa cour à ciel ouvert qui est très vaste pour donner les plus beaux spectacles ! Le public pourra se placer tout autour de cette cour rectangulaire sous la colonnade abritée du soleil.

– Il pourra ainsi contempler les images de Pharaon sur les piliers. Amon sera-t-il de la fête ?

– Certainement pas ! Seuls les dieux figurant sur les autels du Gempaaton à côté de ma personne coiffée du disque solaire seront honorés.

– Quel rôle m'as-tu réservé pour cette manifestation exceptionnelle ? demanda Néfertiti en imaginant déjà quelle robe elle porterait.

– Tu te tiendras derrière moi comme toute Grande Épouse. Mais tu auras l'honneur de porter les plumes sur ta coiffe, d'avoir un trône aussi beau que le mien et de voir ton image sous les traits d'un sphinx.

Cette dernière précision plut à la reine qui n'avait jamais vu en sphinx que la reine Hatchepsout et sa propre belle-mère.

– Ta litière sera également ornée de cobras auxquels se mêlera ton auguste visage surmonté de la coiffe à double plume. Sache que l'esprit d'Aton a également décidé de faire fermer tous les temples d'Amon. J'ai envoyé un artisan pour effacer le nom d'Amon sur les obélisques d'Hatchepsout à Karnak. Il a pour ordre de faire totalement disparaître le cartouche du dieu de la pointe de l'obélisque.

– Ce ne sera pas chose aisée.

– Je lui donne plusieurs mois pour exécuter sa mission. Je veux également que tous les fonctionnaires qui portent un nom rappelant Amon en changent immédiatement. Les domaines et les temples confisqués ne seront pas gérés par des prêtres. Je vais choisir des fonctionnaires fidèles pour s'en occuper. J'ai même envie de sélectionner des hommes de basse extraction. Ce sont souvent les plus obéissants.

– Panehesy pourrait aussi faire l'affaire.

– Tu as raison. Panehesy a fait graver dans sa tombe des prières pour nous deux. J'ai confiance en lui.

– Maître, comment vas-tu expliquer au peuple que tu souhaites déjà célébrer ta fête-sed ? Un jubilé se fête tous les trente ans. Tu ne seras que dans ta troisième année de règne unique.

– Mais je gouverne depuis plus longtemps. Les jubilés ne sont plus célébrés tous les trente ans. Mon père en a fêté deux coup sur coup sur l'insistance de Satamon. Je veux que nous devenions plus populaires encore. Aÿ prétend que le meilleur moyen de plaire au peuple est d'organiser des réjouissances exceptionnelles auxquelles il peut prendre part sans retenue.

– Mon père n'a pas tort.

– C'est un excellent conseiller qui ne m'a jamais déçu.

– Un discours mettant en valeur le dieu Aton ou la date de ton anniversaire pourraient servir de prétexte à cette fête-sed.

– Tu es digne de ton père et tu me conseilles intelligemment. Je vais y réfléchir. Je vais dès maintenant faire ouvrir de nouvelles carrières au Gebel es-Silsileh et ordonner la construction d'un bâtiment qui accueillera les cérémonies, les défilés et les discours du roi.

– Que tu ne prononceras pas de ton balcon ?

– Je vais y réfléchir car je veux rassembler un maximum de monde. Le site que nous choisirons sera embelli d'une magnifique stèle me représentant coiffé de la couronne de Haute Égypte et donnant une offrande aux dieux au-dessous du disque solaire. Une inscription rappellera aussi que ces travaux seront destinés au Benben d'Horakhty à Thèbes.

– À Thèbes ?

– Oui. Je me suis rendu compte que malgré les désastres causés par la peste et la désertion de ses habitants, Thèbes restait chère aux Égyptiens qui continuaient parfois à la considérer comme la capitale religieuse du pays.

– Mais tu fais tout pour le faire oublier…

– Effacer Amon ne suffit pas. J'ai l'intention d'ouvrir de nouveaux temples solaires à Thèbes, à Héliopolis, à Memphis et dans toute la Nubie ! Le disque solaire sera à l'honneur pendant toute ma fête-sed même si je parlerai d'Amon sur l'inscription.

Néfertiti le regarda avec surprise. Elle avait du mal à suivre la logique des pensées de son époux qui tantôt provoquait les prêtres d'Amon ou leur enlevait leur fonction et tantôt reparlait du dieu thébain.

– Comprends-moi bien, dit Akhenaton en la voyant sceptique. Seul le dieu solaire sera honoré pendant mon jubilé. Dans le complexe où se dérouleront les fêtes seront décorés le Gempaaton à ciel ouvert et la Maison de la pierre Benben. Ce seront les hauts lieux de cette cérémonie.

– Et les travaux commencés à Soleb ?

– Je veux y être représenté face à mon père. Pendant ce jubilé, je penserai à lui. Je veux utiliser les textes qui rappellent ses fêtes-sed.

– Le pays de Ouaouat est calme. Ton père a su exploiter les mines d'or du ouadi Allaki et Mérymès a réalisé, comme toujours, un remarquable travail.

– J'apprécie Mérymès autant que mon père.

– Je me demande si Aménophis n'aurait pas dû anéantir les habitants de Koush plutôt que de libérer les prisonniers quand il l'emportait dans une bataille car ces hommes ne sont pas fiables. Mérymès a su maîtriser ceux qui se révoltaient aussi dans la région des mines d'or.

– Mérymès m'a appris que des Bédouins tentaient de voler des sacs de céréales non loin du Ouadi. J'espère qu'ils ne mettront pas ma patience et ma gentillesse à l'épreuve car j'ai toujours promis de les épargner. Toutefois, s'ils venaient à nous tarauder, j'enverrai contre eux le vice-roi de Koush, l'excellent Djéhouty, qui fera des prisonniers et des morts…

Néfertiti frissonna car elle connaissait la froideur et la cruauté du vice-roi.

– Il est intraitable…

– Il a raison.

– On raconte qu'il empale les chefs prisonniers…

– Je lui donnerai carte blanche si nécessaire. Les habitants de Koush n'ont qu'à bien se tenir. Quant aux Bédouins, je les considérerai de la même façon !

– Il serait bon que tu construises des temples solaires au pays de Ouaouat, ajouta Néfertiti, bien qu'elle estimât qu'Akhenaton devait briller par sa clémence et sa grandeur d'âme plutôt que par des actes cruels qui le rendraient impopulaire.

– Je préfère agir dans le pays de Koush, à Soleb ou à Sésébi. J'ai tant d'images d'Amon à faire effacer pour y mettre à la place celle d'Horakhty !

– Le travail est bien avancé.

– Mais je dois encore intervenir dans le *spéos* de

mon père et supprimer toutes les décorations qui pourraient gêner la place essentielle des rayons solaires. Ceux-ci doivent apparaître d'emblée.

– Les Égyptiens te reprochent d'avoir fait effacer le Vautour Nekhabit, le dieu potier Khnoum et la déesse de la fécondité Hathor.

– J'ai même fait appel à des artisans nubiens pour accélérer les travaux et j'en suis fier ! Mon père m'a approuvé lorsque j'ai entrepris des transformations à Seboua. Maintenant apparaît le cartouche de Nebmâatrê. L'Horus splendide et rayonnant a remplacé Amon. Mon père a fait agrandir les pièces et, pour continuer son œuvre, j'ai ordonné, moi aussi, d'orner de nouveau ces salles. J'ai fait ajouter des petites pièces latérales. Horakhty triomphe face à Amon.

– Ces changements paraissent importants.

– Je crois avoir agi comme le voulait mon père. Les prêtres en ont été choqués. Je l'ai appris par Satamon qui m'a mis en garde. Qu'importe ! Je les ai remplacés par des hommes plus modestes et plus obéissants qui n'oseront pas contredire Pharaon.

– Ne serait-ce pas l'occasion pour nous de nous rendre à Seboua ou à Soleb puisque tu vas célébrer ta fête-sed ? Ta mère serait peut-être heureuse de retourner à Soleb et à Sédeinga afin d'y recevoir l'hommage des Nubiens.

– Tu sais que je n'aime guère voyager, belle Néfertiti Néfernéferuaton, dit le roi. Restons plutôt dans notre cité. Mérymès nous rendra compte de ce qui se passe à Ouaouat et au pays de Koush.

Néfertiti hocha la tête comme une enfant déçue.

– Nous aurons d'autres occasions d'aller là-bas, lui dit Akhenaton.

– J'en doute. Je ferais bien le voyage avec Satamon.

– Je te le déconseille ! cria presque le roi. En réalité, je n'ai aucune confiance en elle. Elle complote avec les prêtres d'Amon et je n'arrive pas à savoir ce qu'elle prépare.

– Elle t'aime, Akhenaton.

– Peut-être m'a-t-elle aimé en effet. Mais je suis sûr qu'en cet instant elle préférerait me voir mort pour s'installer sur ce trône !

Néfertiti préféra changer de sujet.

– Hier, est arrivée à Akhetaton une lettre qui a bouleversé la reine Tiyi. Son messager mitannien a été tué et un soldat égyptien l'a récupérée des mains même de celui qui a été assassiné par les Hittites. Il a attendu de revenir ici pour la confier au scribe royal.

– Une lettre ? s'étonna Akhenaton. Où est-elle ?

– Dans les mains de la reine Tiyi qui ne veut pas s'en séparer.

– Et que dit ce message ? L'as-tu lu ?

– Oui, répondit Néfertiti. Il évoque Tushratta. Le roi mitannien l'aurait écrit juste avant de mourir.

Akhenaton poussa un profond soupir.

– A-t-il seulement su que la reine Tiyi avait respecté la parole de mon père en lui adressant des statues en or plein ?

– J'en doute, répondit Néfertiti, car le soldat égyptien a été formel. Il affirme que le roi a été tué aussitôt après l'avoir rédigé. Or, Tushratta se plaint encore de n'avoir reçu de ta part que des cadeaux en bois recouvert d'or. Il ajoute à l'intention de la reine Tiyi : « Je vais bien malgré les menaces qui pèsent sur le Mitanni. J'espère que pour toi tout va bien également. Que ta famille, ta maison et tes enfants soient en bonne santé ! Que ma chère fille Taduhepa, qui est aussi ta belle-fille, soit heureuse ! Tu sais mieux que personne combien j'ai aimé ton époux Namouaria et combien il m'a apprécié. J'aime aussi et plus encore ton fils Napkururia mais alors que ton mari m'avait promis des statues d'or massif ornées de lapis-lazuli, je n'ai reçu que des statues en bois plaqué d'or. Une simple couche d'or telle de la poussière répandue sur le sol d'Égypte. Pourquoi ne réponds-tu pas à ma demande et ne règles-tu pas le problème avec ton fils ? Je connais ton esprit d'équité. Je voudrais aussi que Napkururia me réponde !... »

– Tushratta a écrit cela avant de disparaître... murmura Akhenaton, pensif. Néfertiti ! N'en dis rien à Kiya. Elle serait attristée.

– Je te promets de garder le silence mais je doute que ta mère ne lui montre pas le dernier message de son père. Ce serait cruel.

Akhenaton soupira une nouvelle fois.

– Hélas, qu'y puis-je ? J'ai cru agir comme le voulait mon père. Quoi qu'il en soit, ce cadeau n'aurait rien changé au destin de Tushratta. Il prétend qu'il va bien. Il n'a donc pas vu la mort venir... Les Hittites se trouvaient pourtant aux portes du Mitanni.

– Les Hittites ont menacé si longtemps le Mitanni avant de le dominer et de le raser !

– Tu as raison, Néfertiti.

– Rassure-toi, tu as agi comme il convenait.

Elle lui prit les mains avec affection.

– Kiya n'a pas à imposer ses volontés au roi. Si Horemheb, Aménophis III et Akhenaton ont décidé de ne pas envoyer des secours dans ce pays, cette décision était justifiée. La discuter est intolérable de la part d'une personne secondaire.

Akhenaton se montra lâche et préféra ne pas répondre.

– Qui va remplacer May ? demanda Néfertiti.

– Djehoutymès, un jeune architecte plein de talent. Je veux que tu voies ses réalisations. Ses œuvres sont pleines d'humanité, de réalisme et de douceur. Il a tenté de réaliser avec quelques disciples deux portraits de Pharaon. Mon visage est plus agréable que d'habitude et mon corps est plus viril.

– Tu ne confierais donc plus tes portraits et tes bustes à Thoutmès ?

– Il préfère mettre son talent à ton service !

– Pourquoi dis-tu cela ?

– Parce qu'il réussit tes portraits comme aucun autre sculpteur.

XXII

La voyante envoyée par Satamon demanda à voir le roi. Elle avait une lettre de recommandation et une réputation à toute épreuve. Akhenaton se souvenait encore des dernières paroles de Néfertiti qui lui avait déconseillé d'écouter ces femmes dangereuses et vénales. Mais il était sensible à leur art et à leur talent.

Mystérieuse et très maquillée, la peau blafarde, les lèvres rouges et les yeux abondamment cernés de bleu, la voyante, qui n'était plus très jeune, s'introduisit dans le bureau du roi avec une discrétion étonnante. Elle laissait ses sandales glisser sur le sol comme un reptile rampant dans un temple. Son parfum, étrange et très musqué, fit grimacer Akhenaton qui préférait les odeurs moins agressives. La voyante portait à la main une coupe pleine d'encens fumant qui répandait également une odeur religieuse, surprenante dans un lieu de travail. Au lieu de porter des vêtements blancs et fins, elle s'avançait le visage grave, presque impassible, les yeux fixes, dans une tunique sombre dont les plis paraissaient innombrables.

– Excuse mon inattention, dit-elle à Akhenaton

d'une voix venue d'ailleurs en oubliant le décorum du palais. J'ai oublié Nekhtabyt.

– Nekhtabyt ? interrogea le roi en n'obligeant pas la voyante à se coucher devant lui.

– Oui, mon vautour, répondit la femme en ouvrant la porte devant les gardes ébahis en saisissant le sarment de vigne sur lequel était juché l'oiseau et que lui tendait son domestique vêtu aussi étrangement que sa maîtresse.

– N'est-il pas magnifique ? demanda-t-elle à Akhenaton en tendant son doigt au vautour qui le prit dans son bec comme une friandise. Il m'obéit mieux qu'un serviteur.

– Tu ne l'as pas enchaîné ?

– Inutile ! dit la voyante en faisant un geste aux gardes pour les éloigner. Tes hommes risquent de l'agacer. Qu'ils se retirent ou baissent leurs lances. Nekhtabyt déteste le bruit des armes qu'on entrechoque. Il pourrait fondre sur l'un d'entre eux.

– Roi tout-puissant, il est beaucoup trop dangereux de conserver une telle bête ici ! affirma le chef de la garde. Laisse-nous au moins l'enchaîner par sécurité. Nous attacherons ce lien au sarment.

– Puisque vous ne respectez ni mes dons ni mes animaux, je repars chez moi, dit aussitôt la voyante. Je ne peux travailler dans ces conditions.

L'oiseau s'ébroua, soulevant de nouveau la crainte des hommes présents. Au lieu d'en avoir peur, Akhenaton s'approcha du vautour et caressa sa tête.

– Quand j'étais enfant, j'avais une certaine attirance pour cet animal, avoua Akhenaton. Ce vautour est adoré par tous les rois depuis que la reine

Hatchepsout l'a mis à l'honneur. Aujourd'hui, j'ai décidé de le reléguer derrière les représentations d'Aton. Je ne l'ai pas fait effacer des murs des temples mais il est maintenant représenté dans des coins sombres, loin des regards.

– Tu as tort, roi ! dit la voyante en le foudroyant de son regard perçant. Respecte le dieu vautour sinon tu finiras mal ta vie.

– Me menacerais-tu ? s'emporta soudain Akhenaton.

L'oiseau se mit à crier en écartant les ailes, si bien que le roi se protégea instinctivement avec son bras.

– Personne ne doit menacer Pharaon ! dit-il avec colère.

– Roi, si tu veux que je te révèle ta destinée, accepte mon vautour et parle doucement. Nous allons nous asseoir à cette petite table. Fais-la débarrasser. Qu'on enlève ces damiers et ces pions ainsi que cet éventail en plumes et en ivoire…

– Comprends-tu ce que tu fais ? Tu donnes des ordres à Pharaon !

– Horus d'or, je ne me courberai pas devant toi car je suis dans le secret des dieux et je dois te révéler des vérités extraordinaires. Si tu préfères vivre dans l'incertitude et dans le malheur, chasse-moi ! Sinon accepte-moi telle que je suis et mettons-nous au travail.

– Je suis stupéfait, répondit Akhenaton en s'asseyant en face de la voyante. Mais j'ai décidé de t'écouter attentivement. Toutefois, si tu cherches à me berner ou à m'extorquer de l'or, je te ferai jeter dans une fosse pleine de cobras. Il n'y en a pas beaucoup dans cette région. Nous en avons cependant fait venir à la demande de la reine Tiyi. Ils passeront un bon moment en ta compagnie.

Alors qu'il ne s'y attendait pas, la voyante se mit à rire à gorge déployée. Les larmes aux yeux, elle lui dit avec arrogance en se moquant de lui :

– Je ne serais pas voyante si je ne connaissais pas ma destinée. Je sais comment je vais disparaître de cette terre et ce ne sera pas sous la morsure ou l'étreinte d'un serpent. J'aime les cobras qui sont, comme ce vautour, mes animaux de compagnie. Les voyantes savent les hypnotiser et maîtriser leur regard. Ils s'endorment sous le mien et ne tentent rien.

– Satamon m'a dit que tu étais exceptionnelle. Peut-être l'es-tu pour que j'accepte tes moqueries et tes conseils.

– Je suis l'amie des pharaons, répondit la voyante. Fais-moi confiance, Aton et Horus, Seigneur majestueux.

La voyante fit effectivement déposer deux paniers en osier de part et d'autre de la chaise du pharaon.

– Que contiennent ces paniers ? demanda le roi, peu rassuré.

– Des serpents qui m'ont permis de préparer certaines potions.

– Je me demande si les dieux n'ont pas placé en toi une folie meurtrière qui m'effraie ! dit le roi.

– Rassure-toi ! Ces serpents ne sont plus venimeux car j'ai pris leur venin pour en faire des préparations très efficaces.

– Es-tu voyante ou sorcière ?

L'Égyptienne se concentra en joignant les mains et en fermant les yeux. Elle fit signe au roi de se taire et elle récita quelques vers pour appeler les dieux à l'aide.

– Maintenant écoute-moi bien, Taureau puissant. Tu aimes la Grande Épouse Néfertiti…

– Bien entendu. Mais je ne comprends pas cette question.

– Tu la chéris et tu exiges d'elle qu'elle te soit fidèle.

– Je n'admettrais aucune infidélité.

– En réfléchissant, j'ai souvent vu la Grande Épouse en bonne compagnie.

– Que veux-tu dire par là ? Elle passe ses journées avec moi et avec nos enfants. Quoi de plus normal ?

– Je la vois également avec d'autres hommes…

– Des ambassadeurs, des hérauts, des musiciens, son professeur de harpe…

– En effet.

La voyante retira le couvercle des deux paniers et laissa sortir la tête des deux serpents qui se mirent à ramper vers les jambes du roi.

– Ne bouge pas, lui dit l'Égyptienne. Ils vont te frôler et m'inspirer.

Akhenaton ne bougea pas. Il frémit seulement au contact des chairs froides et des écailles. La voyante posa ses mains à plat devant elle au-dessus de celles du roi.

– Es-tu prêt à entendre ce que je dois te dire ?

– Est-ce si terrible ?

– Je sens une menace près de Pharaon. Elle est liée à la Grande Épouse.

– Néfertiti ne me veut aucun mal. Jamais tu ne me feras admettre une telle incongruité.

– Je n'ai pas dit cela. Cesse d'intervenir. Tu gênes ma concentration. La Grande Épouse fréquente un homme qu'elle apprécie, qu'elle admire et qu'elle aime. Cet homme peut détruire votre couple.

– Néfertiti respecte Pharaon et Aton.

– Ne se rend-elle pas souvent chez un artiste ?

– Chez son sculpteur, le vaillant Thoutmès, qui est irréprochable.

– En es-tu sûr ?

– Oui.

– Mais tu croyais également en la fidélité de May qui t'a trompé.

– Je le reconnais.

– Et si Thoutmès te mentait également ?

– Pourquoi le ferait-il ?

– Parce qu'il aime la Grande Épouse.

– Tant d'hommes soupirent en vain pour leur reine !

– Néfertiti n'est pas restée insensible à cet amour. Ils passent ensemble de longues après-midi comme tu le fais avec Kiya.

– Que sais-tu de Kiya ? s'offusqua le pharaon.

– Je suis voyante, répéta une nouvelle fois l'Égyptienne.

– Ainsi donc, tu prétends que la Grande Épouse oserait tromper son Seigneur avec un simple sculpteur.

– Je l'affirme ! Si tu n'étais pas aussi confiant, tu entendrais les rumeurs qui courent dans la ville. Tu n'as pas besoin d'une voyante pour constater ce que tout le monde sait ! Néfertiti court chaque jour chez Thoutmès et leur complicité devient suspecte.

Le roi se leva. Son visage s'était assombri.

– Que puis-je faire ? Je reconnais que ma femme passe beaucoup de temps avec mon sculpteur et que celui-ci lui voue une admiration sans bornes.

– Réfléchis. Mais ne laisse pas la Grande Épouse te ridiculiser au vu et au su de tous. Tu perdrais ta crédibilité et ta puissance.

– Je m'étonne que ma sœur t'envoie pour me protéger. Quelle ruse a-t-elle encore inventée ?

– Comme elle ne vient que rarement à Akhetaton, Satamon a appris cette liaison par hasard et de ma bouche.

Le mot « liaison » souleva de nouveau la colère du roi.

– Quitte cette pièce ! Emmène tes bêtes et ferme tes paniers ! Si tu as été payée par ma sœur pour créer ici la zizanie, je te ferai fouetter.

La voyante plaça son vautour sur son épaule et s'empara des deux paniers après avoir remis à l'intérieur les deux reptiles qui s'étaient lovés dans un fauteuil. Elle sourit et sortit calmement, satisfaite de cette séance. Elle savait, en effet, que ses propos avaient atteint leur but.

XXIII

Si elle avait de grandes raisons de se réjouir à l'approche de la fête-sed de son époux, Néfertiti avait aussi des sources d'inquiétude. Elle attendait de nouveau un enfant en même temps que sa rivale Kiya et toutes les voyantes affirmaient que la Grande Épouse aurait une quatrième fille alors que la favorite donnerait naissance à un fils.

En outre, les rumeurs allaient bon train au sujet de l'amour que Thoutmès ressentait pour la reine. Il s'en était confié à l'un des savants en visite chez lui qui l'avait rapporté à tous ses collègues. Embarrassée par ces racontars, Néfertiti avait noté une certaine froideur dans le comportement de son époux qui se montrait moins attentif et moins enthousiaste qu'à l'accoutumée.

– Je croyais que ton jubilé te remplissait de joie, lui dit-elle en lui faisant remarquer qu'il ne recherchait plus sa compagnie et qu'elle en était attristée.

– Je suis très occupé, lui répondit le roi.

Sachant que Kiya se plaignait également de ses rares visites, Néfertiti était quelque peu soulagée.

– Tu as des reproches à me faire…

– Je suis contrarié, Néfertiti. Tout le monde se

moque de Pharaon, à tort ou à raison. On dit que la Grande Épouse n'a d'yeux que pour son sculpteur et qu'ils passent des après-midi entières ensemble, dissimulés aux regards de tous. D'aucuns auraient vu la Grande Épouse embrasser Thoutmès du bout de son nez comme elle le fait en public avec le roi. Que dois-je penser de tout cela ?

Néfertiti laissa ses bras retomber le long de son corps comme si elle était découragée et elle poussa un soupir. Se rapprochant de la fenêtre, elle observa ses filles qui jouaient dans le jardin autour de leurs nourrices et elle finit par reconnaître qu'elle s'attendait aux questions du roi.

– Les courtisans sont à l'affût de la moindre rumeur pour éliminer une femme ou un homme trop puissant. Ils sont jaloux de notre complicité et des liens que nous avons recréés entre nous malgré la présence de Toutankhaton. Trop heureux de trouver enfin une faille possible dans notre couple, ils ajoutent foi à ceux qui colportent des ragots et les développent ardemment sur la place publique, sur les marchés ou devant les temples d'Aton.

– On n'entend parler que de cela. Même ma prochaine fête-sed est passée au second plan.

Contrairement à son habitude, Néfertiti se mit à genoux et supplia son mari de lui faire confiance.

– J'apprécie comme toi le talent de Thoutmès et j'avoue passer en sa compagnie, comme en celle de mon professeur de harpe, les meilleurs moments qui soient. Mais jamais, entends-tu ? jamais je n'ai trompé Pharaon Horus d'or ! Comment ose-t-on imaginer de telles monstruosités ? Plutôt que de m'interroger, condamne ceux qui tentent de déstabiliser le pouvoir en faisant courir ces fausses rumeurs.

– Il est toujours difficile de savoir d'où elles partent… dit le roi en semblant ajouter foi aux paroles de Néfertiti. Relève-toi. Je te sais digne d'Aton et de Pharaon.

– Maître, qui t'a parlé de tout cela ? demanda Néfertiti.

– Il suffit d'ouvrir ses oreilles…

– Mais tu ne fréquentes pas le peuple et tu n'as pas l'habitude d'écouter les doléances ou les moqueries des Égyptiens. Tu es bien trop occupé avec les guerres qui menacent l'Égypte et avec le développement du culte d'Aton !

Le roi hésita quelques instants avant d'avouer à sa femme qu'il avait reçu une voyante.

– Je le savais ! Une voyante ! Je t'avais pourtant mis en garde contre ces sorcières !

– Reconnais qu'elle n'a fait que répéter ce que disent les courtisans et les savants qui se rendent chez Thoutmès. Celui-ci se vanterait-il d'avoir possédé la reine ?

– Il n'oserait pas !

– Je vais lui faire la leçon.

– Mais d'où venait donc cette voyante ? demanda encore Néfertiti. Qui a introduit ici une telle langue de vipère ? Ne serait-ce pas elle qui aurait commencé à colporter ces bruits dans cette ville ?

– Qu'importe d'où elle vient. Les résultats sont là.

– Est-elle d'Akhetaton ? insista Néfertiti qui sentait un piège et qui voulait en avoir le cœur net.

– Non, elle venait de Thèbes.

– Si tu voulais consulter des voyantes, nous en avons une bonne quarantaine qui exercent là leur talent !

– Celle-ci m'a été conseillée. En réalité, elle est venue directement au palais et m'a parlé de la part d'une femme qui m'est proche…

– Je comprends mieux, dit Néfertiti. Cette femme s'appelle Kiya…

– Non, Néfertiti. Cette voyante est celle de ma sœur Satamon.

Néfertiti éclata de rire comme si elle était soulagée d'un grand poids.

– Il est toujours plus facile de guérir les maux lorsqu'on en connaît les causes. Comment peux-tu ajouter foi aux propos d'une femme envoyée par ta sœur qui convoite le trône et qui ne songe qu'à ta disparition ? Ne comprends-tu pas qu'il s'agit d'une manœuvre ?

– Voilà qui n'explique pas tes trop fréquentes visites à Thoutmès, ton insistance pour assister à ses banquets et les rapports que m'ont faits deux espions.

– Envoyés, eux aussi, par ta sœur, répondit Néfertiti en se moquant de la crédulité de son époux.

Néfertiti ne parvenait, toutefois, pas à chasser les doutes qui envahissaient l'esprit du roi et qui le rendaient sombre et agacé. Aucun fonctionnaire n'osait se présenter devant lui sans une bonne raison de peur d'être rabroué.

La Grande Épouse avait compris le message de sa belle-sœur. Comme elle ne savait comment procéder, elle préféra consulter son père en qui elle avait une confiance aveugle et lui exposa les plans de Satamon.

– Elle souhaite manifestement nous séparer, me faire condamner à mort par mon propre mari et se débarrasser ensuite de son frère.

– Tu la gênes sans doute, lui répondit Aÿ. Je suis triste que ma nièce agisse ainsi. Je dois, cependant, reconnaître qu'Akhenaton n'est guère perspicace et que tu as raison en voyant dans ces manœuvres des actes criminels. Je connais bien ma nièce. Même Tiyi la redoutait. Elle est avide de pouvoir. Elle n'a jamais accepté que tu aies pris sa place auprès de son frère.

– Elle a refusé d'assister à notre mariage. Elle n'aime pas nos enfants. Elle ne vient jamais à Akhetaton. Elle prend le parti des prêtres d'Amon…

– Elle a tout tenté pour éclipser Akhenaton. Peut-être aurait-elle réussi si tu n'avais pas été là car tu es extrêmement populaire. Or, elle ne l'est guère. Elle est acariâtre, sévère et austère. Les Égyptiens préfèrent contempler une reine telle que toi !

– Que dois-je faire ?

– Elle a déjà bien avancé en besogne. Je voulais justement t'entretenir de ces rumeurs qui courent sur ta liaison avec Thoutmès. Le sculpteur ne dément pas les sentiments qui vous unissent.

– Je vais lui faire la leçon pour qu'il démente tout cela. Mais il ne jugeait sans doute pas utile de se justifier alors qu'il est innocent. Tu ne m'as pas répondu, père… Que dois-je faire ?

– Laisse-moi réfléchir, Néfertiti. Je pourrais en parler à Tiyi afin qu'elle raisonne sa fille.

– Elle n'a aucune influence sur elle !

– Nous pourrions faire savoir à Satamon que nous ne sommes pas dupes et que nous comprenons ses plans. Pour la dissuader, le roi pourrait punir cette voyante…

– Elle est repartie à Thèbes.

– On la retrouverait aisément.

– Je n'en suis pas si sûre…

– Que signifie cette remarque, ma fille ? Aurais-tu tenté de la retrouver ?

– J'ai envoyé un enquêteur à Thèbes. Il n'a trouvé aucune voyante correspondant à sa description. Il a pourtant interrogé plus de soixante divineresses !

– Ce serait donc une usurpatrice, une fausse professionnelle.

– Satamon aurait très bien pu envoyer à la cour l'une de ses complices.

– Tu as raison.

Aÿ lui promit de chercher une solution et d'agir aussi vite que possible. Mais Néfertiti n'avait plus l'intention d'attendre. Elle donna des ordres à deux émissaires qu'elle fit accompagner de deux hommes armés. Les quatre hommes s'embarquèrent dès le lendemain pour Thèbes. Dix jours plus tard, la reine Tiyi arrivait catastrophée à Akhetaton.

– Que s'est-il passé ? demanda-t-elle à son fils.

– Je ne sais pas, répondit Akhenaton. Satamon paraissait en bonne santé. Elle a succombé pendant la nuit. Un médecin prétend qu'elle est morte dans son sommeil et qu'elle n'a rien senti.

– Elle avait résisté à la peste. Elle était solide et vaillante.

– Nous le savons mieux que personne, répondit froidement Akhenaton.

– Cette histoire me paraît étrange.

– Satamon se trouvait à Malqatta. Elle avait été se coucher tôt après avoir reçu les anciens Grands Prêtres de Karnak, expliqua Akhenaton.

– Les anciens prêtres ? Que veux-tu dire par là ?

– Que j'en ai nommé de nouveaux qui vont développer à Karnak et dans d'autres temples d'Amon le culte solaire.

– Elle a donc écouté ces prêtres… Se seraient-ils vengés sur elle ?

– Certainement pas ! Satamon les voyait souvent.

– Ma fille aurait-elle été victime d'un prêtre d'Aton qu'elle refusait de reconnaître comme le dieu suprême ?

– Peut-être. Il aurait fallu dans ce cas qu'elle eût une blessure sur le corps. Or, il n'en est rien. Les déesses avaient enveloppé son âme d'un sommeil paisible quand son esprit a rejoint les cieux.

– Pas de trace de poison dans la coupe qui se trouvait près de son lit ?

– J'ai envoyé mon propre médecin pour ausculter une dernière fois Satamon. J'ai décidé de faire le voyage jusqu'à Thèbes pour rendre un dernier hommage à ma sœur.

– Pourquoi ai-je l'impression que l'on me cache quelque chose ? Aÿ s'est précipité pour venir me consoler à Médinet el-Gourob. Je l'ai trouvé étrange. Il parlait par énigmes.

– Ne te tracasse pas, mère, lui dit Akhenaton en la serrant contre lui. Rien de fâcheux n'est arrivé à Satamon. Elle est partie doucement pour l'Au-Delà. Les dieux ont-ils jugé que ce départ serait préférable pour Pharaon ?

– Que veux-tu dire ?

– Tu as parfaitement compris, grande reine. Satamon voulait le pouvoir au nom d'Amon. Il est difficile de dire ce qu'elle préparait mais elle complotait à coup sûr contre nous tous.

Malgré ses nombreuses anicroches avec sa fille, Tiyi ne pouvait supporter la disparition de ses enfants. La première douleur passée, elle envoya des enquêteurs à Malqatta afin d'obtenir plus de renseignements sur la mort de Satamon. Elle choisit elle-même l'embaumeur qui s'occuperait du corps aimé et resta à Thèbes pour sélectionner les objets familiers de Satamon qui seraient déposés dans sa tombe. Elle avait accompli ces gestes quelques mois auparavant pour son époux Aménophis. Elle décida également d'offrir à sa fille des petits meubles en ivoire, en or et en marqueterie de couleur et de les faire déposer près de son sarcophage.

– Ma fille a passé plus de temps à s'occuper de son prochain règne qu'à faire creuser sa tombe, disait-elle à son scribe et à ses proches conseillers dans le char qui l'emmenait vers la nostalgique Malqatta. Elle n'en a aucune à Akhetaton et les artistes qui auraient pu travailler sur la sienne à Thèbes étaient tous occupés dans la ville de mon fils.

Pour l'accompagner, Tiyi avait choisi ses meilleurs assistants, Nebesen qui était l'intendant de la maison de l'or et de l'argent et qui veillait sur le Trésor royal, Resh, qui avait longtemps travaillé avec son père aux écuries royales, le chef des archers Sebeti, qui était porte-étendard d'Akhenaton, Hatiai, le Supérieur des greniers d'Aton à Malqatta, Mesu, le gardien de son domaine, son cher Moïse, Mis, l'intendant de son domaine thébain, Houia et Surer, ses fidèles conseillers.

La vieille Nebekabeni, qui avait bercé Satamon pendant son enfance et qui s'était occupée de son éducation lorsqu'elle était très jeune, était anéantie. Elle attendait la reine sur les marches du palais depuis l'aube et ne parvenait pas à se consoler de la perte de sa maîtresse qu'elle considérait comme sa propre fille. La nourrice était aussi triste qu'Amenhotep qui avait géré les domaines de Satamon avec beaucoup de soin malgré les colères de la princesse qui ne le ménageait guère.

Après un parcours austère qui l'avait menée de Thèbes est à la rive ouest au milieu des fermes désertes, des familles endeuillées par la peste et des champs abandonnés, Tiyi arriva enfin devant le palais habité par Satamon, où l'attendait aussi Meriptah qui gérait toujours le complexe de Malqatta en l'absence du roi. Celui-ci se jeta aux pieds de la reine et lui apprit combien les palais étaient devenus tristes sans la présence de celle qui illuminait les pièces de son tempérament et de son enthousiasme.

– Si Satamon n'avait pas continué à vivre ici, dit Meriptah, le domaine serait devenu un lieu sinistre.

Depuis le départ de la reine Tiyi, tous les serviteurs se livrent sans joie à leur besogne. Ils regrettent les nuits où l'on entendait les rires des convives de Pharaon jusqu'aux bords du Nil et où les femmes du harem buvaient en attendant la visite du roi.

– Ouserhat est maintenant très occupé à Akhetaton car le harem qu'il dirige est devenu plus grand encore qu'à Malqatta ! Mon fils aime savoir qu'il a à sa disposition des centaines de femmes même s'il ne leur rend pas visite.

– Que va devenir Malqatta ? demanda Meriptah en accompagnant la reine jusqu'à la chambre de Satamon.

– Je n'en sais rien, mon pauvre Meriptah, répondit Tiyi en consolant la nourrice qui ne retenait plus ses larmes.

En entrant dans la pièce habitée quelques jours auparavant par sa fille, Tiyi ressentit un étrange malaise. Le parfum de Satamon y était très présent. Elle fit le tour de la chambre et de la salle de bains, toucha les objets qui lui rappelaient les gestes quotidiens de Satamon. Elle s'assit sur sa couche et se rappela sa naissance. Sa belle-mère avait tellement insisté pour la marier à Aménophis alors qu'elle était encore jeune et qu'elle n'envisageait pas le mariage.

– Satamon est née très tôt. Je n'étais pas préparée à cette grossesse. Je refusais les contraintes et le décorum de la cour. Je voulais vivre, profiter de l'enseignement de mon père, monter à cheval, accompagner mon époux à la chasse…

Elle se souvint alors de son imprudence et de

l'intervention de Nabi et de Moïse. Ce dernier venait précisément de la rejoindre. Il était si troublé que son visage était aussi pâle que celui de la reine.

– Viens près de moi, Moïse. Il est temps que je te remercie d'avoir si bien remplacé ton frère à mes côtés. Tu attendais mes compliments, depuis longtemps. Te souviens-tu de ce jour où tu m'as demandé si tu aurais un jour, comme ton frère, ta tombe dans la Vallée ?

Moïse la regarda avec mélancolie.

– Je n'avais pas l'expérience que j'ai acquise aujourd'hui grâce à toi. Je regrette d'avoir été aussi fier et aussi prétentieux alors que je débutais.

– Tu étais ambitieux. Je ne te le reproche pas. Les années que tu as passées auprès de moi m'ont démontré que j'avais eu raison de te choisir. Tu auras ta tombe dans la Vallée.

– Je remercie la reine la plus juste de l'Égypte, répondit Moïse, mais j'échangerais volontiers cette tombe contre un sourire. Si je pouvais redonner vie à Satamon et voir s'épanouir le visage de ma reine, je n'hésiterais pas.

– Voilà pourquoi je te pense digne d'avoir ta tombe dans la Vallée, dit Tiyi. Te souviens-tu, Moïse, de cette escapade que j'avais faite dans le désert alors que j'étais sur le point d'accoucher ? Tu ne me connaissais pas. Ton frère et toi m'avez sauvée des griffes d'une lionne. Sans vous, je n'aurais jamais vécu.

– Je m'en souviens parfaitement, reine. Ce jour est resté à jamais gravé dans ma mémoire. Pour la première fois, mon frère a été reçu à la cour. Je l'enviais et attendais de te revoir.

– Satamon était mon enfant aînée après Thoutmosis que nous avons perdu il y a bien longtemps. Malgré vos efforts pour m'aider, les dieux m'ont tout de même enlevé deux enfants que j'aimais. Nebekabeni ! Cesse de pleurer et rends-toi utile ! Tu vas m'aider à rassembler quelques objets chers à Satamon que nous déposerons dans sa tombe. Je vais m'installer dans mon palais avec mes domestiques. Pendant quelques jours, Malqatta revivra comme avant. Que les cuisiniers se mettent au travail ! Que les sols soient balayés et lavés ! Que la poussière disparaisse de ces meubles !

– Le roi et la Grande Épouse viendront-ils à Malqatta ?

– Toute la famille viendra ici pour honorer Satamon, répondit Tiyi. Les chefs étrangers seront également invités. Vous aurez beaucoup de travail. Ne perdons pas de temps ! Scribe ! Écris mes messages et transmets-les aux intéressés. En tout premier lieu, je rencontrerai, dès demain matin, l'embaumeur d'Aménophis III.

Les domestiques s'agitèrent soudain autour de Tiyi.

– Que dois-je faire ? demanda Meriptah.

– Ouvrir toutes les salles, des palais royaux aux domaines construits pour nos invités, les faire aérer, nettoyer, décorer, veiller à ce que tout soit impeccable d'ici une semaine. Nous aurons besoin de chars rutilants et de chevaux robustes et brossés. La voie conduisant jusqu'ici doit également être refaite. Elle est mal tracée. Le sable a recouvert la piste.

– Il y passe peu de gens…

– Il faut également faire venir des jarres de vin. Mon domaine donne toujours un excellent breuvage.

– Comme celui de Satamon, ajouta Amenhotep.

– Utilisons-le ! Préparons aussi de la bière et contrôle les provisions. Il faudra de la nourriture pour deux mille personnes.

Moïse admirait le courage de la reine qui paraissait avoir oublié son chagrin. Elle distribuait ses ordres comme un jeune roi impétueux et faisait fi de son âge. Cette femme qui avait connu des épreuves, qui avait assisté un époux malade, qui avait résisté à une fille ambitieuse et peu aimante et qui continuait à écrire aux alliés égyptiens était, à ses yeux, un exemple.

XXIV

Akhenaton ne retarda pas la célébration de sa fête-sed à Thèbes malgré la récente disparition de sa sœur. Il ne chercha pas à savoir qui en était la cause et se soumit aux pronostics des médecins. Même si elle avait des soupçons, Tiyi n'obtint, elle non plus, aucune réponse à ses questions. Seul Aÿ interrogea Néfertiti en lui faisant remarquer que la disparition de Satamon arrivait à point.

– Non seulement elle soulage le roi d'un grand poids mais elle atteint l'une de tes rivales, dit-il à sa fille.

– En effet. Satamon est sans doute à l'origine des horribles rumeurs qui laissent courir le bruit que j'ai une liaison avec Thoutmès, ce qui affecte manifestement mon cher époux. Les dieux ont voulu nous protéger.

– Les dieux ? N'est-ce pas plutôt la main de l'homme qui a frappé ?

– Père, Satamon avait de nombreux ennemis. Même les domestiques la haïssaient pour son manque de générosité, son mépris et son iniquité. Je me suis heurtée plus d'une fois à ses remarques dédaigneuses avant que je ne devienne Grande Épouse royale.

– Néfertiti, as-tu fait exécuter Satamon ?

– Mon cher père, me prendrais-tu pour une vulgaire empoisonneuse ?

– Ainsi donc, j'avais raison. Tu as utilisé le poison pour éliminer une rivale. Mais les rumeurs ne disparaîtront pas pour autant.

– Tu as trop d'imagination et tu me confonds avec des femmes comme Iaret. Jamais Satamon n'aurait pu ébranler ma puissance. Elle a sans doute péri par la volonté des dieux.

Guère convaincu par le discours de sa fille, Aÿ préféra ne pas en savoir davantage. Deux jours plus tard, les autels d'Akhetaton se recouvrirent de viande à profusion. Des dizaines de serviteurs apportaient des plats pleins de fruits et de légumes. Les dîmes, les offrandes des prêtres, les redevances prélevées dans les différents domaines des dieux, les cadeaux des notables, des étrangers et alliés étaient tels qu'une immense quantité de pain, de volailles, de bétail, de bière, de vin, d'huiles, de miel et de viande envahissait les tables du palais et des temples. Akhenaton avait l'intention d'en offrir une grande partie à son peuple comme son père le faisait avant lui.

Le souverain avait également donné des ordres au successeur de May pour qu'il fît reproduire sur de nombreux murs les témoignages de ces journées de fête qui auraient lieu dans divers endroits mais qui auraient pour centre le Gempaaton. Akhenaton voulait, en réalité, célébrer le jubilé d'Aton. Se conformant aux habitudes de son père, il se présenta devant son peuple en pagne court. Il portait le fléau et le crochet à long manche. Il avait expliqué à ses serviteurs qu'il mettrait sur sa perruque tantôt la couronne de Basse Égypte, tantôt celle de Haute Égypte selon les réjouissances choisies.

Une procession partit, dès l'aube du premier jour, en direction du Gempaaton. Akhenaton et Néfertiti étaient accompagnés de prêtres aux perruques enserrées dans un filet. Ils étaient aidés d'un porte-sandales, d'un scribe et d'un prêtre chargé de chantonner les hymnes et de lire des passages liturgiques. Un homme essuyait les pieds d'Akhenaton dès qu'il touchait terre. Les filles des femmes Asiatiques versèrent des libations devant le roi avec des aiguières que leur tendaient des domestiques. Suivit ensuite devant le trône et le dais royal un spectacle de danse acrobatique accompagné par des chanteuses habiles dont les paroles échappaient à l'assistance. Des musiciennes chantèrent des hymnes à Hathor pour plaire à Néfertiti. Même Akhenaton se plut à les entendre. Il tenait, en effet, à ce que le rituel observé lors des jubilés de son père fût très semblable au sien. Il n'avait supprimé que certaines processions en l'honneur de divinités qu'il ne souhaitait plus acclamer.

Il avait également fait construire les chapelles traditionnelles dans lesquelles étaient habituellement déposées, pendant la durée de la fête, les statues des dieux. Dans chaque chapelle sans toit avait été, cependant, placée une statue du seul Aton qui pouvait rayonner à sa guise. À Néfertiti qui lui demanda pourquoi il n'avait pas fêté son jubilé à Akhetaton comme il en avait d'abord eu l'intention, Akhenaton répondit qu'il le ferait un jour mais qu'il avait été si impressionné par les jubilés de son père qu'il souhaitait reprendre leur déroulement. Ces défilés, ces célébrations et ces réjouissances eurent donc un caractère étrange car tout le monde connaissait l'adoration que le roi portait à un dieu unique.

Akhenaton avait également tenu à donner certains spectacles devant le temple Benben de Néfertiti qui était toujours Supérieure des prêtresses du dieu et du chœur. Pendant plusieurs jours, les femmes chantèrent, dansèrent, jouèrent du tambourin, de la flûte et de la harpe. Des acrobates se produisirent dans les cours des temples. Des athlètes se mesurèrent à la course et à la lutte devant un roi peu attiré par ces prouesses mais qui voulait satisfaire son peuple.

Akhenaton distribua des friandises, des pâtisseries, des vêtements, des corbeilles de fruits aux invités. Il prononça plusieurs discours en l'honneur d'Aton et se garda de faire allusion à sa sœur afin de ne pas rompre la joie qui s'était emparée de tous. Les Égyptiens semblaient avoir oublié les malheurs qui les frappaient. Depuis des mois, ils perdaient des enfants, des parents, des amis à cause de la peste.

– Ton peuple avait besoin de se réjouir ici même à Thèbes, lui dit Néfertiti. Tu as eu raison d'y revenir car les habitants d'Akhetaton vivent dans le luxe et le bonheur toute l'année. Ils n'ont pas conscience de la peine qui frappe le reste de l'Égypte. Tu as voulu une capitale riche et isolée des dangers, une ville où seule la joie a sa place.

Tiyi, elle aussi, félicita son fils pour ce choix. La famille royale n'avait pas quitté Malqatta depuis son déplacement pour l'enterrement de Satamon. Enchaîner ainsi des jours de deuil avec une manifestation de cette importance n'avait manifestement choqué personne, pas plus les invités étrangers que les paysans locaux. Satamon était loin d'avoir acquis la notoriété de Néfertiti. Aussi sa disparition ne souleva-t-elle pas une grande tristesse.

Tiyi semblait se morfondre seule dans son chagrin. Quand elle se retrouvait dans sa chambre, après avoir répondu à la correspondance ou avoir supervisé les préparatifs des festivités du lendemain, elle s'en ouvrait parfois à Moïse.

– Tu connaissais Satamon. Elle n'aurait jamais réussi à se faire aimer du peuple. Elle était travailleuse, courageuse, intelligente mais si froide et si calculatrice ! Une mère ne peut, cependant, renier sa fille et marteler son image à tout jamais. J'aimais Satamon comme mon tendre Thoutmosis et mon original Akhenaton. Mes autres filles sont plus douces et plus obéissantes. Elles pleurent en secret leur aînée. Je ne suis pas sûre que Satamon m'aurait regrettée comme je la regrette.

– Ta générosité et ta grandeur t'aident à garder dans ton cœur un amour intact pour ta fille. Satamon n'avait peut-être pas hérité de la plus grande des reines cette ouverture d'esprit exceptionnelle. Je compatis à ta peine et je suis à tes ordres. Si je l'osais, je te confierai que mon dévouement va bien au-delà d'un fonctionnaire pour sa souveraine. Je ressens pour toi l'affection d'un fils pour une mère et je passerai auprès de toi autant de temps qu'il sera nécessaire jusqu'à ce que ton chagrin s'estompe.

– Les dieux m'ont récompensée en mettant sur mon chemin des hommes tels que toi, dit-elle, les yeux brillants.

Des rides étaient apparues au coin de ses yeux et de ses lèvres. Les années et les peines avaient laissé leurs marques indélébiles sur un visage encore beau.

– Je voudrais me retirer définitivement à Medinet el-Gourob, avoua-t-elle à Moïse. Et pourtant, je ne le peux… Je dois surveiller les folies et les excès de mon fils qui me terrorisent. Il est surprenant et imprévisible en bien comme en mal. J'ai le devoir de contrôler ses faits et gestes pour le bonheur de l'Égypte en souvenir de mon époux.

– Je te comprends, se contenta de répondre Moïse sans ajouter de commentaires.

Meritaton pénétra dans la pièce et se réfugia près de celle qui la réconfortait souvent et à qui elle se confiait volontiers. Tiyi demanda à Moïse de sortir.

– Que veux-tu, Meritaton ? Tu devrais être auprès de ta mère.

– Néfertiti est fatiguée, répondit-elle. Je préfère la compagnie de Semenkharê.

– Dis-moi, Meritaton, comment Semenkharê juge-t-il le martelage d'Amon ?

– Je crois très sincèrement qu'il est révolté par de tels actes…

– Mais il ne le montre pas.

– Qui contredirait Pharaon ?

– Ainsi donc Semenkharê honorerait volontiers Amon s'il était roi ?

– J'en suis sûre ! Mais il ne le sera jamais, hélas !

Tiyi la regarda en souriant. Qui pouvait imaginer qu'elle avait échafaudé des plans pour remplacer son fils en cas de défaillance ? Semenkharê était le seul enfant mâle susceptible de régner un jour à l'exception de Toutankhaton qui était encore trop petit.

La reine avait passé plus d'une fois en revue les enfants qu'Aménophis III et Akhenaton avaient eus avec des épouses secondaires. S'il avait été plus jeune, Maïerperi aurait eu toutes ses chances. Inquiète, la reine réfléchissait, souvent, la nuit, à des successeurs possibles mais le visage de Semenkharê s'imposait à elle. Elle l'aimait toujours autant et priait pour qu'il conservât son intégrité et son intelligence. L'attirance qu'il ressentait pour Meritaton l'émouvait.

– Tu es jeune, dit-elle à sa petite-fille. Tu ne connais rien de l'amour. Qu'éprouves-tu pour Semenkharê ?

La fille de Néfertiti rougit et baissa les yeux. Elle portait, comme sa mère, une robe largement fendue en lin transparent et tressait parfois ses cheveux comme les autres enfants. Pour la fête-sed de son père, elle avait choisi de porter une natte que les fillettes mettaient sur l'un des côtés de leur visage. Elle tenait une fleur de lotus à la main et la sentait de temps à autre dans un geste machinal. À son poignet pendaient un petit sac en peau et un miroir dont le manche était orné d'une tête d'Hathor. Sa mère avait également fait ajouter des rubans dans les cheveux de ses filles pour égayer leur visage au teint blanc qu'elles protégeaient en permanence des rayons d'Aton grâce à des porte-parasols zélés.

– Tourne-toi, lui dit Tiyi.

Meritaton pivota sur elle-même et se plia, un peu honteuse, aux exigences de sa grand-mère.

– Tes formes sont encore celles d'une très jeune enfant. Tu es maigrichonne mais tu parais résistante.

– Nous avons échappé aux désastres de la peste.

– C'est exact. La famille royale a été pour le moment protégée par Aton. Tourne-toi encore… Tu es grande maintenant. Il faudrait que tes hanches et ta poitrine grossissent un peu. Tu porterais mieux l'habit. Ce n'est qu'une question d'années ! Je crois que tu feras une magnifique princesse !

– Pourquoi me regardes-tu avec tant d'insistance, grande reine ? J'ai le temps d'épaissir !

– On devine souvent à quoi ressemblera une jeune fille. Je suis assez satisfaite de toi !

– Je fais du cheval comme toi. Je lis. Je chante. Je sais déjà jouer de la harpe comme la Grande Épouse.

– Que dirais-tu si ton père, le pharaon, souhaitait s'unir à toi pour donner de nouveaux héritiers à l'Égypte ?

– Si le roi le veut, je m'y soumettrai, dit-elle un peu contrariée. Mon père t'en a-t-il parlé ?

– Non. Il envisage, cependant, d'avoir un jour des enfants avec ses filles.

– J'accomplirai mon devoir.

– Mais tu ne partagerais pas la couche de Pharaon avec joie...

– Je ne comprends guère toutes ces traditions. Je me sens bien avec Semenkharê. Il est tendre. Je crois que je ne le laisse pas de pierre.

– En effet. Il m'a également parlé de toi et nous prenons plaisir, Néfertiti et moi, à vous voir partager vos loisirs ensemble.

Tiyi laissa partir sa petite-fille en se demandant comment elle allait la protéger des intentions d'Akhenaton. « Si Néfertiti n'a pas de fils, il épousera ses filles et leur donnera des enfants dès qu'elles pourront en avoir. Meritaton en souffrirait peut-être car elle paraît très attachée à Semenkharê. Ces deux enfants sont faits pour vivre ensemble. Je n'ai jamais vu une telle complicité entre deux êtres si jeunes. Ils se ressemblent et partagent les mêmes passions. Ils honoreraient les mêmes dieux et respecteraient tous les cultes. Quelle différence avec mon fils ! »

Et Tiyi se plaisait à rêver à une Égypte idyllique où les maladies disparaîtraient, où un jeune couple amoureux et adoré prendrait la tête du pays, où le clergé d'Amon se réconcilierait avec celui d'Aton, où les Égyptiens reviendraient vivre à Thèbes et où les pays menaçant l'Égypte redeviendraient ses vassaux. Mais la réalité était tout autre et tout le monde devait se plier, de bonne ou mauvaise grâce, aux volontés d'Akhenaton et de Néfertiti Néfernéferuaton.

XXV

Néfertiti accoucha d'une quatrième fille que le couple royal appela, comme sa mère, « Néfernéferuaton » tandis que Kiya donnait un second fils à Akhenaton qui ne remettait plus en cause sa paternité au sujet de Toutankhaton comme il avait été tenté de le faire sous le règne de son père. Le peuple n'était, pourtant, pas informé de la vérité et le secret demeurait entier.

Plus que jamais, Tiyi repensa sérieusement aux desseins de son fils d'épouser un jour l'une de ses filles avec qui il aurait un héritier. Il évoquait le dieu tout-puissant, Rê aux rayons indomptables, qui avait aimé sa fille Hathor. Il rappelait ces contes populaires que tous les Égyptiens connaissaient.

– Mère, dit-il à la reine Tiyi, souviens-toi de ce passage où le dieu solaire somnole dans un kiosque en espérant une compagnie. Il soupire, se plaint d'être seul. Alors entre la Responsable du Sycomore, la belle Hathor, sa fille. Elle n'hésite pas un instant à soulager sa peine. Elle se place devant lui qui dirige tout et se met nue. Puis elle approche de son visage ses parties intimes et réjouit ainsi son père qui se lève et se rassoit avec elle en pleine vigueur.

– Et tu te compares au dieu solaire.

– Si le dieu l'a fait, Pharaon le fera. Aménophis III a épousé Satamon. L'une de mes filles deviendra Fille Aînée du roi et Grande Épouse comme les princesses le sont depuis les plus anciennes dynasties.

– Qui choisiras-tu ? Ta fille aînée Meritaton ?

– Ce choix s'impose. Elle deviendra ma petite reine et elle me donnera un fils né du corps du roi qu'elle adorera.

Tiyi retourna régulièrement aux temples d'Aton pour prier le dieu d'épargner Meritaton qui aimait le Faucon d'or. Elle déposa pour le dieu solaire des offrandes sur tous les autels d'Akhetaton et devint la complice de Semenkharê et de Meritaton.

La famille royale avait de nouveau déserté Malqatta abandonnée aux oiseaux de proie et aux lions qui venaient hanter, la nuit, les abords des palais. Mais Tiyi avait beau se montrer généreuse avec les dieux, Néfertiti donna encore au roi deux autres filles, Néfernéferourê et Setepenrê, qui suivirent de près. Elle dut accepter la proposition d'Akhenaton qui devenait plus pressant.

– Je préfère encore que Meritaton lui donne le fils que je n'ai pas su lui donner plutôt que de voir un enfant né d'une favorite monter sur le trône, confia-t-elle à son père Aÿ.

Pour en avoir plusieurs fois parlé avec sa sœur et avec le général Horemheb, Aÿ jugeait que Semenkharê était l'héritier idéal. Il n'osa, cependant, en faire part à Néfertiti.

– Je sais que vous vous rencontrez souvent entre conseillers. Tu évoques, sans doute, l'avenir de l'Égypte avec Horemheb. Il sait mener sa barque ! Moutenejmet l'adore alors que je croyais leur union vouée à l'échec ! Que souhaite-t-il ?

– Je me méfie d'Horemheb qui est habile et qui n'a rien perdu, avec l'âge, de son ambition.

– J'en suis convaincue ! Que conseille-t-il ?

– Il soutient le jeune Semenkharê…

– Lui aussi, murmura Néfertiti. J'avoue très sincèrement que je préférerais Semenkharê à Toutankhaton si je devais choisir un héritier mais l'idéal serait un enfant de mon sang.

– Ma fille, tu devras te plier aux volontés de Pharaon. Si tu n'as pas de fils dans quelques mois, il lui faudra songer à un successeur et se prononcer. Il pourrait alors désigner un jeune faucon qui sera entraîné pour le suppléer en cas de besoin.

– La reine Tiyi n'appelle-t-elle pas déjà Semenkharê le Faucon d'or ? Elle peut avoir beaucoup d'influence sur son fils.

Le prêtre prit les mains de sa fille dans les siennes et la conseilla sur un ton chaleureux et paternel.

– Tu as tout réussi. Les dieux t'ont donné le charme, la popularité, l'amour d'un roi. Et pourtant… Ils t'ont refusé un fils. Tant de femmes de la famille royale ont connu pareils déboires ! Les conséquences sont souvent cruelles et impitoyables. Les reines doivent accomplir leur devoir et se retirer de la cour ou accepter l'enfant d'une autre.

– Peux-tu imaginer ce que je ressens lorsque Kiya se pavane avec ses fils dans la Maison du roi ?

– Ta douleur est compréhensible. Mais tu as

souffert six fois pour enfanter et le roi ne peut rien te reprocher. Tu dois accepter ton destin.

– Je parlerai à Meritaton.

– Ma sœur l'a déjà préparée à une éventuelle union avec Akhenaton.

– Que dit-elle ?

– Elle ne paraît guère satisfaite. Elle avait d'autres projets. En réalité, elle aime la vie qu'elle mène et n'en souhaite pas d'autre.

– Je connais Akhenaton. Au nom du dieu solaire, il épousera, si besoin est, toutes ses filles quand elles seront adolescentes.

*
* *

Le successeur de May, qui avait été condamné à mort, avait réussi à contenter le roi dans toutes ses réalisations. Il fit exceptionnellement appel à Thoutmès pour la décoration d'un mur en briques de la Maison du roi.

– Le pharaon a cessé de me rendre visite comme il le faisait au début de mon installation à Akhetaton, se plaignit le sculpteur.

– Tu as gagné en échange l'amitié de la reine. L'architecte avait ponctué le mot « amitié » d'une manière étrange.

– Que veut le roi ? demanda Thoutmès en ne relevant pas l'allusion.

– Que ses six filles soient représentées avec le couple royal sur ce mur, dépourvu, pour l'instant, de décoration. Ses souhaits sont précis. Il voudrait que nous représentions une salle à colonnes. Néfertiti serait étendue au milieu des coussins et tiendrait dans ses bras la petite Setepenrê. Tu ne montrerais pas la fatigue de Néfertiti qui a eu cette enfant depuis peu.

Thoutmès jugea cette remarque inutile. Il avait toujours su mettre la reine en valeur plus que ne l'aurait espéré n'importe quelle femme. Le sculpteur avait l'intention d'insister sur le sens maternel de la reine en la montrant en train de bercer sa dernière fille. « Voilà qui attendrira les Égyptiennes. »

– Akhenaton sera assis en face de son épouse dans une tunique longue et des sandales d'or, poursuivit l'architecte.

Ces détails agaçaient Thoutmès qui préférait avoir les coudées franches lorsqu'il réalisait une œuvre. Celle-ci lui paraissait d'autant plus importante qu'elle serait vue par tous.

– Le roi sera assis sur un tabouret, non sur un trône. Les trois princesses les plus âgées se tiendront debout entre leurs parents. Elles seront nues et ornées de bijoux d'une grande valeur. La petite Néfernéferuaton jouera à leurs pieds sur des coussins de couleur vive.

Là encore, le sculpteur imaginait la scène. Il présenterait la reine dans une attitude souple et protectrice. Son visage serait plus tendre que dans la réalité. « Elle tendra le bras vers ses filles comme pour les protéger. »

– Meritaton, « L'aimée du dieu Aton », qui va bientôt avoir neuf ans, Maketaton, « Celle que protège Aton », qui a fêté ses cinq années, Ankhesepaaton, « Qui vit par Aton » et qui n'a que deux ans,

Néfernéferuaton, « Beauté magnifique d'Aton », qui est plus jeune encore et les deux dernières, Néfernéferourê « Beauté magnifique de Rê » et Setepenrê, « Celle que Rê a élue », figureront toutes dans ce tableau.

– Le roi a-t-il évoqué Kiya et ses enfants ?

– Non.

– Ils sont pourtant représentés dans la plupart des scènes familiales.

– La reine Tiyi se fait volontiers accompagner de Baketaton, de Semenkharê ou de Toutankhaton. Mais Néfertiti y est hostile.

– Seul décide le roi et tout le monde sait combien il apprécie sa favorite.

– Plions-nous aux ordres…

Le sculpteur le regarda froidement. Si l'importance de cette commande dont il tirerait un grand prestige ne l'avait pas encouragé à poursuivre, il aurait tout de suite décliné la requête de l'architecte qu'il jugeait cassant et peu respectueux.

Akhenaton profita de ces nouveaux travaux pour prendre des dispositions. Il rappela au peuple qu'il avait toujours honoré Maât, la déesse de l'équilibre et de la vérité.

– J'attache beaucoup d'importance à la Vérité, vous le savez tous, dit-il au peuple de sa fenêtre d'apparition. Pour cette raison, j'ai décidé d'arborer un nouveau titre « Qui vit de Maât ».

Les Égyptiens s'en réjouirent d'autant plus qu'ils avaient du mal à comprendre l'évolution du culte solaire. La plupart n'avaient jamais réussi à saisir la raison pour laquelle le roi n'avait pas donné forme humaine au dieu Aton. Cette divinité devenait de plus en plus insaisissable et abstraite.

Quelque temps plus tard, la titulature d'Aton fut modifiée par le roi.

– Aton n'a besoin d'aucun autre dieu pour exister, affirma Akhenaton. Qu'on supprime les noms de Chou et d'Horus qui l'accompagnent.

Le roi hésita, cependant, à éliminer le nom de Rê. La reine l'en dissuada. Elle trouvait les titres d'Aton et de Rê très cohérents. Souhaiter longue vie à Rê, souverain des deux terres, qui resplendit dans l'horizon et qui revient sous la forme d'Aton lui semblait facile à comprendre pour les Égyptiens.

– Aton aura deux cartouches comme un roi qui porte l'uraeus sur son front ! insista Akhenaton qui dut, à ce sujet, rendre des comptes à Aÿ et à Horemheb.

Le pharaon leur expliqua que ces deux cartouches n'étaient pas nouveaux et que bon nombre de monuments les portaient déjà.

– En effet, répondit Horemheb d'une façon nonchalante qui n'excluait ni la sévérité ni la rigueur. Mais que signifient ces cartouches dans ton esprit ? Tu présentes Aton comme un roi. Tu devras t'en expliquer devant les Égyptiens. Qui est ce roi ? Ton remplaçant ? Ton prédécesseur ? Ton corégent ? Toi-même peut-être !

Bien qu'il eût des idées arrêtées sur la question, Akhenaton refusait de rendre des comptes au mari de Moutenejmet. Aussi répondit-il que chacun pouvait avoir sa version.

– Non, répondit Horemheb d'un ton presque

brutal. Le roi doit diriger son peuple perdu et le guider. Tel est son rôle. Tu as organisé un jubilé il y a sept ans. Celui-ci honorait autant Aton que Pharaon. Vous étiez unis tous deux dans un hommage commun. Aujourd'hui, tu insistes pour multiplier les cartouches d'Aton à qui tu t'assimiles. Te prends-tu pour Aton ?

– Si tu le ressens ainsi, sans doute est-ce la vérité, répondit Akhenaton. J'ai pris d'autres dispositions et je veux qu'elles soient en tout point observées !

– Je t'écoute, Taureau.

– Dorénavant, j'interdis que l'on prononce devant moi ou ailleurs le mot « dieux » au pluriel. Il ne sera plus question que de Dieu. Je ne veux plus entendre une seule fois parler d'Amon, de son épouse ou de son fils.

– Ce sera difficile, fit remarquer ironiquement Aÿ, car Mout est l'épouse d'Amon mais elle désigne aussi la mère de tous. Nous avons tous une *mout* pour nous mettre au monde, nous bercer et nous allaiter !

– Eh bien, je supprimerai ce mot du vocabulaire. Les enfants n'appelleront plus celle qui les a mis au monde *mout* mais… vous trouverez un autre mot !

Horemheb et Aÿ se regardèrent et jugèrent plus sage de ne pas insister. Ces remarques ne leur paraissaient pas venir d'un esprit équilibré qui se recommandait de Maât. Ils ne pouvaient, cependant, rien y faire, à moins de penser à une solution extrême qui n'était pas à l'ordre du jour.

XXVI

Tiyi avait passé toute une saison à Medinet el-Gourob. Il lui arrivait souvent de faire atteler des chevaux et de partir en promenade sur des lieux où il lui arrivait, autrefois, de chasser avec son père ou son mari. Suivant les conseils de son médecin, elle évitait, cependant, de monter à cheval car ses jambes la soutenaient avec peine. Bien qu'elle n'ait rien perdu de son dynamisme, elle ne se déplaçait plus avec la même vivacité et devait soigner des rhumatismes avec des potions que ses servantes appliquaient avec soin sur sa peau. La plupart des femmes qui étaient autrefois à son service étaient mortes. Aussi avait-elle engagé de jeunes Égyptiennes craintives dont elle appréciait les chants et les voix claires et joyeuses.

Après un hiver doux et agréable, quelques fleurs apportaient de la gaieté dans le jardin du palais que Tiyi avait fait arborer à sa convenance. Depuis des années, elle veillait à l'agencement des pièces, à leur décoration et à la beauté du parc. Après avoir mangé des fruits juteux et frais, bu un bol de thé à la menthe et mangé deux gâteaux aux amandes et au miel, elle se fit accompagner dans le jardin et assista avec joie à la plantation de trois nouveaux arbustes en provenance du pays de Koush.

– Nous n'arrivons pas à les garder ! dit-elle au jardinier. Aurais-tu la main de Seth prête à tuer Osiris ?

– Hélas, reine. La plupart des plantes qui ne naissent pas en Égypte grâce à Aton refusent de prospérer ou de reprendre dans notre pays. Notre climat est peut-être trop sec ou trop chaud.

– Nous ne manquons pourtant pas d'eau par ici !

– Je m'occupe au mieux de cet espace.

– Je le sais.

Comme elle retournait au palais pour poursuivre sa cure d'onguents à base d'algues et d'amandes, Tiyi ressentit une douleur au bras. Elle se courba tout à coup et dut accepter l'aide de ses suivantes qui l'aidèrent à s'asseoir sur un banc en pierre. Tiyi se tenait le bras et ne parvenait plus à l'étendre.

– Ce n'est rien, les rassura-t-elle. Juste un faux mouvement.

Mais elle ressentait aussi une grande fatigue. Elle agita plusieurs fois les épaules et se remit debout avec peine.

– Que se passe-t-il ? demanda le jardinier en la rejoignant à la hâte.

– Je suis lasse, répondit la reine. Le retour de la chaleur est difficile à supporter à mon âge. Lorsque j'étais jeune, je courais, je partais en plein désert, mais, aujourd'hui, je marche sous des parasols accompagnée de mes porte-éventails. Je serai mieux dans mon bain d'onguents.

Tiyi ferma les yeux sous la lumière forte d'Aton.

Elle retrouva des couleurs en entrant dans le hall du palais et manifesta aussitôt le désir de rejoindre son masseur et ses médecins. Comme chaque matin, son scribe vint prendre ses ordres.

– Je n'ai pas envie de répondre à la correspondance de mon fils, dit-elle. En revanche, je vais bientôt me rendre à Akhetaton. J'ai hâte de revoir mes petits-enfants.

– Quand souhaites-tu partir ? demanda le scribe.

– Fais venir Moïse. Il s'occupera de tout.

Le scribe la salua et se retira.

– Je me demande comment Meritaton vit son statut d'épouse du roi. Car elle est maintenant la petite reine d'Akhenaton, dit Tiyi pour elle-même. Maketaton va la rejoindre et devenir également la reine de mon fils.

Malgré sa fatigue, Tiyi refusa de reporter son voyage. Elle embarqua donc pour Akhetaton avec des cadeaux pour toute la famille.

– Ah Moïse ! dit-elle à son fidèle conseiller. J'ai hâte de revoir mon frère. Il me racontera toutes les intrigues de la cour. J'ai cru comprendre que Kiya prenait de nouveau de l'ascendant sur ma nièce. L'as-tu ressenti lorsque tu t'es rendu dans la ville le mois dernier ?

– J'ai surtout eu l'impression que la famille était troublée par le carnage de la peste. Personne ne trouve une solution à ce problème…

– … Qui est sans doute dû aux positions que mon fils a prises et dont il ne veut pas démordre ! Pourquoi refuse-t-il de le comprendre ? Ainsi donc les membres de la famille auraient peur de la peste ? Ils estimaient, pourtant, être à l'abri de la maladie…

– Je crois qu'ils redoutent surtout que la peste ne frappe leurs enfants.

– Les filles de Néfertiti grandissent. Elles ont toutes échappé aux maladies. Quant aux fils de Kiya, ils ne sont guère robustes mais ils vivent !

L'équipage s'activa. Les jarres d'eau et de vin furent déposées tout autour de la coque du bateau royal. Deux gamins grimpèrent habilement en haut du mât pour déplier la voile.

– Profitons de ce petit air, dit Moïse à la reine en suivant son regard. Je préfère avancer à la voile plutôt qu'à la rame. Nous arriverons plus vite.

Les marins manœuvrèrent dès que les gardes armés et les soldats de Tiyi furent montés à bord. Ils prirent la direction d'Akhetaton. Tiyi invita Moïse à s'asseoir auprès d'elle sous le dais royal qui la protégeait du soleil.

– Pourquoi me parles-tu des enfants royaux ? Ils sont maintenant résistants.

– Je ne pensais pas aux enfants de Néfertiti, répondit Moïse, mais à celui qu'attend la jeune Maketaton.

– Que dis-tu ? Tu veux sans doute parler de Meritaton !

– Non. Maketaton attend un enfant de Pharaon. Elle est très lasse. Quand je séjournais à Akhetaton, elle était alitée tous les jours. Elle supporte très mal sa grossesse. Elle ne parvient plus à ingurgiter la moindre nourriture.

– Pauvre enfant ! se lamenta Tiyi en ressentant

de nouveau des douleurs dans les épaules et dans les jambes. Tu aurais dû m'en parler avant. J'aurais avancé la date de ce voyage au lieu d'attendre les réjouissances que mon fils a organisées.

Quand la reine arriva à Akhetaton, la ville était déjà en effervescence. Akhenaton n'avait pas lésiné sur les préparatifs des fêtes qu'il donnait dans sa ville. Néfertiti était, cependant, contrariée par l'état préoccupant de sa fille. Meritaton était devenue la Maîtresse de la maison royale.

Dès que les bateaux étrangers quittèrent l'embarcadère et que les derniers marchands eurent replié leur bâche et rangé leurs marchandises dans des coffres en osier, Tiyi, qui avait retrouvé des forces, quitta le banquet que son fils avait organisé pour marquer la fin des concours de chants, de chasse et de comédie. Elle avait bu du vin du domaine royal et crut, tout d'abord, qu'elle ne supportait pas ce breuvage alcoolisé.

– La tête me tourne, dit-elle au roi en s'excusant. J'ai très chaud.

Akhenaton se précipita pour aider sa mère.

– La reine Tiyi a-t-elle déjà eu des malaises ces derniers jours ? demanda le médecin du roi à son entourage.

– Elle était très lasse lorsqu'elle a entrepris ce voyage, répondit Moïse. Mais elle a assisté à toutes les fêtes et paraissait en bonne santé.

Comme Tiyi semblait délirer, deux serviteurs l'emmenèrent dans sa chambre sous le regard consterné de la cour. Le lendemain, son cas empira. Elle reprit à peine connaissance et n'adressa que quelques mots à sa nièce. Elle réclama ses enfants et ses petits-enfants à son chevet.

– J'ai survécu pendant de nombreuses années à mon époux bien-aimé. Je veux que les cultes instaurés en son souvenir continuent. Je vous bénis tous. J'ai bien vécu. Seul l'avenir de l'Égypte me soucie.

Comme Akhenaton connaissait ses souhaits et qu'il avait, lui aussi, l'intention de désigner enfin le nom de son héritier, il lui dit qu'il avait choisi Semenkharê pour lui succéder.

– En réalité, il régnera avec moi.

Les yeux de Tiyi se remplirent d'une dernière lueur. Elle était calme et stoïque.

– Tu ne regretteras pas cette décision, dit-elle dans un souffle. Regarde Meritaton. Elle est si proche de Semenkharê. Unis-les en souvenir de moi.

La disparition de Tiyi provoqua un immense malaise en Égypte. Elle fut pleurée et regrettée. Personne ne pouvait remplacer une pareille personnalité qui tempérait les incongruités de son fils. La terreur s'empara de certains Égyptiens qui redoutaient les folies d'Akhenaton. Seuls Aÿ et Horemheb paraissaient capables de contrarier ses plans les plus absurdes mais les deux conseillers étaient âgés.

Les Égyptiens n'étaient pas encore consolés de la perte de la reine mère morte de la peste que les douleurs de l'enfantement gagnèrent Maketaton. Néfertiti se précipita pour conseiller sa fille et l'aider car elle la sentait faible.

– Cet accouchement commence trop tôt, dit le

médecin. Les déesses Hathor et Thouéris ne sont pas prêtes à assister Maketaton.

La fille de Néfertiti perdit beaucoup de sang et s'éteignit pendant la nuit. La reine ressentit une profonde douleur en voyant ainsi sa fille disparaître prématurément. Akhenaton se demanda pourquoi il était frappé par la grandeur d'Aton. Dans la tombe royale fut éternisée la scène où tous les membres de la famille royale pleuraient la mort de Maketaton.

Pendant toute une nuit, Akhenaton et Néfertiti pleurèrent devant le lit où avait été étendue leur enfant. Ils répandirent de la poussière sur leur tête tandis qu'une nourrice allaitait le bébé de Maketaton.

– Qu'avons-nous fait au dieu solaire ? demanda Néfertiti à Akhenaton. (Pour la première fois, la reine avait perdu sa superbe.) Ta mère a disparu mais elle était âgée. Sa course continue sous les meilleurs auspices. Tous les Égyptiens se souviendront d'elle. Mais notre petite Maketaton n'avait pas encore vécu. Elle s'est sacrifiée en te donnant un enfant... Pourtant, tu n'as toujours pas de fils de tes épouses.

Ce grand malheur assombrit encore davantage les Égyptiens qui n'aimaient guère voir le couple royal dans la détresse. Les funérailles de Tiyi et de Maketaton donnèrent lieu à de nouvelles lamentations. Les deux corps furent embaumés selon les habitudes de la cour et soixante-dix jours furent nécessaires à l'embaumement. Néfertiti décida de s'occuper elle-même de sa petite-fille. Pleureuses et chanteuses furent recrutées en nombre pour les deux enterrements. Les cortèges étaient impressionnants par leur richesse et leur importance. Les corps longèrent la rive est sous les acclamations et les pleurs de tout un peuple réuni dans la détresse. Akhenaton choisit pour transporter sa fille la barque royale la plus belle et la plus sobre. Mais aucune embarcation autre que l'« Aton resplendissant » ne pouvait emmener Tiyi sur le fleuve du dieu Hapi. Elle avait, autrefois, offert ce bateau à son fils.

Tous les prêtres chantèrent la gloire des deux femmes. Même les prêtres d'Amon, démis de leur fonction, se rassemblèrent à Thèbes pour honorer la reine Tiyi. À Malqatta, les rares serviteurs, qui gardaient les palais, et le vaillant Meriptah pleurèrent longuement leur maîtresse et firent brûler de l'encens dans toutes les pièces.

Le défilé de meubles et d'objets funéraires était impressionnant. Les serviteurs, des plus jeunes aux plus âgés, portaient de petits coffres en ivoire, des jeux, des damiers, des fauteuils lourds et travaillés du dossier aux pieds en forme de pattes de lion, des nécessaires de toilette et de maquillage complets, des miroirs, des tuniques en lin fin, des rubans, des perruques, des coiffes, des lits, des chars dorés d'une finesse exquise, des vases en albâtre, des éventails, des bijoux, des coussins, des maquettes de bateaux représentant les navires de Tiyi et de la famille royale, des ouchebti, des paniers d'offrandes pleins à ras bord de grappes de raisins, de dattes ou de pains au sésame.

Chaque cérémonie dura la journée entière. La pratique de l'ouverture de la bouche souleva une immense émotion dans l'assistance. Devant le petit cadavre de sa fille, placé debout devant le prêtre et le pharaon, Néfertiti se remit à pleurer et à gémir. Elle tremblait de tous ses membres. Les sœurs de Maketaton étaient également très pâles. Les plus jeunes savaient que leur père les épouserait aussi dès qu'elles seraient adolescentes. Semenkharê passa ces journées de deuil à consoler Meritaton et chacun retourna chez lui, le cœur gros.

Quelques jours plus tard s'éteignit également Maïerperi. Cette disparition passa presque inaperçue tant le peuple avait pleuré la mort de leur reine mère et de leur princesse. Maïerperi fut, pourtant, enterré avec faste dans la Vaste Prairie comme son père l'avait promis à sa grand-mère Iaret. D'autres fonctionnaires attachés au service de Tiyi, comme Nefersekeru et Neferoueref quittèrent également la terre et furent ensevelis dans leur tombe thébaine. Le précepteur Méryrê rejoignit, selon ses volontés, sa tombe de Saqqarah. Les autres fonctionnaires qui travaillaient pour Tiyi se rendirent à Akhetaton.

Toutes les fois où il allait au temple d'Aton, le roi pénétrait dans le temple d'ombre solaire qu'il avait fait construire pour sa mère et qui la rajeunissait de ses rayons.

– Aton, je te prie de veiller sur la reine Tiyi. Ses conseils et sa présence me manquent. Elle a si bien su assister mon père et me préparer à régner. Sans elle, je n'aurais pas su diriger ce pays. Je n'en aurais même pas eu la force. Elle m'a montré la voie. Aujourd'hui, l'Égypte est menacée et endeuillée. Mes soldats vont partir en Asie, en Nubie et en Libye. Ma mère a été enterrée dans le ouadi royal d'Akhetaton. Ai-je bien fait de la séparer ainsi de mon père ? J'ai fait aménager pour elle une chapelle en bois doré semblable à celles que nous avons préparées pour mon père et que nous avons déposées près de son sarcophage. Je me suis moi-même occupé de son mobilier funéraire.

Chaque jour, matin ou soir, le roi venait ainsi se confier au dieu et l'interroger sur les décisions qu'il devait prendre comme il le faisait autrefois avec sa mère. Aÿ comprit que le pharaon avait besoin d'aide et de soutien. Aussi se fit-il plus présent. Il venait le voir plusieurs fois dans la journée et tentait de connaître ses desseins pour le guider comme l'aurait voulu sa sœur. Le général Horemheb était également à l'affût des décisions royales. Le fait que le roi veuille envoyer des troupes en Asie lui paraissait inévitable. Bien qu'il se tînt à l'écart, il redevint tout à fait indispensable à la cour. Moutenejmet s'étonna de sa soudaine énergie. Lui qui vivait en retraité reprenait soudain goût au pouvoir.

– Le pharaon a besoin d'être dirigé, dit-il un jour à Moutenejmet en lui expliquant sa présence quotidienne auprès du roi.

– Ma sœur est irritée de te voir si souvent dans la Maison du roi.

– Gouvernera-t-elle à la place d'Akhenaton ?

– Néfertiti n'est pas Tiyi.

– En effet. Aÿ et moi avons donc besoin d'assister le roi qui va bientôt annoncer au peuple le nom de son héritier.

– Semenkharê ?

– Oui, Semenkharê. Aÿ et moi approuvons ce choix.

Le général se demandait même, à l'instar de Tiyi, si une corégence ne serait pas bénéfique à l'Égypte. Depuis la mort de la reine mère, il préparait Akhenaton à une telle éventualité. Celui-ci n'avait-il pas juré à sa mère, sur son lit de mort, d'accepter Semenkharê auprès de lui ? Bien qu'elle sollicitât sans cesse une entrevue pour parler de son fils Toutankhaton au général et à Aÿ qui l'avait si souvent soutenue, Kiya n'était écoutée ni de l'un ni de l'autre. Seul le roi consentait à satisfaire ses désirs et à passer avec elle des moments de détente et de plaisir qu'aucune autre femme ne réussissait à lui donner.

– Attends que Toutankhaton grandisse un peu, suggérait-elle au roi. Tu pourras ainsi gouverner avec lui plutôt qu'avec Semenkharê. Pourquoi choisirais-tu le fils de ton père alors que tu as un fils qui te tend les bras ? Il suffit de patienter encore un peu…

Mais, derrière ce travail de persuasion mené de main de maître au fil des jours, s'imposaient d'une manière intraitable et rigoureuse les volontés arrêtées d'Aÿ et d'Horemheb que Néfertiti aurait soutenues pour déplaire à Kiya. Partagé entre les deux avis, ne sachant parfois plus qui écouter, le roi préférait aller prier Aton ou composer des hymnes en son honneur. Il se retranchait dans l'un de ses temples ou partait dans le désert avec un scribe.

XXVII

En mère avisée, Néfertiti venait de faire le tour du palais. Elle avait rendu visite aux nourrices de ses deux dernières filles et s'était entretenue avec Meritaton. Elle monta dans son bige tiré par deux chevaux jeunes et marron, minces et racés qu'elle caressa avec affection avant de gagner la caisse de son véhicule aussi esthétique que fragile dont les roues, très larges, aux rayons d'or, ressemblaient aux rais du dieu Aton.

La caisse représentait des scènes mythologiques mettant les dieux face à face car elle tenait ce char de son grand-père et en avait hérité à une époque où tous les dieux égyptiens étaient à l'honneur. Son cocher lui tendit un fouet extrêmement long dont elle ne se servait jamais si ce n'est pour exciter l'ardeur des chevaux.

– Veux-tu conduire ? lui demanda le cocher qui la sentait fébrile.

– Non. Je préfère te laisser ces rênes. Ne va pas trop vite. Je resterai debout à l'intérieur de ce char comme un guerrier partant au combat.

Le cocher était jeune et peu expérimenté. Mais il était beau. Ses cheveux, moins noirs que ceux des autres Égyptiens, ses yeux clairs comme l'étaient autrefois ceux de l'Asiatique Camita lui assuraient beaucoup de succès auprès des femmes. Néfertiti n'était pas sans le savoir et elle se moquait volontiers des escapades de cet Égyptien qui avait la réputation de passer ses nuits dans les tavernes de la ville.

– Si tu n'as pas trop bu de ce vin exquis que nous ont apporté les Hellènes qui faisaient escale à Memphis et à Akhetaton avant de gagner Chypre, je me fie à toi sinon je préfère encore que mes chevaux nous guident !

– Je n'ai bu que de la bière, répondit l'Égyptien. Ta vie m'est si chère que je ne m'amuserais pas à la mettre en danger. Tu es la plus charmeuse des femmes et la plus riche des reines. Tu émerveilles tous les hommes qui te rencontrent.

– D'autres Égyptiennes sont pourtant plus belles que moi. Je suis petite. Mes grossesses successives ne m'ont guère épargnée. Je ne suis pas aussi souple que ces danseuses qui fréquentent la cour chaque soir.

– Mais tu portes, Reine magnifique, un parfum inoubliable, des robes qui dévoilent ta nudité, une coiffe qui te donne un port incomparable et qui dégage des épaules sublimes, une finesse de peau impeccable qu'envient toutes les adolescentes, des bijoux en harmonie avec ta splendeur. Tu joues des instruments avec talent et tout le monde s'arrête pour écouter les sons qui émanent de tes appartements.

– Allons ! Je suis pressée. Cesse de me flatter et fais avancer ce char sinon je partirai à pied !

Le cocher s'exécuta.

– Où vas-tu ?

– Chez Thoutmès, le sculpteur...

Le cocher redevint silencieux comme s'il désapprouvait cette visite.

– Aurais-tu quelque chose à me dire ? lui demanda Néfertiti en s'amusant de son silence.

– Non, reine. Je réfléchis et je me demande ce que Thoutmès a de si intéressant pour que tu ailles le voir si souvent.

La reine éclata de rire et essuya le khôl qui coulait de ses paupières.

– Quel enfant ! s'exclama-t-elle. Thoutmès est le plus grand des artistes ! Nous travaillons sans cesse avec lui et il est en train de peindre l'un des murs du palais d'une fresque gigantesque qui restera dans la postérité !

– N'est-ce pas alors à lui de venir à toi ?

– Serais-tu jaloux ?

– Thoutmès n'est plus si jeune...

– Comment me connaissais-tu avant de venir à Akhetaton ?

– Grâce aux scarabées que le roi faisait circuler dans toute l'Égypte et aux bustes du couple royal que les Hellènes achetaient et revendaient avidement sur les marchés.

– Ce n'étaient que des copies mal faites du travail de Thoutmès ! Sans lui tu ne m'aurais donc jamais connue et tu ne serais peut-être jamais venu à Akhetaton.

– J'avoue que je rêvais de rentrer au service de

la reine et que Moïse m'a beaucoup aidé. Je l'ai rencontré à Akhmin, ville de la reine Tiyi.

– Et de mon père, le vénérable Aÿ. Serais-tu originaire de cette région ?

– Je suis né, moi aussi, à Akhmin et j'étais impressionné par les travaux que les rois Aménophis III et Akhenaton ont entrepris chez nous. Nos paysans peuvent maintenant irriguer correctement leurs champs et donner des offrandes aux dieux. Les temples ont été restaurés. Les canaux d'irrigation se sont multipliés. Le lac que le pharaon Aménophis III a offert à la reine Tiyi a attiré beaucoup de marchands et de visiteurs dans la région si bien qu'Akhmin s'est enrichie et agrandie.

– Nous devons tout cela à la générosité des rois mais aussi à Aÿ et à Tiyi qui ont beaucoup insisté pour embellir leur ville. Mes grands-parents y étaient nés, eux aussi, et ils y avaient exercé de hautes fonctions avant de se rendre au palais.

– Nous sommes arrivés, dit le cocher avec regret en laissant tomber ses rênes.

– Si tu es aussi efficace que mes précédents cochers, je te ferai sculpter par Thoutmès.

– Ce serait un grand honneur mais je ne pourrais jamais le payer.

– Je t'offrirai ce cadeau que tu pourras donner à tes parents. Mais, auparavant, il faudra le mériter.

Le cocher se courba devant la reine et se précipita au bas du char pour l'aider à descendre.

– Ma reine, épouse d'Aton rayonnant, a sali le bas de sa tunique et ses sandales d'or. Je vais appeler un porte-sandales pour qu'Elle puisse changer de chaussures.

– Ce sera inutile, répondit Néfertiti en prenant sa main. Attends-moi ici tranquillement ou reviens me chercher quand le soleil se couchera.

Comme elle se dirigeait vers la maison du sculpteur et qu'elle regardait le travail de ses disciples qui s'étaient installés dans le jardin pour bénéficier de la lumière, Néfertiti trébucha. Le cocher s'en étonna car elle avait l'habitude de marcher la tête haute sans regarder ses sandales. La reine se remit droite mais elle porta aussitôt la main à sa tête et se mit à tituber. L'une de ses servantes réclama aussitôt de l'aide. Le cocher bondit en avant et courut jusqu'à Néfertiti qu'il soutint de toutes ses forces.

– Majesté, favorite d'Hathor, élue d'Aton, assieds-toi sur ce banc. Je vais chercher Thoutmès.

Néfertiti avait encore devant les yeux les malaises et la faiblesse de Tiyi. Elle supplia très fort Aton de l'aider.

– Ne fais pas de moi une nouvelle victime de la peste, murmura-t-elle. Le peuple et le roi ont besoin de moi. J'ai tant à accomplir ! Je sers de lien entre le pharaon et les Égyptiens qui ne comprennent pas toujours leur souverain.

Le sculpteur arriva à la hâte et reconnut, lui aussi, les signes de la maladie. Ils avaient vu tous deux mourir tant d'amis proches qu'ils se regardèrent atterrés.

– Tu penses comme moi, lui dit Néfertiti, les larmes aux yeux.

– Nous nous trompons ! Aton protégera celle qu'il a choisie. Tu es immortelle !

– Hélas, je ne suis pas une déesse.

– Tu l'es devenue.

– Mais je partirai, moi aussi, pour les champs d'Ialou.

Néfertiti préféra rentrer au palais. Le lendemain, elle perdit des forces et chaque jour vit l'aggravation de la maladie. Akhenaton ne quitta pas le chevet de son épouse. Aÿ souffrait et priait. Malgré l'attention des médecins, la reine s'éteignit. Le roi décida de lui consacrer des funérailles exceptionnelles dans la nécropole d'Akhetaton. Il serait demeuré inconsolable si Kiya n'avait été là. Attentive, douce, précieuse dans ces moments douloureux, elle devint de nouveau indispensable au roi. Sûre de son fait, réclamant le mariage, Kiya dut, cependant, se plier à sa destinée. Quelques mois plus tard, elle disparaissait à son tour, laissant un pharaon endeuillé et traumatisé par la perte de celles qu'il aimait.

Kiya fut supplantée par Meritaton à qui Akhenaton donna tous les honneurs. Il lui offrit le temple d'ombre solaire de sa favorite et décida d'épouser Ankhesepaaton dans l'urgence. Il lui fallait, en effet, une Grande Épouse. Or, Meritaton avait l'intention d'épouser Semenkharê. Les deux hommes ayant pris femme, la corégence donna lieu à une fête somptueuse en l'an 15 du règne. Discret, Semenkharê accepta, sur le conseil d'Aÿ, d'ajouter dans son cartouche « l'aimé d'Akhenaton », montrant à tous qu'il n'était, en réalité, que le bras droit du véritable Pharaon.

Akhenaton eut, cependant, avec Meritaton une petite Meritaton-tacherit et une autre fille avec Ankhesepaaton. Rien ne lui faisait oublier Néfertiti et Kiya. Le roi avait beau supplier Sekhmet, la peste continuait ses ravages. La princesse Néfernéferourê disparut.

– Roi, nous sommes désespérés, lui dit Aÿ. Non seulement les Égyptiens continuent de mourir mais ils sont menacés de toutes parts. Nous n'avons plus aucun pouvoir en Asie.

– Qu'Horemheb s'en occupe ! Je hais la guerre et je n'irai pas combattre.

– Le jeune Semenkharê ne peut conduire les troupes et Horemheb est âgé.

– Qu'il choisisse un général !

Akhenaton paraissait tant se désintéresser de la situation politique qu'Aÿ crut bon de s'entendre avec Horemheb.

– Il n'est pas digne de régner sur l'Égypte, lui répondit le général froidement.

– Que signifie cette remarque ?

– Qu'il serait préférable qu'il disparaisse.

– N'est-ce pas un peu tôt ? Semenkharê pourrait prendre sa succession s'il était plus avisé.

– Semenkharê... murmura Horemheb. Pourquoi Semenkharê ?

– Je ne te comprends plus.

– Le destin va peut-être changer, Aÿ, répondit mystérieusement Horemheb. Alors que j'ai épousé

Moutenejmet, Néfertiti a continué à me haïr et à se moquer de moi.

– Tu lui as fait comprendre le premier que tu refusais de la reconnaître comme une Grande Épouse. Ma fille ne t'aurait pas rejeté si tu avais été plus compréhensif.

– Son règne est fini, Aÿ. La reine Tiyi ne peut plus aider son fils. Un rouleau de papyrus se referme et le scribe écrit sur d'autres feuilles. Nous, nous sommes encore présents et nous avons la possibilité de diriger ce pays. Nous sommes même les seuls à en être réellement capables !

– Aurais-tu perdu l'esprit, Horemheb ? Nous sommes vieux et las.

Curieusement, alors que les soldats se préparaient enfin à repartir pour l'Asie et que la corégence d'Akhenaton et Semenkharê paraissait convenir à tous, y compris aux prêtres d'Amon qui espéraient un jour reprendre le pouvoir après la disparition d'Akhenaton, le décès du roi fut annoncé dans la dix-septième année du règne. Les vendanges venaient de se terminer. Le peuple réclama des explications. De quoi était mort Akhenaton ?

Horemheb et Aÿ préparèrent un discours officiel qui sema le doute dans tous les esprits. Akhenaton avait-il succombé de la peste comme ses filles, ses épouses et sa mère ? Avait-il été victime d'un complot ? Curieusement, cette disparition fut simplement regrettée. Personne ne manifesta plus de douleur qu'il ne convenait lors de la mort d'un roi égyptien.

L'architecte du palais se hâta de préparer la tombe royale qui était inachevée. La chambre à piliers, très appréciée d'Akhenaton, fut aménagée en chambre funéraire alors qu'elle ne devait servir que de vestibule. Les murs furent peints rapidement. Le sarcophage et les vases canopes étant en place, il ne resta qu'à déposer dans la chambre le mobilier qui fut entièrement recouvert d'or. Le puits protégeant le pharaon contre les pilleurs de tombe fut achevé, taillé et orné.

– Akhenaton va rejoindre ma chère fille, dit Aÿ à sa femme en observant le soleil qui continuait à frapper de ses rayons les monts entourant la ville. Même si le roi a disparu, le Soleil vit toujours et se moque des hommes qui le contemplent. Quand le mur en blocs de calcaire sera achevé et fermera cette tombe, quand elle sera scellée et que des gardes seront postés devant le sanctuaire d'Akhenaton et de Néfertiti, personne n'empêchera le Soleil de briller comme autrefois et de nous procurer sa chaleur et sa force vitale. Akhenaton n'a rien changé à l'existence. Pourquoi Aton l'aurait-il choisi comme fils, comme semblable ou comme dieu solaire ? Aton donne la vie et la reprend. Saluons de nouveau Amon à chaque lever du jour pour que l'histoire continue ainsi le plus longtemps possible. Le règne de Néfertiti et d'Akhenaton fut une curieuse parenthèse dans la vie des Égyptiens. Depuis que ce roi a disparu, j'ai l'impression d'avoir fait un rêve étrange et de revenir enfin à la réalité.

– Mon ami, lui répondit l'Égyptienne qui n'était que douceur et abnégation, tu ne t'éveilles pas. Nous avons bel et bien vécu pendant de longues années à Akhetaton.

– As-tu remarqué la joie qui s'emparait de certains Égyptiens quand nous leur avons annoncé la disparition d'Akhenaton ? Ils n'osaient rire mais ils étaient soulagés.

– Que va-t-il se passer maintenant ?

– La guerre menace. L'Égypte a perdu ses alliés. Tout un peuple souhaiterait revenir à son ancienne religion. Ce bouleversement ne l'a guère enchanté.

– Qu'as-tu décidé ?

– Je ne suis pas le roi. J'observe seulement que le Soleil n'a rien perdu de son éclat, qu'il brille plus que jamais et que les Égyptiens chantent plus fort.

– Certains ont déjà quitté Akhetaton avec l'autorisation du roi pour gagner de nouveau Thèbes.

– Les hauts fonctionnaires ne seront pas les derniers à prendre cette décision si le pharaon ne les retient pas.

– Quel va être l'avenir de l'Égypte ?

– Celui que tous les dieux réunis voudront bien lui accorder.

ANNEXES

Youya et Touya, les parents de Tiyi, ont été enterrés dans la Vallée des Rois dans la tombe KV46 qui a été pillée peu de temps après avoir été fermée. Leurs corps furent retrouvés dans leur cercueil de bois en 1905. Pour pénétrer dans la chambre funéraire, il semble que les archéologues aient alors emprunté le passage fait par les pilleurs de tombes. Plusieurs objets magnifiques furent retrouvés. Ils sont actuellement exposés au Musée du Caire.

Nous n'avons malheureusement aucune preuve de la corégence d'Aménophis III et de son fils. Les recherches sur les monuments bâtis sous le règne d'Aménophis IV-Akhenaton sont parfois décevantes car le nom et l'image du roi ont été martelés. Les monuments ont été détruits et les blocs de pierre utilisés pour la construction d'autres édifices. À Karnak, il ne reste plus guère que les talatates peints ou ornés d'inscriptions. Ceux-ci furent utilisés après le règne d'Akhenaton pour combler des vides dans de nouveaux bâtiments et leur petitesse permit ainsi de les retrouver intacts. De nombreux talatates ont été découverts, notamment dans le neuvième pylône, donnant des informations sur les redevances ou les taxes que les prêtres des temples égyptiens devaient verser au sanctuaire d'Aton devenu le plus important de tous et sur les rites liés à la déesse Hathor encore en vigueur, Néfertiti étant souvent associée à la déesse de la fécondité. D'autres fouilles, comme celles faites dans la tombe 188 de Parenefer, échanson d'Akhenaton, à Thèbes-Ouest, ou l'étude de la tombe de Ramosé à Cheikh Abd el Gournah, permettent de mieux saisir le passage de l'ancienne à la nouvelle religion.

En quatre années, Aménophis IV avait ainsi dû transformer l'aspect de Karnak. Environ 40 000 talatates ont été retrouvés. Depuis les années 60, les archéologues se sont attelés au travail, réussissant à reconstituer deux mille tableaux. De nombreux talatates proviennent du Hout-Benben. On y voit Néfertiti très présente dans les scènes d'offrandes et de vénération, ce qui laisse penser que la reine était peut-être plus active que son époux dans les rites consacrés à Aton.

Les bâtiments d'Amarna ne furent pas épargnés. Les temples furent démolis et les blocs transportés dans d'autres villes. Nombreux furent ceux que les architectes de Ramsès II utilisèrent dans la ville d'Héliopolis. Mais on retrouva des blocs dans d'autres villes d'Égypte. Rassemblés par des archéologues au début de la Seconde Guerre mondiale et enterrés par sécurité, ils furent néanmoins retrouvés par les habitants des environs qui les rendirent attrayants pour mieux les vendre.

Plusieurs mystères entourent la vie des personnages de cette époque. Baketaton a soulevé bien des questions. Pouvait-elle être la fille de Tiyi et d'Aménophis III ? D'aucuns ont avancé sans preuves qu'elle était la petite-fille de Tiyi qui l'aurait adoptée. D'autres ont affirmé que Baketaton était la fille de Tiyi et d'Akhenaton. Encore fallut-il que Tiyi eût encore l'âge d'avoir des enfants lorsque Baketaton vint au monde.

Néfertiti était-elle réellement considérée comme une déesse par le peuple et le pharaon ? Quel était son véritable rôle à la cour ? Représentée aux quatre coins du sarcophage d'Akhenaton, Néfertiti semble protéger son époux comme le font des déesses telles que Nephtys, Neit, Selket ou Isis. Mais est-ce suffisant pour faire de Néfertiti une déesse ?

Quoi qu'il en soit, la famille semble encore réunie en l'an 12 du règne lorsque Akhenaton donne une fête importante à Akhetaton. Il est alors accompagné de Néfertiti et de ses six filles. Maketaton disparaît peu après et est enterrée dans la tombe royale d'Akhenaton où une scène représente la famille pleurant Maketaton manifestement morte en couches. D'autres de ses sœurs disparaissent à cette époque : Néfernéferuaton, Néfernéferourê et Setepenrê. Nous ne savons où furent enterrées ces princesses. La tombe de Néfernéferourê paraissait proche de la tombe royale car on a retrouvé près d'une sépulture inachevée des amphores portant son nom. Peut-être s'agissait-il de la tombe de la princesse.

Néfertiti semble morte juste après sa fille Maketaton. Mais aucune trace de ses funérailles n'a été retrouvée dans la tombe royale. Seul un chaouabti cassé fait allusion à Néfertiti qui serait morte à Amarna et enterrée dans la tombe royale. Les morceaux de cet objet sont exposés au Louvre et au Brooklyn Museum. Il fut avancé sans preuve que Néfertiti n'avait pas disparu aussi vite et qu'elle avait été exilée mais jamais la reine ne semble avoir été mise à l'écart même si Meritaton devint l'Épouse royale de son père. D'autres hypothèses ont été avancées pour expliquer la disparition de son nom à cette époque. Elle aurait, prétendent certains, régné comme corégent avec Akhenaton et aurait alors pris un nom d'homme. Après la disparition d'Akhenaton, elle aurait même régné seule sous le nom de Semenkharê. D'aucuns avancèrent qu'Akhenaton aurait eu une liaison avec le jeune Semenkharê et aurait alors rejeté sa femme.

Nous n'avons aucune preuve de la disparition de Néfertiti après celle de Maketaton pas plus que nous n'en avons de la continuité de sa carrière. En revanche, nous avons retrouvé une statuette de Thoutmès qui représente Néfertiti âgée. Est-ce là la représentation d'une femme réellement vieille ou d'une épouse qui aurait perdu sa fécondité et que l'on aurait représentée avec des traits et des formes plus âgés parce qu'elle était supplantée par une jeune femme comme Meritaton ? Autre hypothèse :

Néfertiti vécut-elle jusqu'au règne de Toutankhaton et fut-elle corégente de ce jeune roi ? Faute de preuves, il est plus plausible de considérer que Néfertiti mourut au moment où toute trace de son existence disparaît et ce juste après le décès de Maketaton.

Les momies, les corps et les tombes des personnages de la cour ont également soulevé maints débats. La momie de Kiya n'a jamais été retrouvée mais il semble que les quatre vases canopes découverts dans la tombe KV55 (Vallée des Rois) aient été ceux de Kiya. À l'intérieur se trouvaient les organes du défunt. Qu'en était-il du cercueil et du corps reposant dans cette tombe ? Le cercueil paraît avoir été fabriqué pour une femme. Le texte qui le décorait devait être prononcé par une femme « aimée d'Akhenaton ». Mais les inscriptions et le nom du défunt avaient été changés. Qui avait donc été enterré dans ce cercueil ? Aménophis II, Aménophis III, Tiyi, Akhenaton, Semenkharê, Toutankhamon dont on avait découvert les sceaux[1] ? Des bandelettes, volées dans le laboratoire où elles devaient être analysées après leur découverte au début du XXe siècle, portaient le nom d'Akhenaton tout comme les briques magiques qui protégeaient le défunt. Des panneaux furent, en revanche, retrouvés au nom de Tiyi. Les vases canopes ne mentionnaient plus le nom de leur propriétaire qui avait été effacé. Les couvercles en forme de visages repré-

1. *Aménophis*, tome 3, Violaine Vanoyeke, Éd. Michel Lafon, p. 299, « Découvertes et mystères ».

senteraient Kiya ou Meritaton. Le cercueil pouvait bien être, à l'origine, destiné aussi à Kiya comme l'attesteraient les textes y figurant. Mais la momie découverte était-elle celle de Kiya ? De petite taille, elle avait une denture parfaite. Malheureusement, elle s'abîma dès que les archéologues la touchèrent. Aucune photographie ne fut prise de cette momie qui souleva bien des controverses. Certains voulaient y reconnaître le corps de Tiyi, d'autres d'Akhenaton. La momie serait finalement celle d'un jeune homme mince, âgé de moins de vingt-cinq ans qui aurait le même groupe sanguin, très rare, que certains membres de la famille royale et qui ressemblerait à Toutankhamon et à Touthmosis IV. Semenkharê paraît donc le personnage le plus proche de cette description.

Les liens de parenté des différents membres de la famille royale ont également donné lieu à de nombreuses discussions. Akhenaton était-il le père de Toutankhamon alors qu'il se dit lui-même « père d'Aménophis III » sur des lions exhumés à Soleb et exposés au British Museum ? Une explication paraît plausible. Toutankhamon n'avait peut-être pas intérêt à rappeler que son père était Akhenaton à une époque où son image était martelée. Aussi cette inscription ne doit-elle pas être prise au pied de la lettre. Le sarcophage d'Akhenaton en granit rouge d'Assouan a été retrouvé en pièces dans sa tombe d'Amarna et aucun autre texte n'évoque l'identité de son père. Nous ne connaissons pas non plus la date du décès de Meritaton ni l'endroit où elle fut ensevelie.

Moutenejmet avait émis le souhait d'être enterrée à Saqqarah. Or, des restes d'ossements ont été retrouvés dans la tombe d'Horemheb de Saqqarah actuellement en cours de fouilles. On a émis l'hypothèse que ces os pouvaient être ceux de Moutenejmet. Auquel cas il faudrait tenter alors de retrouver un lien de parenté avec sa tante Tiyi à condition d'identifier le corps de la reine.

*
* *

Les premiers chercheurs modernes à évoquer Amarna qui était tombée en ruines furent ceux de la campagne d'Égypte (1798). Bien que plusieurs savants se fussent succédé dans l'ancienne cité, les monuments ne furent inventoriés qu'au milieu du XIXe siècle. Les habitants des environs s'étaient manifestement servis et avaient revendu morceaux de fresques ou objets à des collectionneurs.

En 1887 fut découverte la célèbre correspondance d'Amarna grâce à une paysanne. Trois cent cinquante tablettes furent répertoriées. On ne retrouva plus ensuite que des fragments et un cylindre d'argile faisant allusion aux chefs d'Amourrou, de Qadesh, de Byblos, de Palestine ainsi que des listes de mots et de syllabes utilisées par les traducteurs lisant l'écriture cunéiforme. Cette correspondance entre les pharaons et les rois du Mitanni, de Babylone, du Hatti… reste exceptionnelle.

Une étude épigraphique des tombes de nobles, sales et envahies par les chauves-souris, fut faite au début du XXe siècle. La tombe royale d'Akhenaton, retrouvée en 1880, était, hélas, dépourvue d'objets de valeur. Ils avaient tous été volés et vendus sur les marchés. Des rixes entre gardes avaient entraîné une dégradation des lieux et le travail d'exploration dut être interrompu en raison de la guerre.

En 1933 et en 1935, grâce à un examen minutieux du *ouadi* royal, de très nombreux fragments furent découverts parmi lesquels des restes de bols ayant appartenu à Thoutmosis III et à Aménophis III, vaisselles ou bibelots gardés précieusement par la famille et déposés dans les chambres funéraires au moment des enterrements. Ces fragments rejoignaient ceux de deux sarcophages en granit, des vases canopes en albâtre, des chaouabtis abîmés d'Akhenaton en pierres et en faïence, rares vestiges d'un trésor qui avait été disséminé dans le monde sur les marchés de l'art. Deux sarcophages ont été retrouvés dans la tombe royale : celui d'Akhenaton et peut-être celui de Maketaton sur lequel apparaissent les noms de Tiyi, de Néfertiti, d'Aménophis III et de Meritaton.

Dès 1892, tous les bâtiments d'Amarna furent explorés : « maison d'Aton », « château d'Aton », grand palais, Maison du roi, bureau de la correspondance royale, fabriques de verre et atelier de glaçure, maisons de particuliers avec leurs escaliers en façade, leurs vestibules, leurs salles à manger, leurs loggias, leurs pièces principales de forme carrée toutes équipées de braseros et de divans, les loges des gardiens, les chambres, les appartements destinés aux femmes et les magasins… Malheureusement aucun papyrus, aucun objet ne fut mis au jour à l'exception de quelques tessons. Des scènes comme celles exposées à l'Ashmolean Museum d'Oxford furent sauvées de la boue et des ravages du temps. Les fragments de dix-sept statues du roi et de la reine furent retrouvés. Il est malheureusement impossible de réunir tous ces fragments pour reconstituer les statues d'origine. Avec d'autres éléments comme des débris de stèles-frontières, ces restes se trouvent au Brooklyn Museum et au Metropolitan Museum de New York. Dans le grand palais fut mis au jour le masque de plâtre d'Akhenaton qui avait dû servir pour représenter les chaouabtis du mobilier funéraire du roi.

Le buste de Néfertiti fut retrouvé dans l'ancien atelier de Thoutmès et emporté au musée de Berlin. Il était tombé d'une étagère au bois mangé par les termites, face contre terre. Plus de vingt têtes furent retrouvées dans l'atelier de Thoutmès. Les Égyptiens firent plusieurs tentatives infructueuses pour reprendre le buste de Néfertiti qui est encore aujourd'hui exposé à Berlin. Un œil manque dans ce visage célèbre. Plusieurs hypothèses ont été avancées pour expliquer ce détail étonnant. La plus plausible est que ce visage servait de modèle et permettait aux disciples de Thoutmès d'apprendre les techniques d'incrustation, un modèle qui a rendu Néfertiti connue de tous alors que les premières découvertes à Amarna et les stèles-frontières avaient soulevé maintes interrogations. Les premiers explorateurs s'étaient, en effet, demandé qui étaient Akhenaton et Néfertiti dont les noms ne figuraient pas sur les listes des rois égyptiens.

L'atelier de Thoutmès a été identifié vers 1911 par les chercheurs allemands qui avaient déjà trouvé des montants de porte au nom de Maanakhtouf, chef de chantier d'Akhenaton. Le nom du sculpteur était écrit sur une œillère de cheval en ivoire trouvée dans le puits de la cour. Dans un magasin avaient été rassemblés des moulages de plâtre, des sculptures inachevées, des bustes, des visages et des études.

À partir de 1920, les Anglais reprenant le travail des Allemands avaient exploré la maison de Nakt avec ses pièces de réception, ses chambres, ses bains et ses bureaux, le marou, le quartier commerçant avec ses silos à grains et ses magasins, un palais avec des enclos pour animaux, les domaines, l'entrée de la ville et le village des ouvriers des tombes entouré d'un mur. Dans ces soixante-quatorze maisons d'ouvriers n'avaient malheureusement été retrouvés que des tessons et un mobilier en pierre. L'équipe anglaise étudia également les huttes qui avaient été construites par ces mêmes ouvriers près du ouadi royal où ils travaillaient.

*
* *

Le premier plan moderne d'Amarna qui devait s'étendre sur environ 10 kilomètres de longueur fut donc fait pendant la campagne d'Égypte. Les inondations étant terribles et assez fréquentes, les divers monuments du site furent vite dégradés. Les bases en briques formées de calcaire et d'argile sont extrêmement réduites en hauteur. Dans les maisons ont été retrouvés des seuils, des jambages, des grilles de fenêtres, des tables, des sièges, des linteaux, des plafonds, des peintures murales et des chaises de toilette.

Les tombes des nobles Houia, intendant de Tiyi (tombe 1), Ahmose, secrétaire du roi (tombe 3), Panehesy (tombe 6), Parenefer (tombe 9), Toutou (tombe 8), Aÿ, responsable de l'écurie (tombe 25) furent visitées vers 1824 et plusieurs peintures de la tombe du Grand Prêtre Méryrê (tombe 4) furent reproduites en même temps qu'un nouveau plan de la ville.

Vers 1830 furent également retrouvées les tombes de Méryrê, responsable du harem (tombe 2) et du maire de la ville Néferkhéperou (tombe 13). Malgré l'exploration de ces tombes par plusieurs archéologues, aucun travail ne fut alors annoncé au grand public qui ne connaissait donc pas l'existence d'Amarna. À l'époque, les chercheurs étaient incapables de lire les hiéroglyphes. Ils identifièrent le nom de la ville dans l'une des carrières d'albâtre proche de l'ancienne cité et pensèrent qu'il ne s'agissait que de la romaine Alabastronopolis. Des dessins et des manuscrits de ces travaux sont conservés à la Bibliothèque nationale à Paris et à Londres.

Il fallut attendre l'installation de l'expédition prussienne sur le site, vers la moitié du XIXe siècle, pour qu'une étude plus détaillée des lieux fût faite et publiée. Des copies de scènes et d'inscriptions se trouvent au musée de Berlin. Des Français explorèrent ensuite l'endroit pendant une vingtaine d'années et découvrirent de nouvelles tombes de nobles dans les falaises : celle du chef de la police Maou (tombe 9), celle de l'intendant Ipy (tombe 10), du soldat Ramosé (tombe 11) et du scribe Asli (tombe 23), autant de tombes offertes par le roi à ses fonctionnaires comme à son médecin Pentou (tombe 5). Toutes ces tombes étaient restées inachevées. Elles avaient été le plus souvent construites sur le modèle thébain, une statue du défunt apparaissant au fond de la tombe. Sans doute déçus de pénétrer dans des tombeaux déjà visités et violés, ne trouvant sur place que peu d'objets et peu de fresques, les archéologues fermèrent ces endroits afin de les préserver d'autres pilleurs de tombes.

On peut, toutefois, se demander si les nobles ou fonctionnaires de cette époque avaient tous l'intention de se faire enterrer à Amarna car peu de tombes furent retrouvées. Où les notables ont-ils été enterrés ? Où se trouve la nécropole des Égyptiens, marchands, artisans, paysans, soldats, domestiques qui habitaient à Amarna ? Face aux ravages de la peste, un bon nombre d'entre eux a dû périr. Les taureaux Mnévis devaient également être enterrés à Amarna. Où sont-ils ? Beaucoup de mystères entourent donc encore les nécropoles amarniennes même si le ouadi royal où se trouvaient les tombes du roi et de sa famille a livré quelques-uns de ses secrets.

D'autres fouilles de tombes apportent des éléments complémentaires. Je pense notamment à la sépulture d'Aperhel, fonctionnaire à la fin du règne d'Aménophis III et sous Akhenaton, enterré à Saqqarah, père d'Houy, responsable de la charrerie et du recrutement des soldats en temps de guerre. Le vizir Aperhel est également désigné comme le « père du dieu Aton ». Dans son tombeau rupestre ont été retrouvés des étiquettes de jarres de l'an 10 d'Akhenaton et un splendide mobilier funéraire. Certaines pièces portent les cartouches d'Aménophis III et de Tiyi.

Des tombes comme celles de Ramosé montrent combien l'art amarnien était différent de l'art thébain puisque les deux formes d'art apparaissent dans cette sépulture mais il ne faudrait pas, pour autant, en conclure que les croyances, les coutumes et l'art amarniens ont été adoptés dans toute l'Égypte. Thèbes a gardé son style tout comme Memphis qui était toujours puissante sous le règne d'Akhenaton. Medinet el-Gourob (Miour), où aimait résider la reine Tiyi, était également très active. On y a d'ailleurs trouvé une lettre de l'intendant Ipy et des statuettes en bois représentant des femmes du harem. L'art amarnien présentait des scènes vivantes, ayant toutes comme sujet la famille royale, humaines et réalistes qui tranchaient avec l'art convenu et traditionnel de Thèbes. Les personnages avaient, toutefois, une apparence curieuse qui s'accentua sous le règne d'Akhenaton. Ils avaient le crâne étonnamment développé, un cou long, un embonpoint inesthétique qui soulevèrent de nouvelles questions. Pour expliquer ces anomalies physiques, certains ont prétendu qu'Akhenaton était souffrant. Mais aucune des maladies avancées par les médecins n'est concluante. Comme tous les membres de la famille royale ainsi que les fonctionnaires de cette époque sont représentés de la même façon grotesque, il faut plutôt en conclure qu'il s'agissait d'une mode imposée par le roi.

Dès la fin du XIXe siècle, le site d'Amarna apparaît sur les cartes et dans les guides. Au début du XXe siècle, d'autres croquis et d'autres plans sont établis. Après les Français, les Anglais, les Allemands, les Égyptiens, eux aussi, commencent à travailler à Amarna qui n'est malheureusement plus le reflet de ce qu'elle a été mais qui garde un côté mystérieux, émouvant, particulier, inégalable.

Les fouilles et les études ne portent pas essentiellement sur la famille royale et la tombe du roi mais sur la vie quotidienne à Amarna, sur les ateliers d'artistes où l'on fabriquait des objets en faïence, sur les boulangeries et autres boutiques. On a ainsi retrouvé des morceaux de vaisselle de verre et de poterie grecques importées en Égypte, des scarabées et des chatons de bagues en faïence endommagés, des fragments d'amulettes et des bijoux à vêtements aux noms de rois et de reines, des sceaux, des jarres de vin, de bière, d'huile, de miel et de viande brisées dont les étiquettes ont été rédigées à l'encre et en hiératique mentionnant la date à laquelle elles ont été remplies. Toutefois, aucun chaton de bague royal ne fut retrouvé après le règne de Semenkharê, ce qui laisse penser que la cité fut totalement abandonnée.

Les stèles-frontières sont très abîmées. Elles ont

été volontairement détruites ou taillées dans une roche de mauvaise qualité. Ensevelies sous des chutes de pierre, exposées à toutes les températures, érodées, il est aujourd'hui difficile d'y accéder à l'exception de la stèle A.

Une grande inscription fut gravée dans la roche au pied de l'actuel Sofitel Old Cataract d'Assouan avec une représentation de Mena et de son fils Bak, deux sculpteurs célèbres sous Aménophis III et Akhenaton. La statue d'Aménophis est gigantesque et Akhenaton fait brûler de l'encens sous les rayons d'Aton. Cette fresque semble avoir été gravée dans la neuvième année du règne d'Akhenaton. Tout près, un graffiti montre Akhenaton en train d'encenser Rê-Horakhty. Un bel hommage d'Akhenaton à son père et au dieu Aton.

Violaine VANOYEKE.

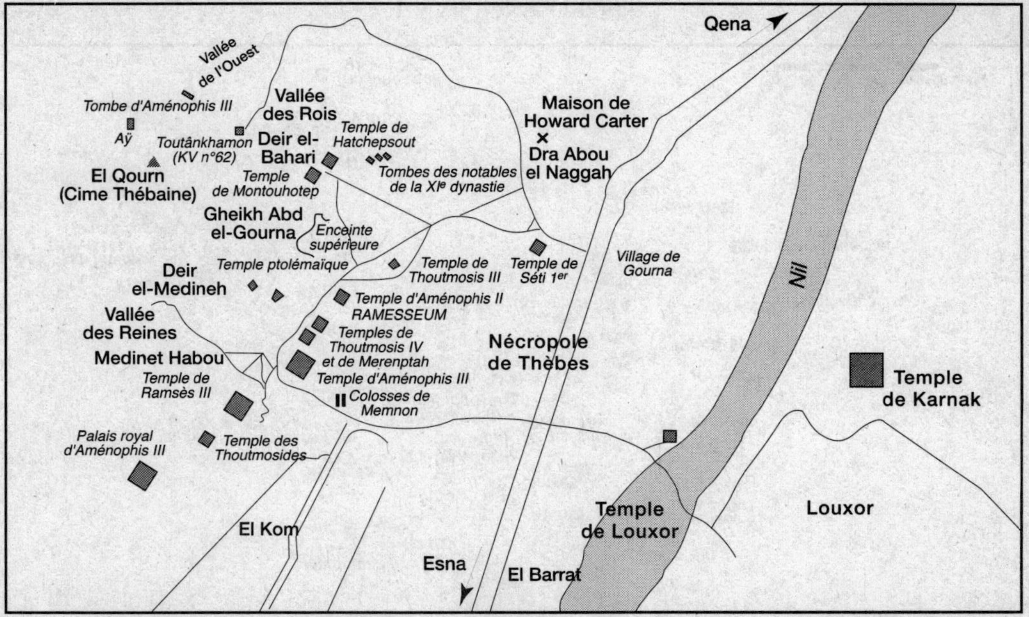

Thèbes-Ouest

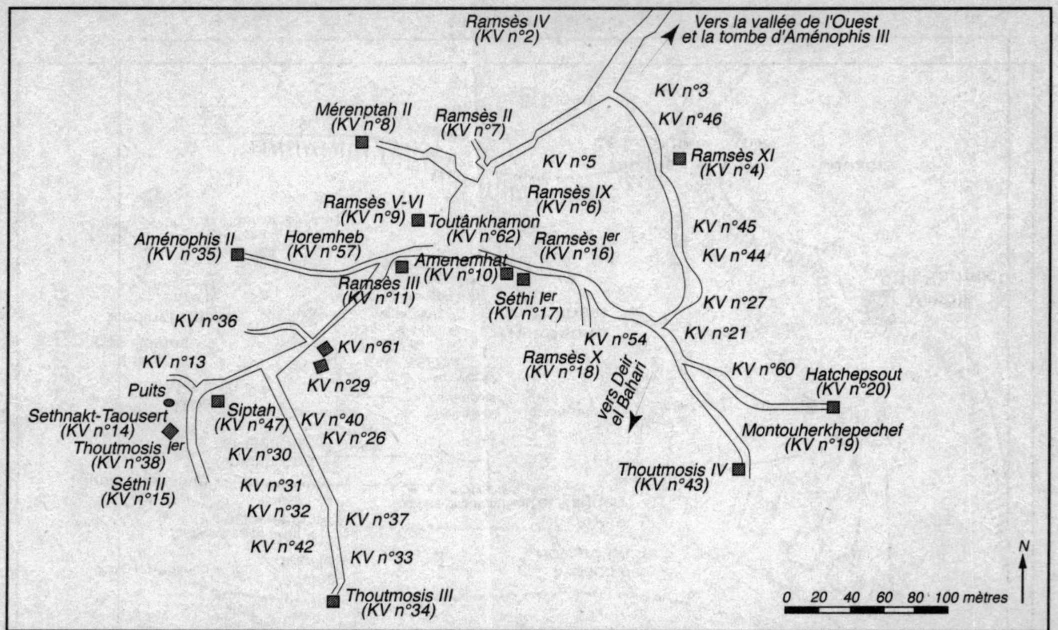

La Vallée des Rois

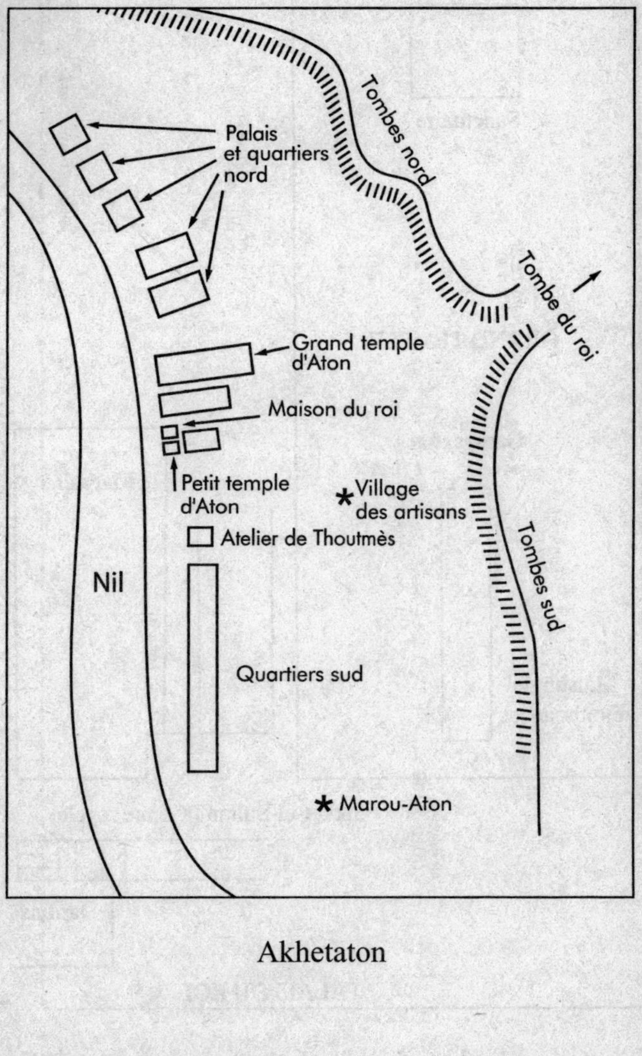

Tombes nord
Palais
et quartiers
nord
Tombe du roi
Grand temple
d'Aton
Maison du roi
Petit temple
d'Aton
Village
des artisans
Atelier de Thoutmès
Nil
Tombes sud
Quartiers sud
Marou-Aton

Akhetaton

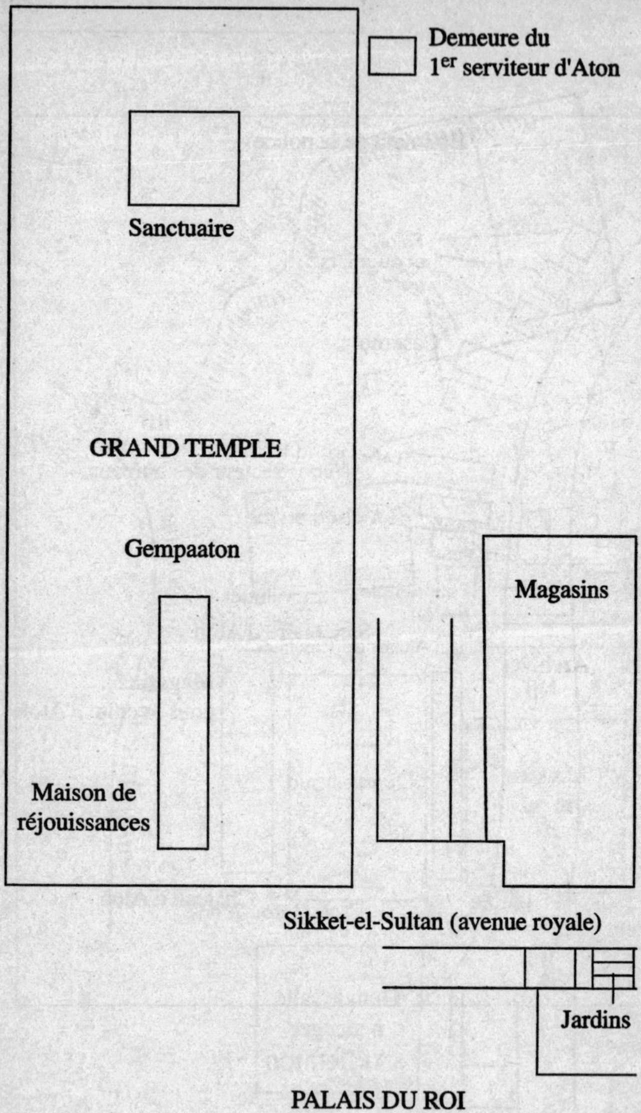

Centre ville d'Amarna

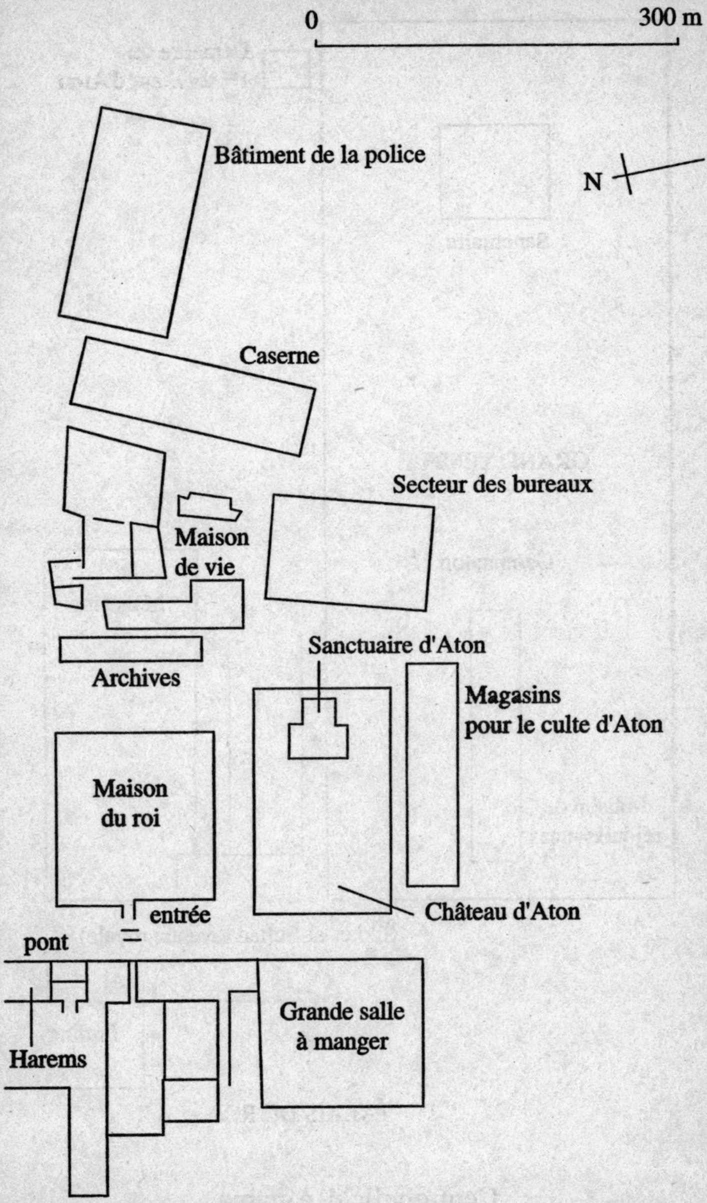

0
300 m
Bâtiment de la police
N
Caserne
Secteur des bureaux
Maison
de vie
Archives
Sanctuaire d'Aton
Magasins
pour le culte d'Aton
Maison
du roi
entrée
Château d'Aton
pont
Grande salle
à manger
Harems

RAPPELS CHRONOLOGIQUES
(les dates sont approximatives)

Environ 3000 av. J.-C. :
* Période prédynastique.

Première partie du troisième millénaire avant J.-C. :
* Période thinite (Ire et IIe dynasties).

Deuxième partie du troisième millénaire avant J.-C. :
* Ancien Empire (IIIe dynastie : Djéser ; IVe dynastie : Snéfrou, Khéops, Didoufri, Khephren, Mykérinos ; Ve dynastie : Sahourê, Niouserrê, Ounas ; VIe dynastie : Téti, Pépi Ier, Pépi II).

Fin du troisième millénaire avant J.-C. :
* Première Période Intermédiaire (VIIe dynastie-XIe dynastie).

Première partie du deuxième millénaire avant J.-C. :
* Moyen Empire (XIe dynastie : Montouhotep Ier, II ; XIIe dynastie : Amenhemat, Sésostris).

* Deuxième Période Intermédiaire (XIIIe à XVIIe dynastie).

Pendant les XVe et XVIe dynasties s'imposent les envahisseurs Hyksos (XVIIIe-XVIe siècle avant J.-C.) qui gouvernent à Avaris tandis que des rois ou gouverneurs égyptiens dirigent l'Égypte du Sud à Thèbes.

Deuxième partie du deuxième millénaire avant J.-C. :

* Nouvel Empire.

– XVIIIe dynastie : Ahmosis-Grande Épouse royale,
Ahmès-Néfertari
Aménophis Ier
Thoutmosis Ier-Grande Épouse royale,
Ahmose
Thoutmosis II
Hatchepsout
Thoutmosis III-Grande Épouse royale
Méryrêt-Hatchepsout II
Aménophis II-Grande Épouse royale
Tiâa
Thoutmosis IV (env. 1397-1387/8)-
Grande Épouse Néfertary
Aménophis III (env. 1387/8-1348/9)-
Grande Épouse Tiyi

Aménophis IV-Akhenaton-
Grande Épouse Néfertiti
Semenkharê (?)
Toutankhamon
Aÿ
Horemheb

– XIXe dynastie : Ramsès Ier, Séthi Ier, Ramsès II, Mérenptah, Séthi II, Amenmès, Siptah, Taousert, Sethnakht, Ramsès III, Ramsès IV à XI.

Première partie du premier millénaire avant J.-C. :
* Troisième Période Intermédiaire (XXIe dynastie : Smendès, Psousemnès, Pinedjem ; XXIIe dynastie : Chechonq ; XXIIIe-XXVe dynastie : Kouchite, Pinakhy, Chabaqa, Taharqa).

700-305 avant J.-C. :
* Basse Époque (XXVIe dynastie : Psammétique, Amasis ; XXVIIe dynastie : les Perses Cambyse et Darius ; XXVIIIe-XXIXe dynasties : Achoris ; XXXe dynastie : Nectanebo).

Domination du Perse Artaxerxès III.
Libération de l'Égypte par Alexandre le Grand qui crée Alexandrie.
Dynastie des Lagides avec les Ptolémées et les Cléopâtre (jusqu'en 30 avant J.-C., date de la bataille d'Actium).

Égypte romaine puis chrétienne en 39 ap. J.-C.

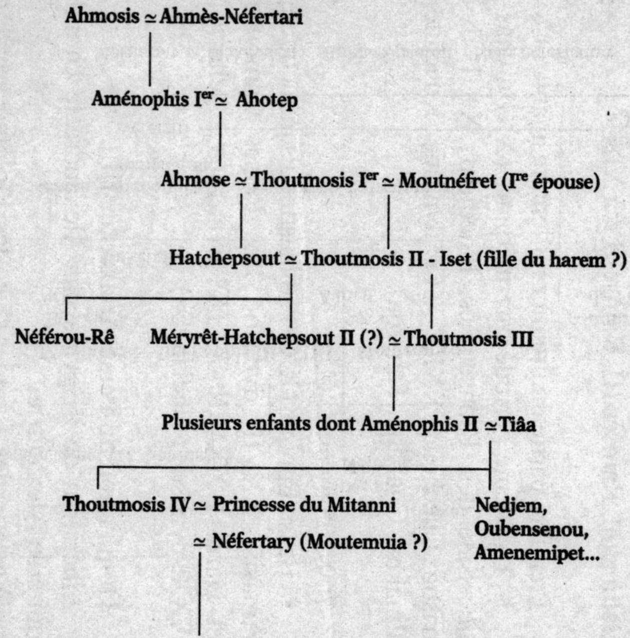
Ahmosis ≃ Ahmès-Néfertari
Aménophis Ier ≃ Ahotep
Ahmose ≃ Thoutmosis Ier ≃ Moutnéfret (Ire épouse)
Hatchepsout ≃ Thoutmosis II - Iset (fille du harem ?)
Néférou-Rê
Méryrêt-Hatchepsout II (?) ≃ Thoutmosis III
Plusieurs enfants dont Aménophis II ≃ Tiâa
Thoutmosis IV ≃ Princesse du Mitanni
≃ Néfertary (Moutemuia ?)
Nedjem,
Oubensenou,
Amenemipet...

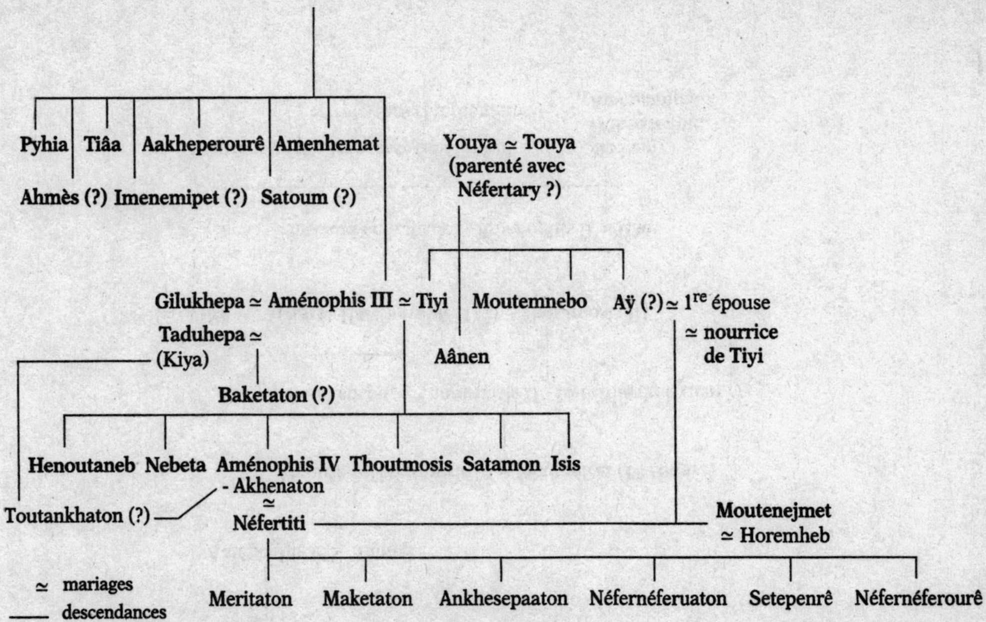

Arbre généalogique des premiers pharaons de la XVIIIe dynastie

LISTE DES PRINCIPAUX PERSONNAGES

Abdi-Achirta : Chef d'Amourrou.
Abraham : Hébreu installé à Thèbes.
Ahmès : Fils de Thoutmosis IV.
Ahmosis : Père d'Aménophis Ier.
Amenemhat : Fils de Néfertary et de Thoutmosis IV. Frère d'Aménophis III.
Amenetep : Fils royal de Koush.
Amenhemat : Grand Prêtre d'Amon.
Amenhotep : Fils de Hapou et de Itou. Architecte.
Amenhotep : Architecte ayant succédé au premier Amenhotep.
Amonmès : Intendant dirigeant Thèbes.
Aperhel : Fonctionnaire chargé du culte d'Amon.
Artashup : Messager.
Asal : Émissaire d'Aménophis IV.
Asli : Scribe.
Aÿ : Frère de Tiyi. Fils de Touya et de Youya.
Bak : Sculpteur.
Baketemané : Épouse de Méryrê ; confidente de Maïerperi.

Baki : Femme du prêtre Samout.
Camita : Épouse de Pashed.
Chaoui : Échanson du roi.
Gilukhepa : Fille de Sutarna.
Hatchepsout : Fille de Thoutmosis Ier.
Hatiai : Supérieur des greniers d'Aton.
Henoutaneb : Fille de Tiyi et d'Aménophis III.
Henoy : Servante d'Aménophis III et de Thoutmosis IV mise au service de Tiyi.
Hinutimpet : Fille d'Artatama.
Horemheb : Général de Thoutmosis IV et d'Aménophis III.
Houi : Intendant du temple de Ptah à Memphis.
Houia : Intendant de Tiyi.
Houy : Scribe de Satamon.
Iaret : Mère de Maïerperi.
Icheni : Nubien.
Imenemipet : Fille de Thoutmosis IV et de Néfertary.
Imenemusekhet : Fille de Menna.
Ipou : Marin faisant partie de l'équipage royal.
Irechepa : Coursier d'Aménophis III.
Irinet : Confidente d'Hinutimpet.
Iÿ : Cousin de Tiyi, chargé de son domaine. Fils de Moutemnebo.
Kadachman-Enlil : Roi de Babylone.
Kassi : Messager.
Kerouef : Intendant de Tiyi.
Khâ : Peintre du Village des ouvriers.
Khaemhat : Chef des greniers.
Khaemouaset : Époux de Mana, chef des archers du Nord.

Khnoumès : Fonctionnaire chargé des greniers d'Amon à Karnak.

Kiya : Nom égyptien de Taduhepa.

Maabal : Émissaire d'Aménophis IV.

Mahi : Danseuse.

Maïerperi : Femme du harem de Thoutmosis IV.

Maïerperi : Fils de Maïerperi et de Thoutmosis IV.

Mana : Chanteuse du culte de Bastet, femme de Khaemouaset.

Maou : Chef de la police à Akhetaton.

May : Scribe et surintendant du bétail du temple de Rê. Architecte.

Menatou : Chambellan du roi, confident d'Hinutimpet.

Meni : Grand Prêtre d'Amon.

Menkheper : Maire de Memphis.

Menna : Scribe des champs royaux.

Mérymès : Vice-roi de Koush.

Meriptah : Fils du vizir Thoutmès.

Méryrê : Père nourricier. Époux de Baketemané.

Méryt : Nourrice, femme de Sebekhopis, éducateur.

Mesu : Gardien du domaine de Tiyi.

Mirptah : Chef des porte-enseignes du bateau royal *Khaemaât*.

Mis : Intendant de Tiyi chargé du domaine thébain.

Moïse : Fils d'Abraham.

Moutemuia : Nom donné à Néfertary, mère d'Aménophis III.

Moutenejmet : Sœur de Néfertiti.

Moutemnebo : Sœur de Tiyi.

Nabi : Fils d'Abraham.
Nakht : Marin faisant partie de l'équipage royal.
Nakt : Fils royal.
Nebamon : Artisan.
Nebekabeni : Nourrice de Satamon.
Nebesen : Scribe du Trésor.
Nebetia : Fille de Méryrê.
Neferophis : Fonctionnaire chargé des greniers d'Amon à Karnak.
Neferouerref : Garde de Néfertary.
Nefersekeru : Conseiller de Néfertary.
Néfertiti : Fille de Aÿ.
Neferenpet : Chef des carriers.
Neferunpet : Fonctionnaire du roi.
Nehemta : Fille de Menna.
Nepnefer : Grand Prêtre de Karnak.
Ourméroutis : Fille de Tiyi.
Ouserhat : Chef du harem.
Païri : Fils royal.
Paoua : Grand Prêtre d'Héliopolis.
Parenefer : Échanson.
Pashed : Fils de Sheribu.
Penhout : Supérieur des régions du Nord.
Ptahmès : Fils du vizir Thoutmès. Grand Prêtre de Ptah.
Ptamosis : Fils de Menkheper. Grand Prêtre de Ptah.
Pyhia : Deuxième fille de Néfertary et de Thoutmosis IV.
Quenamon : Intendant du palais royal de Memphis.
Ramosé : Vizir.

Resh : Enfant du *Kep*.
Ribada : Gouverneur de Byblos.
Samout : Grand Prêtre de Karnak.
Samout : Architecte.
Satamon : Fille aînée de Tiyi et d'Aménophis III.
Sebekhopis : Éducateur d'Aménophis III, mari de Méryt.
Sennefer : Fonctionnaire du roi.
Set : Échanson du roi.
Setou : Échanson d'Aménophis et de Tiyi.
Seth : Messager.
Sobekmosé : Artisan d'Amenhotep.
Supiluliuma : Roi du Hatti.
Surer : Intendant du roi.
Sutarna : Frère d'Hinutimpet.
Syece : Porte-étendard faisant partie de l'équipage royal.
Taduhepa : Fille de Tushratta, appelée Kiya.
Tanoutamon : Fille de Thoutmosis IV et de Néfertary.
Tarundaradu : Chef d'Arzawa.
Temouadjès : Supérieure du harem d'Amon.
Thoutmès : Vizir sous Thoutmosis IV et Aménophis III.
Timia : Danseuse.
Taïtaï : Grand Prêtre de Thot à Hermopolis.
Toutou : fonctionnaire d'Aménophis IV.
Touty : Servante à Medinet el-Gourob.
Youya : Père de Tiyi, époux de Touya.
Yuri : Fille de Pashed.

Remerciements

Je remercie M. Hosni Moubarak, Président de la République arabe d'Égypte ; M. Farouk Hosni, ministre de la Culture ; M. Mandouh el Beltagui, ministre du Tourisme, pour leur accueil chaleureux en Égypte ; M. Zahi Hawass, secrétaire général du Conseil supérieur des Antiquités égyptiennes, M. Sabry Abd el Aziz Khater, responsable des antiquités pharaoniques auprès du CSAE, qui facilitent mon travail en Égypte ; M. Oulayel, directeur des Antiquités de Haute Égypte ; M. Ali el Asfar et M. Ibrahim Soleyman ; Mme Yushreia Ismaïl, sous-secrétaire au ministère du Tourisme pour son amicale attention et son aide précieuse ; Mme Sonia Guirguis, directrice de l'Office du tourisme égyptien pour sa collaboration efficace et chaleureuse ; M. Sayed Abdel Gawad, directeur général des relations touristiques ; M. Khaled Bakir, conseiller de presse à l'ambassade de la République arabe d'Égypte ; M. Osama Abd el Afiz pour son efficacité et sa gentillesse ; M. Adel el Masry ; M. Rami Nazmy pour son aide, son extrême amabilité et sa compétence ; Mme Suzanne Matsakis et M. Jean

Robert Reznik du groupe Accor ; Mme Catherine Magnien ; M. Alain Khoury pour sa fidèle attention ; M. Kebir d'Égypte Air ; M. Taher, directeur de l'office du tourisme de Sharm.

Mes plus vifs remerciements vont aussi à M. Ravassard, M. Selim ; M. Sallam, M. Helmy du Old Cataract d'Assouan ; à M. Randolph Edmonds, directeur général du sublime Sofitel Winter Palace de Louxor, établissement unique, indissociable de l'histoire de Louxor, et à M. Farid Guirguis.

Je tiens aussi à remercier chaleureusement M. Marwan Morsi du féerique Sol y Mar de l'oasis d'Al Kharga ; M. Rajiv Kaul du Mena House de Gizeh, M. Adel Bibars du Sheraton Sharm et M. Jacques Peter du Savoy Sharm.

L'attention de M. Kalaudis d'Olympic Airways, de Mme Myrto Sofianou de l'Astir Palace de Vouliagmeni, d'une grande beauté, idéal pour travailler en Attique, de Lena Melidonioti du Nauplie Palace qui domine l'Argolide, de Mme Olympia Giannopoulou de l'Hinitsa Bay de Porto Héli, proche des sites les plus intéressants du Péloponnèse, et de Mme Nathalie Lycas de Gold Air m'a été précieuse. Enfin, j'ai été profondément touchée par l'accueil et l'aide de Mme Anna Iliokratidou, directrice de l'Office national hellénique du tourisme. Ce sont aussi avec de tels humanistes que la recherche progresse et que le patrimoine international peut sortir de l'ombre.

Du même auteur :

L'Art aux yeux pers, Le Cherche-Midi, 1980, *poésie*. Prix Jean Christophe.

Torrent, R.E.M., Lyon, 1983, *poésie*. Album avec interprétation au piano de Violaine Vanoyeke.

L'Harmonie et les arts en poésie, Monaco, 1985, *anthologie*.

Le Mythe en poésie, Monaco, 1986, *anthologie*.

Cœur Chromatique, R.E.M., Lyon, 1986, *poésie*. Album avec accompagnement musical interprété au piano par Violaine Vanoyeke. Interprétation des textes avec Dominique Paturel.

Clair de Symphonie, J. Picollec, 1987, *roman*.

Messaline, Robert Laffont, 1988, *roman*. Traduit en espagnol, portugais, grec, coréen, bulgare, polonais…

Le Druide, Sand, 1989, *roman*.

Au bord du Douro, Lizier, Luxembourg, 1989, *poésie*.

Les Louves du Capitole, Robert Laffont, 1990, *roman*. Prix littéraire de l'été 1990. Traduit en espagnol, portugais…

La Prostitution en Grèce et à Rome, Belles Lettres, 1990, *histoire*. Traduit en espagnol, en grec, en japonais, en tchèque…

Le Crottin du diable, Denoël, 1991, *roman*. Prix de l'Association de l'assurance et des banques, 1992.

Les Bonaparte, Critérion, 1991, *histoire*.

La Naissance des Jeux Olympiques et le sport dans l'Antiquité, Belles Lettres, 1992, *histoire*.

Les Grandes Heures de la Grèce antique, Perrin, 1992, *histoire*. Repris au Grand Livre du Mois.

Les Sévères, Critérion, 1993, *histoire*.

Les Schuller, Presses de la Cité, 1994-1995, *romans* :

* Les Schuller*, Presses de la Cité, 1994.

** *Le Serment des Quatre Rivières*, Presses de la Cité, 1995.

Hannibal, France-Empire, 1995, *histoire/biographie*.

Paul Eluard, le poète de la liberté, Julliard, 1995, *histoire/biographie*.

Le Secret du pharaon (série), L'Archipel, *romans* :

* *Le Secret du Pharaon*, L'Archipel, 1996. Traduit en espagnol, portugais, catalan, tchèque, slovaque, hongrois… Repris au Grand Livre du Mois (1996), par Succès du Livre (1997), à Presses Pocket (1997), Le Chardon bleu (1997).

** *Une mystérieuse Égyptienne*, L'Archipel, 1997, *roman*. Traduit en espagnol, tchèque, portugais, hongrois, slovaque… Repris par Succès du Livre (1998), à Presses Pocket (1999), Le Chardon bleu (1999).

*** *Le Trésor de la reine-cobra*, L'Archipel, 1999. Traduit en slovaque, tchèque, hongrois… Repris par Succès du Livre, Presses Pocket (1999).

Quand les athlètes étaient des dieux, Les Jeux Olympiques de l'Antiquité, Fleurus, Collection « Encyclopédie Fleurus », 1996, *ouvrage pour la jeunesse*.

Ramsès, série radiophonique, 1995-1996.

Périclès, Tallandier, 1997, *histoire/biographie*. Traduit en portugais, espagnol… Repris au Grand Livre du Mois (1997).

Les Histoires d'amour des pharaons (série), Michel Lafon :
* *Les Histoires d'amour des pharaons : Néfertiti et Akhenaton ; Ramsès II et Néfertari ; Tyi et Ramsès III ; César et Cléopâtre ; Antoine et Cléopâtre*, Michel Lafon, 1997. Traduit en italien, espagnol, turc, portugais, hongrois, tchèque… Repris au Grand Livre du Mois (1997), par Succès du Livre (1999), au Livre de Poche (1999).
** *Les Histoires d'amour des pharaons II : Ahmosis et Ahmès-Néfertari ; Tiâa et Aménophis II ; Tout-Ankh-Amon et Ankhsepaton ; Séthi II et Taousert*, Michel Lafon, 1999. Traduit en espagnol, portugais, hongrois, tchèque… Repris au Livre de Poche (2000). Chaque histoire a été publiée au Chardon Bleu, en 9 volumes (2000).

La Passionnée, Michel Lafon, 1997, *roman*. Traduit en espagnol…

De la prostitution en Alsace (collectif), Le Verger, 1997, *histoire*.

Les Dynasties pharaoniques (série), Tallandier, *histoire* :
* *Les Ptolémées, derniers pharaons d'Égypte*, Tallandier, 1998. Traduit en espagnol, portugais…

Les Pharaons du Soleil (saga-collection), Michel Lafon :
– *La Pharaonne Hatchepsout* (trilogie), Michel Lafon, *romans* :
* *La Princesse de Thèbes*, Michel Lafon, 1998. Nouvelle édition, 1999. Traduit en portugais, hongrois, tchèque, turc… Repris au Livre de Poche (2000) et

par Succès du Livre (2002). Publié avec le livret « Apprenez les hiéroglyphes avec Hatchepsout ».
** *Le Pschent royal*, Michel Lafon, 1998. Nouvelle édition, 1999. Traduit en portugais, hongrois, tchèque, turc… Repris au Livre de Poche (2000) et par Succès du Livre (2002).
*** *Le Voyage d'éternité*, Michel Lafon, 1999. Traduit en portugais, tchèque, hongrois, turc… Repris au Livre de Poche (2000) et par Succès du Livre (2002).

– *La Pharaonne Hatchepsout* sous coffret (œuvre intégrale), 2002.

– *Thoutmosis* (trilogie), Michel Lafon, *romans* :
* *Le Rival d'Hatchepsout*, Michel Lafon, 2000. Repris au Grand Livre du Mois, au Livre de Poche (2002), à Succès du Livre.
** *L'Ibis indomptable*, Michel Lafon, 2000. Repris au Grand Livre du Mois, au Livre de Poche (2002).
*** *Au royaume du Sublime*, Michel Lafon, 2000. Repris au Grand Livre du Mois, au Livre de Poche (2002).

– *Aménophis* (trilogie), Michel Lafon, *romans* :
* *Le Prince de lumière*, Michel Lafon, 2001. Repris au Grand Livre du Mois (2001) au Livre de Poche et par Succès du Livre.
** *Le Breuvage d'amertume*, Michel Lafon, 2001. Repris au Grand Livre du Mois, au Livre de Poche et par Succès du Livre.
*** *Vénérable Tiyi*, Michel Lafon, 2002. Repris au Grand Livre du Mois, au Livre de Poche et par Succès du Livre.

– *Néfertiti et Akhenaton* (trilogie), Michel Lafon, *romans* :

* *La Belle est venue*, Michel Lafon, 2002. Repris au Grand Livre du Mois (2003).

** *L'Horizon d'Aton*, Michel Lafon, 2002. Repris au Grand Livre du Mois.

*** *Le Faucon d'or*, Michel Lafon, 2003. Repris au Grand Livre du Mois.

Violaine Vanoyeke, Les Pharaons mènent à la vie éternelle, autobiographie, Michel Lafon, 2001. Repris au Livre de Poche, 2002.

Zénobie, l'héritière de Cléopâtre, histoire, Michel Lafon, 2002. Repris au Livre de Poche.

Discographie

Bach, *Beethoven*, *Debussy*, *Chopin*, R.E.M., Lyon, Violaine Vanoyeke, piano.

Chopin, *Debussy*, *Schumann*, R.E.M., Lyon, Violaine Vanoyeke, piano.

Torrent, R.E.M., Lyon, Violaine Vanoyeke, piano.

Cœur chromatique, R.E.M., Lyon, Violaine Vanoyeke, piano.

Violaine Vanoyeke est l'auteur de nombreuses préfaces et articles parus dans des revues spécialisées et dans *Historia*, *Chroniques de l'Histoire*, *Le Spectacle du monde*, *Le Quotidien de Paris*, *L'Histoire*, *Science et Vie*, *France-Soir*, *Géo*, *Voyager*, *Version Femme*, *Vous et votre avenir*, *Bon Voyage…*

Composition réalisée par INTERLIGNE

Imprimé en France sur Presse Offset par

BRODARD & TAUPIN

GROUPE CPI

La Flèche (Sarthe).
N° d'imprimeur : 26518 – Dépôt légal Éditeur : 50166-11/2004
Édition 01
Librairie Générale Française – 31, rue de Fleurus – 75278 Paris cedex 06.

ISBN : 2 - 253 - 06818 - 7 30/3054/1